요사노 아키코 1

与謝野晶子

요사노 아키코 지음

김화영 옮김

어문학사

요사노 아키코(与謝野晶子)

본 간행 사업은, 고려대학교 글로벌 일본연구원 〈일본 근현대 여성문학연구회〉가 2018년
일본만국박람회기념기금사업(日本万国博覧会記念基金事業)의 지원을 받아 기획한 것이다.

EXPO'70 FUND
（公財）関西・大阪21世紀協会

『사랑, 이성 그리고 용기』

정조를 파괴하는 자는 남자

　남자가 여자의 정조를 엄격하게 말하는 것은 여자가 자신의 정조를 파기하기 쉬워서 말하기 보다는 아마도 남자 자신이 방종무심해서 양심에 찔려서 있기 때문이다. 여자는 오히려 스스로 정조적인 면이 있다. 처녀가 스스로 먼저 부정한 행위를 저지르는 강렬한 육체의 요구를 느끼지 못하는 것이 그것을 증명한다. 여자가 정조 면에서 타락한 사실이 있으면 그 처음은 반드시 남자로부터 유혹받은 것이다. 남자는 어떤 여자를 타락시킨 것과 마찬가지로 다른 남자가 또한 자신이 독점하고 있는 여자를 그리고 그 외의 다른 여자들을 타락시킬 수 있는 지를 걱정한다. 때문에 다른 남자와의 경쟁을 견제하기 위해서 여자의 정조를 단단히 지키라고 요구하는 것이다. 여자의 자존심을 옹호하기 위해서가 아니라 남자의 이기심으로부터의 요구이다. 이런 증거에는 다른 남자에 의해 유린이 되서는 안 되는 여자의 정조를 자신은 어떠한 수치도 도덕적인 고통도 느끼지 않고 불법으로 유린하는 자가 남자이다.

　여자의 정조는 남자의 이기적 요구에 따라서 지켜져서는 안 된다. 여자의 자유의지와 자발적인 요구가 있을 때 비로서 정조의 존엄이 있는 것이다.

　남자가 만약 여자의 정조를 진심으로 존중한다면 남자 자신의 정조에 대해서 스스로 서로 엄격하게 경계할 것이다. 남자 가운데는 끝까지 아내 하나만을 사랑하는 남편도 있고, 여러 여자를 우롱하는 남편도 있다. 부정한 행위는 남자의 자존심을 위해서도 부끄러운 일이다.(1917년1월)

여자는 도덕적이다

여자는 처음 남자의 유혹을 받지 않는 한 정조면에 있어서 도덕가이기 쉽고, 대개의 경우 공공적으로 범죄에 대한 도덕가이다. 정의란 이름 아래에 저지르는 살인적인 행위인 전쟁의 장본인은 여자가 아니며, 중의원 의원 선거에서 뇌물을 받은 자는 여자가 아니다. 그리고 외국과의 무역에서 조제람조품粗製濫造品을 섞어서 일본인 전체의 신용을 날조하는 자도 여자가 아니고 은행을 파탄시켜 고객을 당혹하게 하는 자는 여자가 아니다. 모든 유곽을 찾아다니는 자는 여자가 아니며, 감옥의 죄인의 80~90%를 차지하고 있는 자도 여자가 아니다. 처음부터 타율적인 저급도덕이지만 여자의 인격의 강함을 이루는 것은 비도덕적인 부분에 있으며 그녀들의 약점은 감정을 훈련하고 정리하는 것에 이성적인 미숙함이 있다.(1917년1월)

여자와 정조관념

지난호 잡지 『태양太陽』에 우치다 로안内田魯庵 선생님이 '여자의 정조관념이 서서히 희박해지고 남자가 멋대로 더러운 행위를 함에도 불구하고 여자만 의연하게 정조를 지키는 것은 자굴적自屈的이며 바보같은 행동으로 보인다. 여자의 정조는 남자의 도덕과는 달리 상호적이 아닌 것이지만 여기에 교환적인 제의가 생기게 되었다'고 말했습니다. 그러나 나는 정조문제에 대해서 오히려 선생과는 반대의 생각을 가지고 있습니다.

여자 자신의 정조 관념은 시간이 지남에 따라서 농후해지며 선명해져간다고 낙관적으로 생각합니다. 과거 부인들이 관념적으로 정조가 진정으로 무엇을 의미하는지, 타동적인지, 자동적인지를 고려하지 않고, 관행과 습관으로써 망종적으로 정조를 매우 존중해왔습니다. 하지만 지금의 젊은 부인들은 정조가 필요한 이유를 합리적으로 알려고 하며, 남자의 행복을 위해서 강요된 것이 아니라 여자 자신의 자경과 연애를 완전하게 지속하기 위한 본연의 연구와, 자손에 대한 생리적인 그리고 논리적이 보건 등의 복잡한 이유에서 자율적으로 지키는 것을 유쾌하게 생각하는 도덕 중 하나라는 것이라는 것을 알게 되었습니다. 게다가 관행에 빗대어 정조를 스스로 지킬 수 있게 되었습니다. 다른 사람이 모독하지 않고 위험이 없는 결혼을 요구하고 가능한 애정이 일치하고 체질의 균형을 얻은 결혼을 하려고 합니다.

처음에는 상습적인 모략결혼으로 맺어진 부부도 결혼한 후에는 개인주의적인 자각과, 생활개조의 노력에 따라 결혼 정신을 연애까지 단련시켜 결혼의 양식을 일부일처주의로 관철하도록 훈련하고 있습니다. 이런 부인의 자각에 근거한 정조관 그리고 정조의 존중과 관행이라는 것은 예부터 유럽의 윤리사상, 철학사상, 권리사상, 종교사상 등에 자극되어 만들어진 것입니다. 신도, 불교, 유교 그리고 국사 국문의 사상만 키워온 전근대 사회에서는 거의본적이 없던 현상입니다. 메이지 이전의 부인은 「여대학女大學」에 있는 정조상의 교훈을 단지 문자로 음독하는데 지나지 않았지만, 오늘날의 부인들은 정조에 대해서 반드시 자신의 의견을 가능한 합리적으로 말하려고 합니다. 이것만으로도 정조관념이 현저하게 진보되었다고 생각합니다.

부인의 정조가 이전과 비교해서 실제로 잘 지켜지고 있는 것은 지방에 있는 젊은 딸들의 풍의風儀가 해가 지남에 따라 깨끗하게 되는 것으로도 알 수 있습니다. 역시 소학교와 학교에서 실시하고 있는 메이지 다이쇼 교육의 효과가 이 점에서 나타나고 있습니다. 이전에는 마을에 따라서 결혼 전의 젊은 여자들 가운데에는 처녀가 한 사람도 없다고 말하던 것이 근년에는 도시의 가정에 있는 젊은 여자들처럼 처녀의 순정을 가진 미혼 여성들을 지방 마을에서도 많이 발견할 수 있다고 합니다. 사회에 넘쳐나는 '선'과 '미'라는 입장에서 일부러 시선을 돌리고, 실제로는 매우 적은 '추함'과 '악'을 과대하게 지적하는 사람들 사이에는 부인의 정조가 나의 관점과는 반대로 해가 지남에 따라 황폐해 가는 듯이 비관적으로 말하기도 합니다. 남자의 유혹과 부인 자신의 생각이 없는 몸가짐은 이전에 얼마나 많았는지 모릅니다.

그것은 일반 가정에서 처녀의 순정을 결혼하는 날까지 가지고 있는 여성이 많은 것도 중류계급의 가정에서 간통사건이 거의 없어진 것도, 그리고 교육받은 부인이 남의 첩이 되는 경우가 없는 것에서도 상상할 수 있습니다.

이것은 남자가 매춘부를 희롱하는 기회가 많아져 처녀를 유혹하는 일이 적어진 이유도 있습니다. 하지만 남자의 유혹에 대해서 여자 스스로 강하게 지키게 된 이유가 있기도 합니다. 공평한 비평가는 신문이 실린 타락한 부인의 기사 따위로 오해해서는 안 됩니다. 다수의 부인 가운데에는 극히 일부에 지나지 않는 과실이 신문 기사에 빈번하게 써 진다면 천하의 젊은 부인들이 모두 타락해가는 것처럼 현혹적인 느낌을 일으킬 것입니다. 정조관념이 희박한 부인은 오히려 점점 줄어들고 있습니다. 처음부터 다수의 불량한 부인은 여러 가지 사정으로 계속해서 만들어지고 있지만, 이지적으로 자신을 존중하는 것을 몰랐던 이전의 부인들과 비교한다면 그 숫자로 봐서는 매우 줄고 있습니다.

소위 교환적 제의提議를 하는 듯한 부인이 우치다 선생님의 걱정을 끌 정도라고는 생각하지 않습니다. 만약 교육을 받은 부인 사이에 그러한 사례가 있다고 하더라도 그러한 제의는 결코 새로운 것이 아닐 것입니다. "남편만 제멋대로 하게 해서는 안 된다"라는 부정不貞 넘치는 문장은 도쿠가와 시대부터 내려온 말이라고 생각합니다.

그리고 우치다 선생님은 오늘날은 연예의 파산시대라고 말씀하십니다만, 저는 그 말씀에 반대합니다. 연예가 파산하였다고 한다면, 이제까지의 일본의 일부일처주의의 연애가 존재하고 있었던 듯이 해석됩니다만, 그것은 이미 우치다 선생님께서 말씀하셨듯이 남자가 처녀 앞에서 무릎을 꿇는 중세 서양의 낭만적인 성스런 연애는 일본에는 발생하지 않았습니다. 『다카토리모노가타리竹取物語』와 같은 처녀의 순정을 찬미한 소설이 있으며, 신도에서 처녀가 신에게 받쳐지는 것을 거룩한 것으로 알고 있는 것은 이미 알려져 사실입니다.

『겐지모노가카리源氏物語』의 우지 십첩宇治十帖에서 우지의 아가씨를 사랑한 카오루가 그녀만 살아있었다면 다른 여자에게는 일체 맘을 주지 않고 살았을 것이라고 추억하는 부분에서 희미하게 일부일처주의의 이상이 있습니다. 하지만 무라카미 천황의 황자인 타메히라 친왕이 미나모토노 다카아키라의 여식을 아내로 맞이하고 그녀만을 오로지 사랑하여, 당대의 세력가 후지와라 씨의 여식을 받아들이지 않았기 때문에 천하가 기대하고 있던 황위에도 오르지 못 하였습니다. 거꾸로 사돈인 다카아키라가 반역을

하는 수모를 겪어야하는 '안화의 변安和の変'이란 결과를 초래하였습니다. 외설적인 남녀도덕이 성행하던 헤이안 시대에 드물게 일부일처제를 유지한 아름다운 사례입니다만, 이러한 연예는 비교할 수 없을 만큼 드문 일로써 지금까지의 연예라고 한다면 일부다처제를 인정한 가정하에서의 연예관계였던 것입니다.

서양식 일부일처주의 순결한 연예는 메이지시대가 되어서 처음 생겼습니다. 그리고 현재는 그러한 연예가 점차 세력을 넓혀가고 있습니다. 형식만인 개량이라고 하더라고 축첩을 하는 남자들은 노인이나 청년에게도 거의 보이지 않게 되었습니다. 이전에는 첩을 만드는 일이 남자들에게는 명예를 쌓은 일이 되었던 시대도 있었습니다. 그러나 지금은 축첩 사실이 일부에서 남아있다고 하더라도 그것을 비밀로 하는 수치스러운 일로 알게 되었습니다.

남녀 상호의 애정을 기초로 하는 견실한 결혼은 이제 사회에서 이론異論을 주장하는 사람이 없게 되었습니다. 단지 연예를 소중하게 그리고 완전하게 수행하려는 방법을 교육자와 학부모가 고민할 뿐입니다. 연예는 이와 같이 일본에서 서서히 좋은 기운에 힘을 입어서 일어나려 하고 있습니다. 과도기에는 아픈 희생을 치루는 자도 있고 성공한 남녀도 많습니다. 새로운 일부일처주의 연애는 파산하여 비관적인 징후를 보이지 않고 있습니다. 점점 파산하는 것은 옛것그대로의 저급한 일부다처제의 방종한 생활이라고 생각합니다.　　　　　(1917년1월)

일본부인의 특색은 무엇인가?

영국에 가면 영국부인의 특색이 있고, 프랑스에 가면 프랑스
부인의 특색이 있듯이 일본부인에게도 어쩌면 몇 가지 특색이 예
부터 있을 것입니다. 외국인이 아닌 우리들에게 그런 특색이 등잔
밑이 어두워 보이지 않는 듯 정확하게는 머리에 떠오르지 않습니
다. 일본여성사가 새로운 견지에서 써져 있다면 그러한 연구도 되
어 있을 테이지만 재래의 저서에서는 세계의 부인을 넓게 비교한
것이 없어서 일본 부인의 장점이라고 생각했던 것을 어찌 알겠습
니까? 어느 나라의 부인들과도 공통적인 성질이라는 것을…. 우리
의 특색도 장점도 없어져 버렸습니다.

무사도라는 것이 인도인과 마래인馬來人을 대상으로 비교하면,
아무리 생각해도 일본의 특색의 하나이고 무사의 아내가 사적인
정에 대한 고통을 참고 공적인 의리에 목숨을 버리는 것은 일본의
자랑입니다. 그러나 중국에도 예부터 열부전에 들어가는 여장부
가 많고, 서구에도 예부터 잔다르크처럼 용맹한 여성이 적지 않습
니다. 이번 전쟁에서 영국과 프랑스의 부인들이 군국의 직무로써
이상한 능력을 발휘하고 있는 것을 보면, 무사도는 어느 문명국에

서도 있는 일로써, 특별히 일본의 장점이라고 해서 자신만만한 것은 착오라는 것을 알았습니다.

그리고 일본의 부인은 근면하고 검소하고도 합니다만, 이것도 유럽의 부인의 활동모습과 근검절약하는 모습을 비교하면 반대로 일본의 부인은 대체로 아직 독립심이 적고 게으르며, 경제적 생산력이 없는 주제에 부모와 남편의 재력을 빌려서 옷을 사거나 사치를 부리는 부인이 있는 것이 명백한 사실입니다.

일본에 온 서구남자들에게 소감을 물어보면 일본여성은 유순해서 남자에게 반항하지 않는 것이 특색이라고 말하는 사람이 많다고 합니다. 하지만 이러한 비평도 정곡을 찌르는 것이라고 생각지는 않습니다. 왜냐하면 일본인이 구미의 가정에서 함께 산다면 비교적 편리하게 알 수 있는 일과는 다르게 유럽인이 일본의 올바른 중류계급이상의 가정에서 같이 사는 일이 오늘날까지 불가능한 일이었기 때문에 일본 여성을 비평하는 유럽인은 사실은 일본의 여성을 잘 모를 것입니다. 그들이 만난 여성으로 그들의 모델이 된 여성은 유럽인들이 신기하게 보는 게이샤가 대부분이며, 그 외 첩이나 창녀라는 여성이기 때문에 매춘부의 직업적인 몰인격적인 유순함을 가지고 일본 여성의 표상이라고 해서는 진실에 맞는 비평이라고 말 할 수 없습니다.

그렇다고 해서 일본 부인이 남자에 대해서 지금 군신주래君臣主從 관계처럼 복종적이고 유순한 것이라는 것은 유럽 부인과 비교하면 확실히 이색적이긴 합니다. 이것은 일본만의 일이 아니라, 인도, 중국 등 고래의 모든 나라의 부인은 모두 집에 틀어박혀 사상과 경제적인 면에서도 독립할 수 있는 실력을 갖출 수가 없었고 남자와 대등한 지위를 차지하고 공동생활을 영위할 만한 자격을 갖추고 있지 않았습니다. 그리고 비록 이것이 일본만의 일이라고 해도 특색 있는 일로써 자신만만한 일이 아니며 오히려 일본 부인의 약점으로써 부끄러워해야합니다.

만사 타인을 쫓아서 한다면 무사할지도 모릅니다만, 그러한 의미의 유순함은 의존주의의 다른 이름이며, 독립된 견식이 부족하고 능동적인 실행력을 잠재우게 하는 것이야말로 태평히 타인이 하라는 대로 되어 버리는 것입니다.

그렇다면 무엇이 일본 부인의 장점이라고 한다면, 먼저 손기술이 매우 뛰어난 것이겠지요. 재봉과 자수 따위는 유럽 부인의 단점이며, 그 대신 정교한 기계의 발명이 그들 나라에서는 매우 발전하고 있습니다. 일본은 기계력이 부족한 반면, 부인의 수공력은 매우 발달하였습니다. 유럽에서는 손으로 만든 물건이 매우 놀랄 정도로 비싸고 기계로 만든 물건은 그 10~20프로 정도의 가격에 미치지 못합니다. 저는 일본 부인이 전후 서양에 가서 손기술로 공장에 들어가서 단독으로 영업하거나 한다면 환영받을 것이라고 생각합니다. 재봉과 자수뿐만 아니라 치과의사, 타이피스트, 미용사, 산파, 모자장인이라는 직업에는 일본부인이 서양의 부인보다도 탁월한 능력을 가지고 있다고 믿습니다.

다음으로는 청결을 좋아한다는 것입니다. 서양인은 겉으로는 청결한 듯이 보이지만 실제로는 우리 일본인에 보면 견딜 수 없이 불결한 일도 쉽게 하는 습관이 있습니다. 예를 들면 화장에서 가서 손을 씻지 않는 일도 신기한 일이 아니라는 것입니다. 최근 공공위생의 장려로 새로운 건축물에는 화장실에 손을 씻는 곳을 설치하도록 되었습니다. 오래된 건축물에 있는 화장실에는 그런 설비가 없어서 살고 있는 주민도 아직 필요를 절실하게 느끼지 못하고 있습니다. 특히 놀랄만한 일은 프랑스와 독일의 구식 여관과 하숙집에서는 청소하는 사람이 변기를 닦은 걸레로 세면대를 비롯한 탁자, 책상까지 훔쳐서 아무렇지도 않은 예가 적지 않습니다.

서구에서 목욕을 하는 것은 매우 사치라고 생각해서 목욕비가 1회 40전에서 1원이나 해서 목욕탕에 가거나 호텔의 사우나에 가는 사람은 매우 극소수라고 합니다. 청결을 좋아하는 사람은 가정에서 주 1회 반신욕을 하는 식입니다. 지금까지 서양인의 70~80%가 일생에 한번 전신욕을 해봤을 것입니다. 터키탕은 유명합니다만 그것도 중류 계급 이상의 일종의 사치이며 일본처럼 일반인이 입욕을 하는 습관은 없다고 합니다. 중국인과 인도인의 대부분이 불결한 것은 말할 것까지도 없습니다. 이에 반해서 일본여성의 목욕습관은 유명하며 남녀일본인이 세계에서 유일하게 청결한 국민이라는 것은 매우 자부해도 좋습니다.

다음으로 아내가 된 부인의 정조가 견고한 것이 일본 부인의 특색중의 특색이라고 생각합니다. 구미에서는 처녀시절 정조가 비교적 엄격한 일이나 결혼한 후에는 정조가 없는 사실은 특별히 이상한 일로 보지 않고 사회적으로 제재가 매우 관대해서 비밀스런 죄악이 다수 일어나고 있는 것을 누구나 알고 있습니다. 일본에서는 반대로 처녀시절 과실은 상당이 있는 대신에, 결혼후에는 정조 도덕이 엄격하기 때문에 흉한 간통스캔들은 어느 계급에서나 매우 적습니다. 그것은 애정에서 필연적으로 만들어진 자율적 도덕에서 유래한 정조도 있겠지만 대다수는 타율적인 복종적인 도덕과 예부터의 습관에 의해 맹목적으로 지켜온 정조입니다. 그리고 하나는 일본 부인의 나약한 체질관계에서 자연적으로 지켜온 정조이기도 합니다. 그 동기는 이후 변화하겠지만 좌우간 이것은 영원히 유지 되어가는 미풍이라고 생각합니다.

세 번째 일본부인의 다산을 특색으로 들고 있습니다. 위약한 체질이지만 출산율이 높은 일은 세계에서 참으로 세계에서 자랑할 만한 일입니다. 단지 인구의 과중이 일본인의 생활을 점점 곤궁하게 하는 사실도 있습니다만, 이러한 사람들의 이주처를 내일이라도 외국에서 찾는다면 인구의 과중은 걱정할만한 일은 아니라고 봅니다. 단지 우리 부인들은 자신들이 낳은 다수의 자손을 가능한 한 인도적으로 교육하고 현재에도 일어나고 있는 전쟁의 원인을 장래에는 다시 만들지 않는 총명하고 우수한 인류로 진화시키려는 노력을 해야만 합니다.

네 번째 일본부인이 가지고 있는 용모의 미입니다. 일본부인이 체질이 허약한 사실은 오늘날 지식인 사이에 깨닫고 있는 일이며, 그것을 조사하는 기관까지 만들어졌다고 하니까 점점 강건한 체

질로 만들 수 있을 것이라고 믿습니다. 현재 영양과 운동을 비교적
으로 신경을 쓰고 있는 고등여학교 등 여학생의 신장이 점점 커지
고 있으며 체질도 현저하게 양호한 상태로 변화하고 있는 것이 제
마음에는 낙관적인 암시를 주고 있습니다.

이렇게 일본부인의 체질은 강건해도 용모의 아름다움이 일조
일석—朝—夕으로 만들어지은 것이 아닙니다. 불쌍한 사례는 독인
부인에게 볼 수 있습니다. 비대한 독일부인은 체질부터 보면 야생
적으로 강인하고, 현저하게 발육되어서 세계에서 필적할 만한 부
인이 없을 정도입니다. 안타깝게도 용모도 매우 야생적으로 생겼
습니다. 예전에 프랑스을 걸쳐 독일 2개국을 갔던 저는 비엔나와
베를린에서 매우 미인이라고 불린 부류의 부인들을 보아도 파리
의 부인을 본 순간 의상에서 유감을 느끼고, 용모만은 다른 인종과
같아서 어떻게 해서라도 세련되게 해 보려고 해도 쉽게 될 수 없는
것을 깨달았습니다.

동시에 거슬러 올라가 우리 일본 부인의 용모를 회상하면 지금
까지 내가 생각해 온 것과는 다른 것을 알게 되었습니다. 일본 부
인은 구미의 부인에 비해서 쓸모없다고 비하해서는 안 됩니다. 용
모에 있어서는 독일, 중국, 인도 부인들이 도저히 일본부인과는 나
란히 논할 수 있을 자격을 가지고 있지 않을 뿐만 아니라 일본부인
의 미는 미국의 부인과 스페인 부인 보다 위에 있으며 이탈리아 부
인, 러시아 부인과 어깨를 나란히 하고 프랑스부인, 러시아 양국
의 부인과 대항하고, 영국과 프랑스 2개국의 부인과 안항雁行할 정

도의 우수한 육체미를 확실히 갖추고 있다고 믿게 되었습니다. 게다가 일본부인의 미는 아직 대부분이 세련되지 않습니다. 2, 3대를 거치고 세련된다면 더욱더 프랑스 부인과 필적할 만한 소질이 잠재되어 있다고 저는 예상하고 있습니다.

마지막으로 내가 가장 기대하고 있는 특색은 그럼에도 불구하고 지금은 아직 X라는 것이 있습니다. 이것을 여기에 논하지 않는다면 이제까지 말한 일본부인의 특색은 거의 두 번째 특색이 되 버릴 것입니다. 어째서 일본부인의 특색이 이상 4가지 항목으로 끝나면 좋을까요?

일본의 오랜 문명을 기초로 한 메이지시대 이후 계속해서 들어오고 있는 세계 근대문명이 오랫동안 잠든 일본부인의 생활의지를 자극하고 현재 정도까지 새로운 소용돌이를 일으켜 자손과 배양, 활동을 우리들 부인에게 부흥시켜 주었습니다. 신기한 일양내복(一陽來復: 나쁜 일이 끝나고 좋은 일이 찾아옴)이 다시 끊겨서 개화의 계절을 멈출 것이라고는 생각하지 않습니다. 반드시 영국부인과는 다르고, 미국부인과도 다르고, 프랑스 부인과도 달라서 일본인종의 특징을 가진 정신적 부인문명이 가까이 20~30년 후에는 일어나서 세계인종의 광영에 공헌하기에 이를 것이라고 기대되는 미래의 일본부인의 특색을 들고 싶습니다. 그것이 도덕의 측면일지, 예술의 측면일지, 교육적인 측면일지, 학문, 정칭, 산업의 측면일지는 예상할 수 없습니다. 하지만 저는 과욕을 부려서라도 어떤 방면에서도 일본부인의 독창적인 면을 표현할 것이라고 낙관합니다.

(1917년 1월)

신도덕의 요구

사람은 타인과 교섭하지 않고 살아간다면 얼마나 자신의 언어 동작이 외설적이고 방종하더라도 관계없을 것입니다. 하지만 사람은 타인과 교섭함으로써 비로서 살아가는 것이며 백치나 미치광이가 아닌 이상 독립해서는 살 수 없습니다. 사회성을 가지고 있는 것이 인간의 본성이기 때문에 어떻게 해서든지 타인과의 자신이 조화를 찾고 대립보다는 일치를 서로 방해하기 보다는 상호가 편리를 도모하게 되었습니다.

촌스러운 비유일지도 모르지만 극단적으로 혼자서 살아간다고 한다면 사람은 시간을 정하지 않고 식사를 하거나 잠을 자거나 하겠지요? 누군가에게 물어볼 필요도 없으므로 부르짖고 싶을 때는 뭔소리인지도 모를 말을 부르짖기도 하겠지요?

타인과 교섭하기 때문에 무엇보다 자신의 편리를 위해서 일정한 시간에 식사를 하고 잠을 자며, 일정한 문법을 이용해서 질서가 있는 말을 해야만 합니다. 그렇게 하지 않는다면 자신과 타인이 교섭을 할 수가 없기 때문입니다. 다음으로는 시간을 정하지 않고 먹거나 자거나, 문법에 맞지 않는 말을 해서는 우리와 교섭을 하려는 타인에게 얼마나 폐를 끼칠지도 모릅니다. 때문에 협동생활을 위해서도 자타의 조화를 도모하는 규율과 질서가 필요합니다.

매우 나태한 생활을 하는 사람이라도 어느 정도의 규율을 가지고 있습니다. 노름꾼이나 도둑이나 예의가 있습니다. 그런 이유는 자기를 위해 편리하고 자기를 유쾌하게 만족시키기 때문입니다. 더구나 매우 성실하고 총명하고 근면하게 살아온 사람들에게는 종래의 규율에 만족하지 않고, 필요가 없는 부분을 없애고 새로운 유용한 규율을 자신과 타인이 제정하여 가능한 개인과 사회의 관계를 조화시켜가며 충동적으로 살아가려고 합니다.

이것이 인간에게 논리 도덕이 필요한 이유이며, 논리도덕이 강제적으로 만들어진 성질이 아니고, 각 개인의 필요에 의해서 계속에서 개조하고 창조해야만 하는 이유입니다.

소수의 권력자의 의견에 다수의 인간이 지배되던 전제군주시대에는 논리도덕이 강제적인 것이었습니다. 유교, 불교, 가톨릭교, 무사도 등의 도덕이 인간의 얼굴에서 쾌활한 웃음을 없애고, 고통의 그림자를 가지게 하였습니다.

지금은 이와 반대로 논리도덕도 개인주의적인 것이 되고 자유사상적인 것이 되었습니다. 개인의 자유의지로 스스로 만들고 스스로 지키게 되었습니다. 자주자유의 도덕에는 다른 사람의 위압으로 복종을 어쩔 수 없이 해야 하는 고통은 없기 때문에 새로운 도덕의 분위기 속에 비교적으로 많이 살아온 서양의 남녀는 오랜 도덕이 쓸데없이 남아있는 다른 나라의 인간과 비교해서 매우 밝고 쾌활한 생활을 하고 있습니다.

　실제 생활이 급변하고 있음에도, 도덕의 기준이 이전과 같이 남아 있다면 오히려 사람과 사람의 관계를 받아들이지 않고 사회생활의 행복을 방해합니다. 일본의 이혼소동과 고부간의 분쟁 따위가 많은 것은 개인의 사상 감정이 전보다 변화하고 있음에도 불구하고 도덕관계가 전대 그대로인 상태를 유지하는 일이 많고, 밖에서 위협하는 구도덕과 안에서 자발하는 신도덕이 서로 충돌하기 때문에 과도기를 빨리 돌파하지 안 할지에 따라서 일본의 진보는 비약하거나 정체할 것이라고 생각합니다.

　구식 도덕에 미련을 갖는 것은 전제정치를 고수하는 것과 마찬가지로, 국민의 정치적 정신을 속박하는 것임으로 그러한 나라는 세계적 경쟁에서 낙오할 수밖에 없습니다. 그러한 예는 터키와 인도에 있습니다.

　사회의 다른 방면에는 과감하게 자유사상을 받아들이면서 도덕 관계만은 자주자발의 도덕을 장려하지 않고 구식 전제도덕을 강제하는 것은 불합리하다고 생각합니다. 이러한 폐해는 교육계가가 가장 심하며, 다음으로는 노인을 가장으로 하는 가정에 쓸데없이 있습니다.

　도덕 개조를 위험한 것으로 생각하는 사람이 있습니다만, 불필요한 구도덕은 그것을 파기하는 편이 인생을 행복하게 하는 사례를 이야기하겠습니다. 에도시대에는 오사카성 나이토内藤 일가의 하인이었던 오노 큐노신小野久之進의 아내 타와는 남편이 공금

을 가지고 돌아오는 길에 에도에서 도적을 만나 살해된 것을 맘 아
파하여 요시하라의 마츠바야(창부촌)에 들어가 세가와라고 이름을
바꿔 손님으로 온 도적을 살해하여 남편의 복수를 이룬 일로 관청
에서 상을 받았습니다. 이러한 잘 못 된ー남편을 위해서라면 몸을
팔아서 창기가 되어도 좋다는ー정조관이 이전 일본의 도덕이었습
니다. 그러나 오늘날 우리들은 구도덕을 파기하고 있습니다. 이렇
게 되어 얼마나 우리가 행복한지 모릅니다. 그러나 아직 예전의 구
도덕을 일본인은 버리기 어렵습니다. (1917년 1월)

일본부인계의 급진적 경향

　　신년 신문잡지에 실린 많은 논의 가운데에서 부인문제를 다룬 글이 매우 많고, 더욱이 대부분이 진보주의 경향의 논의 것이고, 미와타三輪田 여사와 카에쓰嘉悅 여사와 같은 보수주의 교육자를 제외하고는 거의 편협한 구식 부인론을 이야기하는 식자들이 보이지 않게 되었습니다. 다수의 논조가 남녀 인격의 평등을 인정하고 교육과 직업의 자유를 부인에게 허가하고, 연애를 기초한 일부일처주의 결혼을 요구하며, 참정권리를 부인에게 부여할 것을 인정하는 것에는 일치합니다. 부인문제에 대한 지식인의 사상이 현저한 진보를 보이는 것을 저는 매우 기쁘게 생각하고 있습니다. 일본 부인의 부흥기가 도래했다고 말하기에는 이를지도 모릅니다만 부흥기를 촉진하는 유망한 서광이 보이기 시작한 것은 확실하다고 믿습니다.

　　저는 여기에 지식인의 중심에 선 이름을 말하고 충분한 감사의 인사를 올리고, 지식인의 논의가 남자들만이 아니라 논의의 주요한 대상이 되고 있는 일반부인 사이에 널리 읽힐 것을 추천하고 싶습니다. 아베 이소安部磯雄, 가네다 아이키치鎌田榮吉, 니토베 이나 조新渡戸稲造, 타니모토 토메리谷本富, 야마가키 겐山脇玄, 다카노 쥬조高野重三, 이치죠 다다에一條忠衛, 무카이 군지向軍治, 우키다 카즈타미浮田和民, 미야타 오사무宮田修, 아쇼 쇼조麻生正蔵, 시마다 사부로島田三郎, 우치가사키 사쿠사부로內ヶ崎作三朗, 사와야나기 마사타로澤柳政太郎, 다카시마 히라사부로高島平三郎, 혼마 히사오本間久雄, 시모다 지로下田次郎, 다나카 오도田中王堂, 히라츠카 아키코平塚明子, 야마다 와카코山田わか子 등이 우리들 부인을 위해 저술하는 글은 모두 신선하고 적극적으로 부인자신의 향상과 부인에 대한 남자의 편견을 일소하고 경고하고 있습니다. 생각하기에 지식인이 일면에서는 일본인의 전체 생활이 세계의 생활과 같이 보조를 맞추어 나가고 싶다는 진검한 자각에서 나온 경고이겠지요.

위에서 말했듯이 대부분의 사회는 부인을 위해 매우 좋아지고 있습니다. 메이지 시대의 남자가 하루아침에 갑자기 많은 자유를 얻었던 것과 같이 다이쇼시대의 부인은 세계의 진보에 더불어서 고생도 하지 않고 세계의 선진부인이 얻고 있는 많은 자유를 허용받으려고 합니다. 서양에서는 많은 장애와 싸워서 많은 이의 비장한 희생을 바치고 많은 세월을 보내서 얻은 자유를 일본 부인은 단기간에 게다가 스스로 노력하지 않고 얻으려고 합니다.

예를 들면 오늘 미국 부인을 비롯하여 영국과 프랑스 부인들은 자신이 고등교육을 받으려고 하면 대부분은 저명한 대학에 남자와 마찬가지로 입학할 수 있습니다만 지금까지의 자유를 얻기 위해서 1830~40년 무렵부터 그들 나라의 부인들이 다수 용감하고 열렬한 운동을 쌓아왔습니다. 그러나 일본 도호쿠대학에서 작년 2명의 부인이 이학사理學士를 배출한 것은, 조금도 일본 부인 자신이 운동에 의해서 획득한 고등교육의 자유가 아니라 남자 가운데에서 선견을 갖은 소수의 사람이 도와줘서 그 자유를 얻었던 것입니다.

노력하지 않고 성과를 얻으려고 하는 것은 매우 쉽지만 스스로의 뼈를 깎는 노력을 하지 않고 타인의 힘으로 얻은 자유는 고마움이 진심으로 느껴지지 않으며 그 자유를 운용하기에 민첩함과 성실함, 열정이 희박하게 될 위험이 있습니다. 저는 일본의 부인이 젊은이나 중년이상 여성도 자초하지 않고 도래한 오늘의 호기를 가장 잘 이용해야 한다고 생각합니다. 사실 우리들은 지금 매우 어려운 시험에 서 있습니다. 일본부인이 세계의 문명부인에 비해서 오랫동안 낙오된 것은 재래환경에 순응하고 있었기 때문입니다. 지금은 좋은 환경으로 변화하고 있기 때문에 이 이상으로 부인자신이 환경을 이용해서 자유롭게 비약할 수 없다면 우리들 일본부인의 소질이 세계의 문명부인에게 뒤떨어지는 증명이겠죠?

이런 부인의 부흥기에 대해서 어떤 계급의 부인이라도 천재일우千載一遇의 희열을 느끼지 않을 수 없을 것입니다. 이러한 행운을 자신의 것으로 만들어 서로 다른 현재의 입장에 대해서 잘만 사용하고 보통의 정신과 양식이상으로 현명하게 새롭게 강하게 깨끗하게 아름다운 생활을 만들어가려고 노력해야만 하겠습니다.

자신을 존중하지 않는 경조한 부인은 절호의 기회를 정확히 보지 못하고, 바꿔 말해서 세계와 보조를 맞추고 있는 부인 개조의 기운이 무엇을 의미하는지 깊이 생각하지 않고 신여성에게 열중하는 여자와 같이 단지 시대의 분위기를 쫓기만 하여 어떠한 사고도 없이 신여성 제 2 기, 제 3 기가 되어가는 것을 목표로 할지도 모릅니다. 어떻게든 우리들은 항상 경계하고 그런 동지를 피하고 싶습니다.

전후 세계를 지배하는 새로운 기운은 논리적 지식적 활동적으로 가치가 있는 부인을 요구합니다. 우리 부인들은 고결하고 총명하게 활동해 온 생활을 가치로 삼아서 그것을 추구해야만 합니다.

(1917년 1월)

세 가지 결혼

이전의 결혼은 목적을 달리한 세 가지 결혼이었습니다. 한 가지는 연애의 만족, 여기에는 성욕의 만족과 생활의 희망이 자연적으로 포함되어 있었습니다. 다음으로는 단순히 성욕의 만족, 여기에는 연애라는 감정을 가지고 있지 않고, 생식의 결과를 실행하는 것도 기대하지 않았습니다. 세 번째는 단순히 생식의 만족, 자녀로써 종족을 존속해가는 것을 목적으로 하는 것이었습니다.

첫 번째 결혼은 이상으로써 반겨졌으나, 그것을 실행하는 것은 드물었습니다. 왜냐하면 남자가 부인을 사유물처럼 생각하여 대등한 인격을 인정하지 않고 부인도 인격자로서의 자존감을 버리고 남자의 노예가 되고 장난감이 되는 것을 감수하는 풍조가 만연한 시대에는 총명한 무라사키 시부조차 『겐지모노가타리』의 대작을 일부다처 또는 일처다부란 남녀관계로 시종일관 그려온 것처럼 일부일처의 순결한 연애의 만족은 어려웠기 때문입니다. 『다케토리모노가타리』의 주인공 가구야히메처럼 처녀의 순정을 가진 이상소설이 만들어졌던 것을 보면, 남자에게나 여자에게나 불순한 결혼을 꺼렸는데, 그것을 실현하기에는 야성적으로 방종한 힘이 강하여 남자는 제멋대로 살고 여자는 그것을 맹종해야만 하는 남녀사이에는 문명하고 합리적인 결혼을 창조할 힘이 부족했습니다.

이와 반대로 제2의 결혼은 일반적으로 있었습니다. 성욕의 만족을 주요 목적으로 한 이상, 남자는 피상적인 좋고 나쁨으로 여자를 취하고 물건을 버리듯이 여자를 버렸습니다. 여자는 이름은 아내라고 해도 그 안은 창부와 차이가 없었습니다. 남자는 자동적으로 일부다처, 여자는 수동적으로 일처다부의 방종한 성교를 해왔습니다. 첩이라는 것은 논리상 조금도 부끄럼이 없이 공인되었습니다.

제3의 결혼은 가족제도와 함께 성행했습니다. 결혼은 연애의 만족보다 무엇보다 집안을 위해 많은 자손을 생식하는 목적으로 중요시되어, 아이를 낳지 않는 아내와는 이별하고, 아이를 낳기 위해서 첩을 들여도 좋았습니다. '어머니 배는 잠시 빌려 쓴 것 (女の腹は借り物: 태어난 아이의 신분의 귀천은 아버지에게 달렸다는 뜻).' 라고 해서 자손을 만드는 기계로써 여자를 보는 사상이 결혼의 근거였습니다.

오늘날의 결혼은 형식만으로도 진보하였습니다. 일부일처가 좌우간 일반적인 결혼의 정칙이 되어 축첩을 하는 것에 논리적으로 모욕을 받게 되었습니다. 처와 첩이 함께 사는 것도 거의 없어지고, 첩을 집밖에 두는 일도 점점 줄어들고 잇습니다.

그러나 첫 번째 연애의 만족을 목적으로 하는 결혼은 실제로 아직 미비하게 보급되지 않고 있습니다. 연애의 진정한 의의가 이해되지 않아서 '연애'라는 말이 성행하고 있는 만큼 그 성과가 적습니다. 세 번째 생식을 목적으로 한 기계적인 결혼은 없어지고 있다고 해도, 두 번째 성욕만족을 주요한 목적으로 하는 결혼이 8~90퍼센트 차지하고 있는 사실은 부정하기 어렵습니다.

야만과 문명의 구별은 사람이 저급한 욕망을 정복하고 고급한 욕망을 세우는 것에 판가름이 납니다. 고인古人이 '스스로 이긴다 己に克つ'는 글은 자신의 동물적이고 야성적인 욕망을 이기고 인간적이고 문명적인 욕망을 발전시키는 것을 말합니다. 결혼이 오로지 성욕만족을 목적으로 하고 있는 사람은 저급한 욕망으로 정체되어 있기 때문에 겉으로는 일부일처이더라도 애정의 교향악적인 조화가 결핍하여서 남편은 아내 외의 성욕의 대상으로 매춘부를 찾고 또는 어딘가에 숨겨둔 정부를 찾는 일은 이상하기 짝이 없습니다. 비록 한 사람의 첩으로 만족한다고 해도 아내가 나이가 들어 외모가 쇠하고, 생리적으로 성욕을 만족시키지 못 하는 시기가 오면 성욕관계만으로 이어진 남편은 아내를 떠나서 다른 젊은 부인에게 성욕의 대상을 찾으려고 할 것입니다.

다수의 남자가 아직 두 번째 결혼 상태에 멈춰 있는 것은 남자의 인격에 대한 문제입니다. 그러나 지금 남자만을 책망할 수는 없습니다. 예전에는 여자가 교육을 받지 못 했습니다. 여자가 인형처럼 남자의 성욕에 봉사한 것은 무지했기 때문입니다. 반대로 지금의 여자는 교육의 자유를 갖고 있습니다. 여자 자신의 문제로써 결혼을 생각하는 교육을 학교와 사회에서 받고 있습니다. 여성 스스로 자유로운 의지을 버리지 않는 이상, 두 번째 결혼을 어쩔 수 없이 당하는 강박을 남자와 부모에게서 받지 않게 되었습니다. 여자의 자존감에 따라 두 번째 결혼을 피하고 첫 번째 결혼을 실현할 수 있습니다. 저는 오히려 여자의 자각이 부족한 점을 타박하고 싶습니다.

어느쪽인가 하면, 교육받은 대다수의 남자는 연애를 기초로 하는 제2 결혼을 이상으로 하고 있는데도 교육받은 대다수의 부인이 아직 의지가 확고하지 않기 때문에 아버지와 남자형제가 말하는 대로 물질적인 결혼을 경솔하게 서두르는 것이 아닐까요? 남자 입장에서 말하면, 이상적인 결혼의 상대여성을 만나지 못하기 때문에 어쩔 수없이 철저하지 않은 결혼을 견디고 있다고 말하는 것이겠지요....

(1917년1월)

부인이 외모를 가꾸는 심리

요즘 저는 어느 잡지에서 부인이 외모를 가꾸고 관심을 가지는 심리에 대해서 짧은 감상을 썼습니다만 이야기를 다 못한 것을 깨달아서 보유補遺를 달려고 합니다.

미는 무한하게 권위를 발휘할 수 없습니다. 인생은 모두 실용에 의해서 다소 제한됩니다. 모든 실용에 적합하지 않는 것은 미가 아니라고 말할 수 있습니다.

실용의 범위는 매우 널리 세세하게 걸쳐 있어서 한 번 봐서는 반실용적이어도 잘 조사해보면 그와 반대인 것이 있습니다. 실용의 의미를 좁게 해석해서는 안됩니다.

부인이 외모를 가꾸는 일에는 복잡한 동기가 얽혀있습니다. 부인이 각자 갖고 있는 심미적인 욕망을 수행함으로써 자기를 물론 가꿉니다만, 결코 심미적인 욕망에서만 유래하는 것이 아니라 거기에는 생식적인 본능이 의식적이고 무의식적으로 움직여서 이성을 견인하려는 심리가 근저에는 자리잡고 있습니다. 조류의 숫컷이 외모를 가꾸는 심리와 같은 것이 부인에게도 있습니다.

필시 심미적인 욕망보다도 이러한 본능이 먼저 타올라서 심미적인 욕망이 눈을 뜨고 발달한 것입니다. 그 외에는 이성인 경쟁자인 동성에 대한 자신의 아름다움을 과시하고 상대방에게 결코 자신이 경쟁자가 아닌 것을 알리려고 하는 허영적인 심리도 확실하게 움직이고 있습니다.

그런데도 동성同性에게 과시하고 경쟁자를 위압하려는 심리가 근저에 자리를 잡고 있는 장식에는 심미적이라기보다도 오히려 물질적인 가치에 의해 이기려고 합니다. 걸핏하면 금붙이를 쓸데없이 사용하여 현란한 광채를 상대의 눈에 보이려고 하는 식이죠.

이러한 심리에서 만들어진 부인의 장식도 점점 경험이 쌓이면서 서서히 심미적으로 훈련이 되어서 긴 시간 심미적인 욕망에서만 출발한 것처럼 보이기까지 합니다. 저급한 이러한 심리는 어딘가로 쏠리기 마련입니다. 외모와 복장을 신경을 쓴다면 그러한 경지까지 다가가지 않으면 흥미롭지 않습니다.

심리적인 훈련이라도 개인만의 독창성이 있거나 타인의 모방도 있습니다. 다수의 부인은 모방을 합니다. 자신의 심미적인 견지에서 특히 자신을 위해 조화하는 궁리를 하려는 노력을 하지 않습니다. 그래서 금붙이를 많이 사용하는 것만으로 통일된 새롭고 좋은 취미는 표현되지 않습니다.

생식적인 본능에 의해서 장식이 매우 선명한 증거에는 이러한 것을 말할 수 있습니다. 이성을 견인하려는 심리가 매우 잘 움직이는 여자만큼 예부터 많은 장식이 심미적으로 세련되고 통일이 되었습니다. 연극 극장을 빈번하게 출입하는 많은 여자들의 외모를 매우 조사하는 것은, 눈 높은 배우의 주의를 끌 필요에서 의식적으로 고민했기 때문입니다. 사람들은 자주 일언지하에 매춘부의 취미로써 배척합니다만, 매춘부도 우리들과 같은 사람입니다. 이런저런 이유로 일부에서는 반윤리적인 생활을 하고 있을뿐 결코 전부가 부패하지는 않았습니다. 반드시 어딘가에 선량한 부분을 발견하기도 합니다. 그들 중 누군가 심미적인 의식의 한 가지 예입니다. 오히려 요란하지 않고 촌스럽지도 않고 우아하고 멋진 의복의 취향을 발견하는 것은 그들 가운데 어떤 계급의 사람들에게 많습니다. 그것도 그런 것이 그녀들은 자나 깨나 자신의 외모를 가꾸는 일에 전심을 다하는 일종의 예술가이기 때문입니다. 그녀들과 비교해보면 지방에 있는 여학교를 나온 여성들의 모습은 매우 촌스럽다고 말할 수 있습니다. 물론 도시의 귀족과 부잣집 여성들에게 매춘부들이 도저히 미치지 못하는 최상의 외모 가꾸기도 인정합니다만 그런 사례는 극히 우리들의 눈으로 볼 수 있는 일은 매우 드뭅니다. 일반적인 보통의 여성의 장식은 대체로 어디에도 없이 조화롭지 않고 짝짝이거나 이상한 부분도 있습니다.

이성에 대한 필요에서 나온 장식에는 심미적으로 고귀하고 섬세한 취미가 담겨져 있습니다. 그것은 이성異性이 갖고 있는 높은 심미안에 호소하려고 하기 때문이라고 생각합니다.

(1917년 2월)

생활의 변화

사람은 건강한 때야말로 건강을 거의 잊고 있어서 그 건강함에 대한 귀중함을 깨닫지 못합니다. 조금이라도 병이 생기고 나서야 비로소 보통의 건강함이 귀중할 것을 알고 타인의 건강까지 부러울 따름입니다.

생활의 맛은 대조함에 따라서 생기며, 평범하고 단조로운 생활을 벗어날 때 심각해집니다. 남녀노소, 빈부, 강약, 현우賢愚, 신구, 미추, 선악, 시비, 명암, 이러한 대조가 없다면 ─ 생활 속에 고저요 철이 없다면 ─ 얼마든지 인생은 화석화 되어버릴 것입니다. 저는 대조를 좋아합니다. 부단한 변화로 발생하는 새로운 대조를 좋아합니다. 사람의 일생에 가장 의의가 있는 것은, 높은 곳에서 낮은 곳으로 떨어지는 몰락에 대한 비애에서 벗어나고, 낮은 곳에서 높은 곳으로 오르려는 용감함에 기쁨을 얻기 위해서는 개인의 노력을 모으는 점에 있다고 생각합니다.

(1917년 2월)

청년과 노인

　젊은이는 젊은이만의 법칙이 있습니다. 아이를 미성품이라고
생각하는 것은 큰 착오입니다. 아이도 청년도 완전한 생활체입니
다. 진실로 노인과 아이는 없습니다. 어른과 노인이 나이를 먹지
않으면 진실을 모른다고 말하는 것은 경험과 기억을 매우 믿고 있
는 그들의 건방진 말입니다.

　젊은 날은 두 번 다시 오지 않습니다. 젊은 날을 장년이 될 날을
위해 준비하는 것으로 오해하고 노인들의 생각에서 나온 발언에
신뢰와 숭배를 과분하게 하여 젊은이의 생각을 죽이는 냉정한 생
활을 해서는 안 됩니다.

　나이를 먹는다는 것이나 경험을 많이 했다는 것이 반드시 사람
을 지혜롭게 하지는 않습니다. 수 천 년의 역사는 오히려 그것과는
반대의 결과를 낳았습니다. 일반적으로 노인은 오히려 나쁘게 변
화했습니다. 부패하고 타락했습니다. 극히 소수의 극히 탁월한 천
재인 노인 이외에는……

　제가 노인을 더욱 존경하고 싶어진 이유는 노인이 풍부한 경험
을 자만하지 않고 경험에서 추상적이고 냉정한 진리를 떠받들지

않고 오히려 어제의 경험 밖에 서서, 현재의 진실에 대한 실감만으로 살아가려고 할 때입니다. 항상 늙음을 이기고 새로이 유동적으로 살아가려고 할 때입니다. 그러나 이러한 노인은 매우 드물어서 만날 수가 없습니다. 대부분의 노인은 육체보다 먼저 정신과 마음이 약해집니다.

다수의 노인에게는 성욕이 남아서 연애를 갈구합니다. 그것이 무엇보다도 그들이 나쁘게 변화시키는 증거입니다.

진실은 젊은이에게도 순수한 모습을 많이 보입니다. 젊은이의 마음의 거울은 아직 어둡지 않으니까요.

(1917년2월)

진실의 힘

얼마나 소박하고 형편없는 예술이라도 그것이 사람에게 성실하게—진지하게라도 말해도 좋다—만들어진 것이라면, 그것은 반드시 무한하게 깊은 세계의 내부, '진실'과 이어져있습니다. 머무르지 않고 조금이라도 깊게 '진실'의 혼과 피를 만지려는 사람은 그것에 따라 어느 정도의 탐닉적인 암시를 받지 않을 수 없습니다. 땅속에서 꺼내서 올린 태고의 토기 파편에 그려진 단순한 모양, 아이를 그리고, 동식물을 그린 순진한 그림에도 사람의 마음이 흔들리는 것은 그 때문입니다.

세상의 평판이 내려진 작품만이 좋다고는 생각지 않습니다. 그 가운데는 꽤나 가치가 없는 것이 많이 있습니다. 같은 대가의 작품이라도 그때그때의 성실한 정도에 따라 다른 사람이 만든 것 같은 졸작도 섞여 있습니다. 참으로 예술을 사랑한다고 하면 세상의 평판 따위에 귀를 기울일 여유가 없습니다. 오히려 세상의 평판 따위 아무것도 아니라고 생각하여 기운이 납니다.

자신이 아직 모르고 있던 망연한 커다란 생명을—진실을—1센티보다는 2센티, 1미터보다는 2미터라는 듯이 깊이 파내서 내려가며 보이는 예술이야말로 좋은 예술이라고 생각합니다. 이러한 예술을 쓸데없는 중재가 없이 자신이 발견하려고 하는 마음가짐이 예술을 감상하는 유일한 태도일 것입니다.

감상이라는 것은 예술에 우주의 진실을 투영하고 체험하는 일입니다. 예술가의 특이한 마음과 교묘한 말에 감동하지 않는다, 단연코 없다고 생각합니다.

진실은 무한, 무량무제無量無際입니다. 어떠한 예술가라도 진실을 살펴볼 수는 없습니다. 한 부분을 과장하고 한 부분을 잇는 깊이를 어느 정도까지 깊게 끌어올리는 것이 예술의 사명입니다.

진실은 아름다운 선과 색, 깊이를 갖추고 끊임없이 변화하면서 우리들을 감싸고 있습니다. 우리들은 진실 속에 있으며 우리들도 진실의 연쇄하는 하나의 원까지는 누구나 직각합니다. 그러나 진실의 확실함, 아름다움, 운동을 정확하게 실감하게 하는 것은 예술밖에 없습니다. 누구나 예술에 의지하지 않고 진실에 가까이 갈 수는 없습니다. 단지 몽롱하게 진실의 그림자를 볼 뿐입니다.

진실이 없는 곳에는 결코 진실의 꽃이 피지 않습니다. 진실하게 살아가려는 자각이 깊으면 깊을수록 사람은 반드시 예술에 다다릅니다. 그곳에서 진실을 보는 창이 열립니다. 진실이라는 것이 가장 위대한 사랑이라는 것을 알 수 있습니다.

(1917년 2월)

연애와 성욕

연애와 성욕의 차이는 하나의 사실을 진보시키는 것과 정체시키는 것의 차이입니다. 성욕은 동물에게 공통적으로 있는 욕구이며 본능이 그대로 모습을 보인 것입니다만, 여기에 예술적 감정을 넣어서 정신적인 배경을 갖는 것을 연애라고 부릅니다. 연애는 사람이 진화해서 동물성에 인간성을 넣는 것으로 만들어지는 욕구입니다. 성욕은 동물적인 저급한 욕구이며 연애는 인간적이고 고급 욕구라고 말할 수 있습니다. 연애를 경험하고 그것을 수행하고 있는 이에게, 연애는 두 사람의 인격이 예술적으로 맞아서, 진실을 구현한 음악을 연주하게 하는 것을 의미합니다. 예술의 법칙은 진실의 법칙 외에는 없습니다. 두 사람의 인격이 뒤엉겨 살아서 움직이는 조각입니다.

(1917년 2월)

도쿄의 풍경

저는 평소 외출을 거의 하지 않아서 아직 도쿄의 지리를 잘 모릅니다. 게다가 도쿄에서 자란 사람이 아니라서 도쿄에서의 어린 시절 추억도 없고, 그런 추억을 함께 한 연인이 있는 감미로운 감정도 가지고 있지 않습니다. 벌써 16~7년이나 살고 있는데도 저에게 도쿄는 아직 새로운 자극을 주는 도시이고, 여행객의 시선으로 바라보게 되는 도시입니다.

가끔 외출할 때마다 싫은 광경도 만나지만 재미있는 광경도 발견합니다.

저는 어디든 오고갈 때 가쿠라자카의 정류장에서 시내 전차를 타는 것이 편리하기 때문에 자주 우시코메미쓰케(見附け: 성문)에서 이치가야미쓰케의 둑을 산책하기도 합니다. 둑에 서서 우시코메 대를 바라보면 내가 지금 성안에 있구나라고 느껴집니다. 파리의 성벽 위를 걸으면서 거리를 보는듯한 기분이 듭니다. 우시코메와 요츠야 위에 있는 하늘이 팥죽색으로 물들어 희미한 히로시게(広重: 우키요에화가) 풍의 노을을 둑 위에서 바라보는 것은 여기서 살고 있는 우리들에게는 이득이라고 생각합니다. 장사하는 집 아이

들 같은 12~3살 남자아이가 하얀 얼굴이랑 손에 붉게 노을에 비춰 경사진 둑에서 몸을 굽히고 정월말에 혼자서 뭔가를 찾는지 파고 있는 모습을 보고, 내가 "쑥 캐니?"라고 물어보니까 " 달래에요. 목 아플 때 먹으면 좋아요."라고 대답합니다.

도쿄에도 이렇게 한가한 저녁도 있구나라고 생각했습니다. 우시코메미쓰케의 옛날 모습의 멋짐 성문의 돌담을 아래를 걷고 있을 때 예복을 갖춰 입은 에도의 사무라이가 길을 물어보며, 서민의 아이에게 부끄럽지 않게 가볍게 인사를 하는 듯한 클래식한 분위기가 있습니다.

시인 다카무라 코타로高村光太郎도 이 돌담의 아름다움을 노래 하기도 했습니다. 거기를 지나치면 성 밖을 나가는 기분이 확실하게 듭니다. 정면에 있는 가쿠라자카가 세느강 맞은편 몽마르트로 올라가는 언덕이면 좋겠다는 생각도 합니다. 성문밖에는 버드나무도 새싹의 색깔이 고운 3, 4월에는 아름답습니다. 여름의 저녁무렵 성문밖의 다리위에서 내려보는 코부센甲武線의 우시코메 정거장 입구 길이 서경의 사가嵯峨 어딘가를 연상시킵니다.

야스쿠니신사는 우리집에서 일정一町 정도의 거리입니다만 가을비에 벚꽃나무 낙엽을 밟으며, 유슈관(遊就館: 야스쿠니신사 안에 있는 보물전시관) 앞에서 3 번쵸3番町 문으로 걸을 때는 외롭지가 않습니다. 이쁘게 노을이 지는 하늘을 바라보며 쿠단자카를 오르는 기분도 기쁨의 하나입니다. 다 오르면 멋진 광장과 건축이 있을까하는 기대를 합니다. 비엔나의 쉘브르궁전, 파리의 개선문 같은 건축물이 있다면 얼마나 장관이겠는가? 그러나 벚꽃이 핀 무렵 멀리 바라보는 야스쿠니신사의 지붕의 아름다움은 역시 니시키에錦絵 처럼 보입니다. 구단자카 위에서 니콜라이성당을 내려다보는 광경은 몽마르트의 사크레쾨르 성당이 저속한 에펠탑과 대비되어 파리의 아름다움을 파괴하고 있는 것과는 반대로 지금은 도쿄의 조화 위에 놓칠 수 없는 좋은 연주를 이루고 있습니다. 니콜라이성당은 사람들의 마음을 빼앗아 닛폰바시 거리에 즐비하게 있는 저속한 건축에 대한 기억을 잊게 해줍니다. 니콜라이성당과 일본은행, 미쓰코시 백화점의 석조가 복숭아 빛 노을에 접어서 프랑스의 대성당의 빛과 같이 반짝이기도 합니다. 이것을 보는 구경하는 것도 구단자카의 특색입니다.

도쿄는 대체로 밤이 오면 일변하여 아름다워집니다. 경박한 도시가 비로소 커다란 숲이 들어간 듯이 깊이를 더합니다. 구단자카에서 내려다본 간다, 닛폰바시의 등불이 비친 바다는 몽마르트 언덕에서 내려다본 등불을 방불케 합니다. 긴자거리의 야경은 브뤼셀의 야경에 뒤지지 않습니다. 최근 현저히 간다거리의 야경이 아름다워졌습니다. 그러나 도쿄 거리의 야경은 물질적인 등불이 만들어댄 명암의 아름다움으로, 경박하고 정신적인 깊이가 적어서 여자와 예술의 아름다움에서는 서양의 도시와 비교하면 매우 부족합니다. 품위가 있고 매혹적인 삶의 매력이 명암을 만들지는 못합니다. 밤이 깊어짐에 따라 우에노의 종소리가 가련하고 몰락하는 옛 정취와 매우 어울리게 됩니다. 유리창 너머로 거리의 등불을 보면서 새벽까지 커피가게의 탁자에서 이야기를 나누고 싶을 정도로 긴장된 생활의 감정은 일어나지 않습니다.

저는 이전에 쓰키지築地의 성루카병원에 어떤 아가씨 문병을 갔을 때 치음으로 ㄱ 거류지를 보았습니다. 수채화 빛이 도는 기분이 좋게 밝게 만드는 서양식 건축과 도로가 있는 것이 재미있었습니다.

스미다가와는 테임스강과 같은 강입니다만, 어떤 다리나 기차 선로에 있는 철교와 같은 구조로 만들어진 것이 조잡합니다. 유럽의 어느 도시에 나는 이와 같은 살풍경은 다리를 본 적이 없습니다. 파리의 세느강의 다리는 로댕이 부조예술이라고 높이 평가하듯이 하나하나가 우와한 미와 위엄을 갖춰 프랑스 미인의 모습을 보는듯합니다. 근래 만들어진 알렉선더 3세 다리는 속물스러워서 예술가들은 천재의 혼이 느껴지지 않는다고 비난합니다. 3세 다리를 조금 모방하여 저속하게 만들 것이 도쿄의 닛폰바시입니다. 스미다가와에 건설된 텐류강天龍川 철교와 같은 양식의 다리의 저속함과 비교하면 닛폰바시는 그나마 괜찮습니다. 아사쿠사, 료코쿠, 에이다이 등의 다리는 도시에서 볼만한 것은 아니라고 단언합니다.

(1917년 2월)

부인과 정치운동

「부인공론婦人公論」기자에게 '부인과 정치운동'이라 제목으로 나의 의견을 적어달라는 요청을 받았습니다. 기자가 말하는 소위 '정치운동'은 무엇을 말하는 것일까요?

지금까지 중의원 의원 선거가 있을 때마다 의원 후보자인 처와 어머니, 후보자와 동거하는 부인유지자가 선거 유권자의 집을 방문하고 후보자를 위해서 투표를 간청하러 다니는 사실이 있습니다. 이러한 부인들은 스스로 그 행위를 멋진 정치운동처럼 생각하고 내심 수치를 느끼는 기색이 없을뿐더러, 오히려 해야 할 것을 하는 것 같이 만족하고 잘 하는 양 수다를 떠는 부인들조차 있습니다. 세상 사람들도 이러한 행위를 하는 부인에게 흔하지 않게 활동적이라고 관용적으로 해석하여 선거판의 명물 부인으로서 찬양하는 경향도 있습니다. 이러한 의미의 정치운동에 대해서라면 오늘 저는 추후도 찬의를 표할 수 없습니다.

요즘 제 마음에는 가능한 정확한 사상을 표준으로 행동하고 싶은 바람이 점점 커져가고 있는 것을 느낍니다. 편애, 광의, 미신, 상식, 습관, 의리와 인정, 이것들을 표준으로 해서는 저 자신의 생활이 모래성처럼 의지할 수 없다고 생각합니다. 이러한 마음으로 전 인류의 생활을 바라보고 있는 저는, 타인의 행동에도 무의식, 불순함, 유해를 피해서 가능한 합리적이고 공명하고 유익한 행동을 기대하고 싶습니다. 이러한 의미에서 현재 전쟁이 일어난 이후 영국과 프랑스의 정치가 점점 민주주의적으로 철저해지고, 진실한 거국일치가 실현되어 가고 있는 것을 부럽게 생각합니다. 반대로 일본의 정쟁이 훌륭한 정치사상이 전혀 없이, 재벌과 정당을 노골적으로 단지 정권의 쟁탈만을 목적으로 하고 있는 것에 수치와 고통, 유감을 느끼지 않을 수 없습니다.

그래서 선거 때 각 집을 방문하는 행위는 남자나 부인이나 결코 정치운동이라는 미명으로 불려서는 안 된다고 생각합니다. 요컨대 후보자의 앞잡이가 되어서 유권자의 앞에서 후보자 대신에 표를 애원하는 행위일 뿐입니다. 후보자는 언어로 자신의 정치의견을 공명정대하게 발표하고, 당당하게 국민의 신임을 얻으면 좋은 것입니다. 반드시 비굴하게 애원하는 태도를 취할 필요는 없습니다. 남성운동자가 후보자가 되어서 유권자에 앞에 서는 것은 유권자 자신과 후보자 두 사람의 인격을 상처를 입힐 뿐만 아니라, 다수의 유권자에게 인정으로 정치적으로 양심의 타락으로 이끄는 의미로써 만인 앞에서 인격을 모독하며 돌아다니는 것과 같습니다. 이것은 말할 필요도 없이 자유공명여야 할 선거판을 광대처럼 천박하게 끌어내리는 일이기 때문에 거듭 꼴사납고 유쾌하지 못한 행동입니다.

『사랑, 이성 그리고 용기』　　　　　　　　부인과 정치운동

이렇게 생각해야할 진중한 준비를 게을리 하는 부인은 유권자의 집을 방문하는 것이 유권자인 우리의 자식, 남편, 선배를 위한 것이고 사회국가를 위한 것이라는 식으로 감정적으로 고정되어 그 이상의 반성할 기미가 없습니다. 상식적으로 생각하면 우리 자식과 남편, 선배를 위해 부인이 도를 넘어서는 노력을 하는 것이 아름다운 표현인 듯합니다. 어찌 알까요? 그것이 자신과 유권자, 일본인 전체를 위해 오히려 전술한 바와 같은 윤리적이 모독을 저지르는 결과가 됩니다.

남자가 선거운동원이 되는 것은 다년의 습관으로 개선되기 어렵더라도, 이것에 반해서 깨끗한 지위에 있는 부인까지 일부러 흙탕물속에 넣어서 남자 운동원과 각 세대방문을 할 필요가 없다고 봅니다. 테라우치 총재가 사법관 회의석상에서 말한 선거단속훈시에 지금까지의 신거운동은 유권자에게 협박, 사기, 강탈에 가까운 행위를 해온 사실이 적지 않다고 말했습니다. 저는 테라우치총재의 말에 빗대어 선거판의 실상을 말하지 않는 터무니없고 가혹한 폭언이라고 일본인의 명예를 위해서 믿고 있는 사람입니다. 그러나 만약 혐의를 이끄는 듯한 행동이 지금까지 일어났다고 한다면 그것은 남자 운동원의 어긋난 생각에서 나온 것이라고 생각합니다.

테라우치 총재와 마쓰무라 법무장관이 이번 총선에서 극단적이고 위협적인 태도까지 취하면서 선거판의 적폐를 부수려고 하는 것이 어용후보자의 비호도, 반대후보자의 위압이 아닌, 진실로 유권자와 후보자의 자유의사를 존중하는 성의에서 나온 것이라면 어째서 먼저 남자 운동원을 금지하고 언론을 통해 정견발표를 적극적으로 장려하지 않았던 것일까요?

선거판의 제1폐해는 점점 거액의 운동비가 필요하다는 점입니다. 후보자의 인격과 정견이 어떠한지는 문제가 아닙니다. 운동비의 많고 적음이 후보자의 운명을 결정합니다. 따라서 중의원으로 보낸 의원 대다수는 의원의 이름뿐이고 초기 의회 이래 점점 재미있지 않은 경향이 농후지고 있습니다. 거액의 운동비를 견디는 유산계급의 교육받지 못한 사람들이 뽑히기 때문입니다. 그 운동비의 대부분이 다수의 운동원을 위해 사용되는 것이라는 것은 말할 필요도 없습니다. 그렇기 때문에 운동원을 금지하는 것은 선거비용을 실질적으로 필요한 경비까지 절약하게 되고 자산이 없는 지식인 계급 다수가 후보자로 나설 수 있어서 중의원 의원의 자격을 일거에 개선할 수 있을 것임을 의심하지 않습니다. 저는 이런 의미에서 운동원의 금지를 단행하기를 바랍니다. 나아가서는 선거비용을 줄이기 위해서는 가능한 옥외연설을 허가하고, 정견발표문에 대해서 국가가 1회만 우편세를 면제할 필요가 있다고 생각합니다. 또한 각 관공서, 사원, 신사, 정거장, 교차로 등 눈에 띄는 곳에 게시판을 설치하여 각 후보자의 정견을 제시할 수 있도록 장려하는 것도 방법이라고 생각합니다.

저는 선거운동의 세대방문에 대해서 이러한 반대의견을 갖고 있습니다. 하지만 같은 선거운동이라도 남자가 후보자를 응원하여 추천연설을 하듯이 부인도 또한—아직 부인의 정치적 모임과 연설이 법률상 허가되어 있지 않으니까—글로써 적당한 후보자를 추천하고 유권자의 총명함을 자극하여, 의원의 간발簡拔을 틀리지 않기 위해서 참고자료로 한다면 그것은 상당히 훌륭한 의미가 있는 행동입니다. 그리고 처음으로 부인의 정치운동의 하나라고 불릴 것입니다. 더욱이 그러한 경우에는 후보자에게서 의뢰받은 것이 아니라 부인이 스스로 국정 조정을 열망하는 내부의 요구를 압박하는 것으로, 단순히 자식, 남편, 선배에 대한 애정과 의리에 의한 것이 아니고 부인 스스로 독립되고 합리적인 정치의견을 갖고 있으며, 자신이 추천하는 후보자의 정치 의견과 일치하는 추천장도 감정적인 의뢰문과 간단한 형식적인 추천장이 아니고 후보자의 인격과 전력을 매우 합리적으로 비평한 하나의 독립의견서이야만 한다고 생각합니다. 지금까지 부인이 선거운동은 단순히 비굴하고 애원하는 것뿐이었으며 부인 스스로 정치사상의 표현하는 것은 전혀 없었습니다.

국민의 반 이상이 부인이라는 이유에서라도 부인은 정치에 관여할 수 있는 권리를 스스로 가지고 있습니다. 정치가 국민전체의 휴척(休戚: 번영과 멸망)을 관장하는 하나의 위대한 기간임에도 국민의 반 이상을 차지하는 부인이 오랫동안 정치에서 제외되어 있던 일은 야만한 시대의 불평등한 사상에 좌우되던 하나의 구태의연한 습관있던 것입니다. 국민의 반 이상일 뿐만 아니라 부인 자신의 행복을 위해서도 협동생활의 반려자인 남자를 위해서도 서양의 여권론자가 오랜 기간 주창해온 것처럼 인류의 유지와 육아, 위생, 노동의 문제를 위해서도 국정에 대해서 부인이 발언하고 협동하는 권리와 의무를 가지고 있으므로―오늘은 아직 다수의 무산계급의 남자와 더불어 참정권을 허가받지 않았다고 하더라도―현행의 법률을 용인하는 범위에서 특히 여기에 적합한 부인들이 관료에도 정당에도 속하지 않은 순결하고 절호의 입지에서 선거판의 정화를 남자에게 촉발시키는 운동이 일어날 것을 저는 기대하는 바입니다.

그러나 현재의 일본에서는 아직 부인이 밖에 나가서 정치운동에 종사할 필요는 없습니다. 무엇보다도 먼저 선거를 기회로 부인 스스로 조금이라도 정치상의 독립된 의견을 보이는 것이 필요합니다. 그 가운데 자신이 있는 부인들이 정견을 표준으로써 비판하고 적당한 후보자를 스스로 자신과 가까운 가정의 남자에게 추천하는 일이 무엇보다도 온건하고 유력한 정치운동이라고 생각합니다. 이 글에 의해 정치의견을 신문잡지에 발표하는 부인이 나타난다면 부인계의 진보의 첫걸음이라고 생각합니다.　　　(1917년 4월)

부인참정권 요구의 전제

일본에서는 무엇이 세계의 문명보다 뒤쳐져 있냐하면 정계만큼 매우 뒤쳐져 있는 것은 없을 것이다. 헌법제정이래 오히려 퇴보하고 있다고 보는 견해조차 있습니다. 정계와 비교하면 과학, 예술 등 사회는 상당히 장족의 발전을 보이고 있습니다. 이러한 사회는 세계와 관계하고 있고, 인류의 행복과 관련이 있는 이성으로 실제 생활 개조를 진행하고 있습니다. 하지만 정계는 그런 세계인류와 교섭하는 위대한 이성을 가지고 있지 않을뿐더러 일본인 전체의 생활과는 고립되어 있습니다. 번벌, 관벌, 군벌, 당벌, 재벌 등에 속하는 국내 소수의 인간이 서로 적이 되거나 같은 편이 되거나 해서 정권을 쟁탈하는 전제 사투專制私鬪의 무대로 내보내지고 있습니다. 이러한 현상은 야마모토 내각, 오오스미 내각을 걸쳐서 테라우치 내각의 출현과 함께 매우 노골적으로 보이고 있습니다. 에모토 법학박사가 정계의 미래를 예측하여 "저는 적어도 가까운 장래는 전제정치로 점점 진행해 갈 것이라고 생각합니다. 국민에게 권리의 자유를 주어 법치국가를 성행하는 것이 적도 아군도 재조당在朝黨도 반기는 일이 아닙니다."라고 말한 것은 정말로 정계의 현재의 진상을 철저하게 관찰하고 있는 것이라고 봅니다. 정계가 이와 같이 야만적 상태로 정체되어 있는 원인은 요컨대 국민전체가 아직 정치적으로 각성하지 않았기 때문입니다. 헌법제정이후, 정치는 국민자신의 정치이며 앞서 말한바와 같이 다양한 벌족의 전제에 맡겨두면 안 된다는 것을 철저하게 알기에는 이르지 못했기 때문입니다. 벌족이 세력이 세다는 것은 국민이 무력한 것을 증명합니다.

이번의 중의원 의원총선거가 저는 조금이라도 좋은 방향으로 정계가 바꾸어가는 결과를 얻을 것이라고는 기대하지 않습니다.

먼저 선거제도가 전제정치를 현출하도록 되어 있어서, 그것이 우리의 기대를 저버립니다. 국민전체의 정치이면서 실제로는 정치에 참여하는 권리는 재력을 기준으로 규정된 154만명 선거인이 독점하고 있습니다. 일본 총인구의 100분의 2에 해당하는데 지나지 않는 최소수의 선거인으로 선거된 중의원 의원이 어째서 국민전체의 의지를 표시한다고 말할 수 있나요? 선거제도가 이미 근본적으로 메이지 천황이 국정을 공론화하여 결정하는 생각과 이렇게 모순되고 있습니다. 정권의 쟁탈을 목적으로 하는 관벌과 당벌에 속해 있는 의원 후보자는 단지 국민의 일부인 최소한의 유권자계급을 어떠한 방법으로든지 유혹하면 그것을 토대로 중의원에 들어가서 관벌과 당벌의 정쟁에 참가하고 자기가 속한 그들 벌족계급이 이익을 도모할 수 있습니다.

적어도 최소수의 유권자계급이 정치적 의의와 정계의 실상을 알고 있다면 최소한의 일본인의 의지만으로도 정당하게 대표하는 의원을 선거할 수 있습니다. 하지만 재력만을 기준으로 규정된 선거인은 지식과 도덕이 결여된 사람들이 대다수이기 때문에 후보자의 허명과 물질적 유혹, 관헌의 압박에 굴복하여 소중한 투표권을 범용하게 되어 버립니다. 총명한 선거인이라면 관벌과 당벌을 시야에 넣지 않고 오로지 일본인 전체의 생활을 발전시키기 위해 필요한 기관—중의원을 개조하여 의원의 소질을 일신한 것을 이상으로 하여 후보자의 선정에는 정견과 도덕이 어떠한지를 기준으로 해야 한다고 생각합니다. 하지만 지금은 관벌의 후보자에게도 당벌의 후보자에게도 당당한 정견을 발표하는 사람이 거의 보이지 않습니다. 게다가 후보자의 멤버를 보면 5분의 4까지는 전대 의원 또는 전전대 의원이 차지하고 있습니다. 그들은 비록 다소의 정견을 가지고 있다고 하더라도 국민에게 공약한 정견을 실행하지 않고 자신의 이익을 쫓아서 당적과 정견을 바꾼 일조차 부끄러워하지 않았던 과거의 경력은 충분히 그들의 윤리적 의지가 박약한 것을 알게 합니다. 다른 5분의 1의 새로운 후보자이고 정견다운 정견이 부족한 것은 마찬가지입니다. 절조德操에 있어서도 국민의 상식으로는 전대 의원에 대한 신뢰와 같은 신뢰를 줄 수가 없습니다.

이러한 의원들을 몇 번이나 배출해도 중의원의 소질이 좋아질 기미가 없고 우리 국민이 바라는 정당의 소질 개량도 어렵다고 생각합니다. 저는 처음부터 정당정치가 세계의 대세라고 생각하기 때문에 초연히 내각에 반대하여 정당대각의 출현을 기대하는 한 사람입니다. 그러나 이러한 총선거의 기회가 있을 때마다 중의원과 정당과의 개조를 함께 도모해야한다고 생각합니다.

정견이 없어도 절조가 부족하더라도 재력만 있다면 의원으로 선출되는 비열한 시대에는 우수한 당대 제일의 인물은 후보자로 결코 나서지 않습니다. 재력으로 후보자의 자격이 없고 설령 재력이 있다고 하더라도 터무니없는 운동비를 사용해서 선거법을 위반하는 위험한 탁류에 발을 담그려하기 때문에 후보자의 자질은 점점 저락해갈 뿐입니다. 테라우치내각은 빈번히 선거간섭을 하고 조금도 선거계의 적폐를 근본적으로 일소하려고 하는 성의가 없습니다. 그러한 증거로는 공표한 선거단속규칙이라는 것이 모두 중용하지 않은 제재뿐으로 가장 중요한 운동원의 절대금지를 단행하고 있지 않습니다. 쓸데없는 선거 비용의 대부분은 다수의 운동원을 위해 사라지고 있습니다. 선거인이 후보자의 정치사상에 공명하는 것이 아니라, 정에 따라서 경솔하게 투표하는 것도 다수의 운동원이 하는 감언이나 선물과 유혹에 의한 것입니다. 운동원을 완전 폐지하고 문서와 연설에 의한 정견의 발표를 장려하면, 무학무사상인 후보자는 출현하지 않을 것입니다. 그렇게 되면 선거인도 비로소 정견을 비판하고 자신이 당당하게 생각하는 후보자에게 투표하게 될 것입니다. 에이다 경보국장님 만큼 총명하여 기대되는 공무원이 왜 운동원을 절대 금지하지 않는지가 이상합니다.

그러나 운동원을 금지하고 오히려 언론에 의한 정견 발표를 하도록 하면 선거제도가 현재대로는 일본인 가운데 154만명을 대표하는 의원밖에 선출되지 않으므로 그들 의원이 반드시 일본인 전체의 이익을 생각해서 정치기관을 운영할 것이라는 안심을 우리가 가질 수는 없습니다. 보통선거제가 되지 않는 이상, 국민 일부에 치우친 소수의 선거인이 자기들에게 맞게 알랑거리는 후보자만을 뽑게 될 테니까 관벌과 당벌의 어용의원이 없어져도 일부의 재벌계급의 위해 일하는 의원이 일국의 정치를 좌우하는 폐해가 생기지 않을 수 없습니다.

이런 이유에서 저는 어서 보통선거제를 실시할 것을 기대합니다. 법률에 있어서 먼저 여러 가지 권리를 국민전체에게 평등하게 보장하는 것이 법치국다운 첫 번째 필요조건이라고 생각합니다.

(1917년3월)

남편의 선택

'부창부수'라는 말이 이제는 현재의 실제생활과는 맞지 않는 구식의 습관이라는 것을 누구나 알고 있습니다. 발언해야만 할 필요가 있다면, 남녀를 따지 말고 먼저 깨달은 사람이 말을 하는 것이 자연의 이치입니다. 행복이 손에 닿는 곳에 있고 위험이 가까이 있다고 하더라도, 여자가 그것을 느끼면서도 남자가 모르고 있다고 해서 스스로 말해서는 안된다고 하는 것은 어떤 점에서 생각해도 불합리한 일임에 틀림없다.

결혼의 경우에 여자가 먼저 구혼의 의지를 표시하는 것은 지금도 여전히 경망스러운 일이며, 정숙에 상처를 입히는 일로써 해석되는 것은 전시대의 유풍이라고 생각합니다. 이러한 유풍이 세력을 갖고 있기 때문에 메이지, 다이쇼시대 여자가 얼마나 좋은 연분과 멀어져 있는지도 모르고, 얼마나 바라지도 않는 결혼을 하고, 불행한 생활을 견디고 있는지 모릅니다.

결혼은 남자에게도 여자에게도 평등하게 신성한 것이라고 하여, 인생에서 가장 중요한 일이라고들 합니다. 그렇다면 남자만 배우자를 선택하고 왜 여자는 그것을 선택할 수 없는 걸까요? 그것은 예전부터 이론적으로는 반대 의견이 성립할 여지가 없는 것입니다만, 실제로는 젊은 여자의 상식이 남자의 평가만으로 아직 발달하지 않지 않기 때문에 현대의 사회적 습관에는 넓은 범위에서 남자와 자유롭게 교제하는 법이 아직 정해지지 않았다는 이유로써 부자연스런 모략결혼을 일시적인 변통수단임을 알면서도 유지하고 있습니다.

그러니까 현대에는 비교적 대충 교육받고 있는—스스로 교육하고 있는—소위 유식계급의 여자는 결코 구식 모략결혼을 망종할 필요가 없습니다. 스스로 평생 배우자로 할수 있는 든든한 남자를 찾으면 스스로 부모나 형제, 스승과 친구들에게 상담정도는 할 수 있는 용기와 준비가 되어 있으면 합니다. 당사자에게 직접 구혼하는 것은 여자뿐만 아니라. 남자가 하더라도 대체적으로 경솔히 할 위험이 있으니까 먼저 제3자와 상담하고 제3자를 통해서 구혼하는 것이 총명한 방법입니다.

이것은 반드시 선례가 없는 것이 아닙니다. 이미 도쿠가와 시대의 유식계급인 유학을 공부한 여자가 이러한 방법을 이용했습니다. 유학자 타키 다쿠다이滝鶴台의 아내가 다쿠다이의 인품을 듣고, 자신의 남편이 될 사람은 이 세상에 다쿠다이 밖에 없다고 말하고 스스로 구혼한 일은 누구나 알고 있는 이야기입니다. 에마씨江馬氏의 딸 호소카細香가 가쿠다이의 아내처럼 자부심을 가지고 라이산요賴山陽의 아내가 되려고 하였지만 시간의 착오로 산요가 먼저 다른 여자와 결혼을 해서 그것을 계기로 결혼을 단념하고 평생 학문에 매진하여 순정을 유지한 이야기는 유명합니다.

요즘 모리 오가이 선생님이 쓴 『시부에 추사이渋江抽斎』와 『이자와 란겐伊澤蘭軒』의 전기를 보면, 란겐의 자식인 핫켄柏軒의 아내 다카高 도 유사이油斎의 처 고햐쿠五百와 함께 도쿠가와시대 말기의 재녀才女이며, 다카는 쇼나곤이라고 불리고, 고햐쿠는 신쇼나곤이라고 불릴 정도였는데, 모리 선생님은 "두 사람은 모두 자신이 남편을 선택한 여자이고 나는 소위 신여성新しい女이 메이지와 다이쇼에 갑자기 출현한 것이 아니라 예부터 있었다고 생각한다. 그리고 내가 생각하는 신여성은 폄척貶斥 하는 의미는 포함되어 있지 않다"고 말했습니다. 두 재녀의 자신 있고 건강한 행동을 긍정적으로 바라보고 있습니다. 두 사람 모두 남편의 수수한 인품을 간파하고 자신도 그의 아내가 맞는 열정과 재식을 있다고 믿으며, 지금의 말로 한다면 총명함과 열애가 넘치는 이상적인 가정을 만들기 위해서 스스로 구혼을 했습니다. 두 사람 모두 남편이 될 만한 사람의 선배와 친구 가운데 확실한 사람을 예측하고 중매를 부탁하여, 공명하고 온건하면서 인정과 도리를 겸비하여 일을 진행시키는 신중한 준비가 있었습니다.

'부창부수'의 도덕을 말하는 유학계급으로 반대로 이상과 같은 선례를 들어보면, 전대에도 소수의 유식한 부인에게는 그만큼의 자유가 있던 것을 알 수 있습니다. 오늘날은 보통이상의 교육을 받은 여자가 많으니까 결혼의 기초가 되는 배우자의 선택에 대해서 총명한 여자는 자동적으로 자신의 의지를 주장하는 것이 좋다고 생각합니다.

(1917년3월)

모방하면서 모방을 돌파하자!

　세상에는 모방을 하지 않는 사람은 없습니다. 지금의 사람을 모방하지 않으면 옛날 사람을 모방하고, 인간을 모방하지 않으면 자연을 모방합니다.

　모방성은 반드시 누구에게나 다소 갖추고 있고, 이것이 이상, 추리, 동감, 자각, 반성, 비판이라는 다른 심리작용과 연합해서 적당하게 움직여서 사람의 개성은 차츰 완성도를 갖출 수 있습니다. 교육도 모방성을 잘 이용해서 개성 전부의 풍부한 개발을 도모하는 것입니다. 그래서 저는 어떤일에도 모방을 절대로 배척하려고 하지 않습니다. 단지 모방성을 잘못 이용하지 않을 것, 모방을 수단으로써 목적으로 하지 않을 것, 모방은 빠르게 통과하게 해서 오랜 머물지 않을 것을 조건으로써 모방의 필요를 긍정하고 싶습니다.

　저는 여기에 모방성을 잘 이용한다던지, 나쁘게 이용한다던지 라는 말을 사용했습니다만 좋고 또는 나쁘다는 것의 가치판단을 정하는 능력은 모방성 자체가 가지고 있지 않다는 점입니다. 그것은 전에 들었던 것과 같은 다른 심리작용의 연합을 기다리지 않으면 안 됩니다. 축약해서 말하면 감정과 이성의 조절작용에 기대해야만 한다는 것입니다.

이미 이성이 선악의 심판자로 동시에 지도자로서 선악의 기준은 무엇인가라고 말하면 예부터 이것을 하늘의 도리와 신불의 마음처럼 인간 이외의 만연한 권위에서 찾는 시대가 아닙니다. 지금은 모든 일이 사람본위에 따라서 계량됩니다. 모든 가치는 그 일이 인간성을 완성에 얼마만큼 도움일 될지 실용주의적 견지에서 정해집니다.

그래서 인간의 생활을 어디까지나 적극적 전체적 자유·평등으로 전개하고 향상시킬 목적을 가진 행위는 전부 선이라고 불리고, 그것과 반대하는 행위는 전부 악이라고 부릅니다. 이것 이외에 선악의 근본적인 기준은 없습니다. 그래서 모방성을 잘 이용하면 인생의 행복—인간성의 완성—을 증진시키기 위해서 무언가를 모방하는 것입니다. 모방성을 잘못 이용한다면 반대로 인간성의 존귀와 창조력을 자포자기하며, 인생을 비관적이게 파괴하기 위해서 어떤 일이든 모방하기에 이릅니다.

모방을 잘 못 이용하는 것의 극단적인 하나의 예는 요즘 신문에 나오는 요시카와 카네코의 정사를 흉내를 낸 어떤 여성의 정사입니다. 모든 자살이라는 행위는 순사든, 정사이든, 세상에 분개하여 자기를 비관한 끝에 자살을 하더라도 가장 큰 악의 하나라는 것은 타인을 죽이는 행위와 큰 차이가 없습니다. 자살도 타살도 사람의 사명을 부자연스럽게 끊는 것이기 때문에 어디까지나 건설적

이야 할 인생의 이상을 파괴하는 잔인하고 야만적인 행위와 같습니다. 가네코씨의 정사가 이미 현대의 이상을 배신하는 파괴적 행위인데도 그것을 흉내 내는 사람들이 있는 것에는 전혀 반성이 없어 보입니다.

모방성을 잘 이용하더라도 그것을 수단으로만 이용하고, 결코 목적으로써는 해서는 안 됩니다. 모방은 사다리와 같은 것입니다. 목적이 2층에 있는데 사다리로 오르거나 내려오거나 해서 사다리에서 생각하는 사람은 없는데 다수의 사람들은 중요한 문제가 되면 사다리에 멈춰서 그것을 목적인 것처럼 오해하고 있는 경우가 많습니다.

예를 들면 지금의 여성은 여학교에서 여러 가지 교육을 받고 있습니다. 교원이 가지고 있는 사상과 기예를 모방해서 생각하고 행동하는 것을 배웁니다. 이것은 아직 인생의 경험이 없는 여성에게 필요한 것임에 틀림없습니다. 기모노의 재단 하나도 처음에는 교사에게 배워서 아는 것이 아니니까 일단은 선배의 것을 보고 흉내낼 필요가 있습니다. 하지만 그러한 필요는 자기 자신의 새로운 사상을 끌어내고 자기자신의 기술을 끌어내기까지의 수단으로써 그 이외는 아무것도 아닙니다. 그것에 다수의 여성은 학교를 졸업하고 가정의 사람이 되고 아내로서, 어머니로서, 그리고 사회의 한 사람으로서 자유롭게 생각하고 행동해야만 하는 때가 됐으면서도 의연하게 아이처럼 학교에서 배운 것에서 많이 벗어나지 않고 생각하고 행동합니다.

일생생활의 사소한 일—인생에 일어난 한 가지 일에 대해서 자기만의 해석을 하고 공부를 합니다. 인생의 주요한 문제를 만나면 자신의 견식을 세우려고 하지 않고 학교와 세상의 틀에 맞춰 망종하며 태연한 얼굴을 하고 있습니다. 그러한 증거에는 여학교의 교육을 받았다고 하는 젊은 사모님들이 사회의 여러 문제에 대해서 그 사람의 독창적인 발견이라고 생각될 확실하고 신선함이 있는 의견을 거의 가지고 있지 않습니다. 언제까지나 사다리의 위에서 배회하고 구식 사상을 모방하는 자가 되어 만족하고 있는 것입니다.

이번 달을 맞이하여 새로이 여학교를 졸업한 사람들에게 저는 희망합니다. 사람은 각각 자기 자신에 대해서 주권자입니다. 학교에서 배운 것으로 자기를 지배해서는 안 됩니다. 졸업은 그 모방을 돌파하고 자유롭게 생각하고 행동할 수 있는 독립적인 왕좌에 선 첫 날로써 축복받아야만 한다고 생각합니다.

(1917년3월)

진실

저는 진실이라는 것을 어슴푸레 알 것 같습니다.

이때까지 허위의 반대가 진실이라고 생각했습니다만 지금은 아무래도 진실이란 것이 인생 전체를 의미하는 절대적인 것이며 진실과 거짓, 아름다움과 추함, 선과 악, 부정함과 올바름, 신과 사람, 남자와 여자라는 대립을 버린 경지인 듯이 희미하게 직감하게 되었습니다. 진실을 전체로써 명확하게 직감하는 것은 아무것도 아닐지도 모릅니다. 그 아무것도 아닌 당연하고 명백한 것이 작은 타인의 호응을 얻는 것만으로 자기 몸이 자기 것이라고 명백하게 실감나지 않을 것입니다. 그래서 예부터 위인이나 보통사람이나 익힌 재능을 통해서 부분적, 개별적, 특수적으로 그 진실을 작은 것부터 연습하여 소수의 사람들은 일약해서 부분에서 전체로 돌입하고 다수의 타인들은 언제까지나 부분의 발견 또는 모색에 멈춰서 짧은 인생을 마쳐버릴 것입니다.

진실을 부분적으로 연구하고 있으면 사람은 상대적인 세계에서 벗어날 수 없고 선과 악, 진실과 거짓, 아름다움과 추함, 부정함과 올바름이라는 식의, 다양한 모습된 이원적인 사실이 대립하여 우리의 마음을 불안하게 하고 고민되게 하고 괴롭게 만듭니다. 가까이는 다카무라 코타로 씨가 번역한 『로댕의 말』을 읽어보면 로댕의 위대함이 진실의 위대함 그것이라고 생각됩니다. 로댕은 예술을 통해서 진실 전체를 완전히 안고 있습니다. 그것보다도 진실과 로댕은 같아 보입니다. 로댕의 환희는 선종에서 말하는 말과 생각을 초월한 言亡慮絶 절대 현묘한 경지에 있는 것처럼 생각됩니다. 로댕의 눈에는 상대의 곰상스럽고 못난 확집의 세계의 모습을 지우고 있는 것이다. 로댕을 만났을 때 몰랐는데 지금 저는 거인이 제 앞에서 호통하게 웃는 광경이 떠오릅니다.

아마도 절대 진실을 직감하고 체험하는 일은 우주 인생의 총론을 철저하게 알게 되는 일입니다. 총론을 바로 알게 된다면 우주인생의 상대적 내용이 유기적인 관계를 갖고 평등하게 조절되어 모습이 없어지고 보일 것일 것이라고 생각할 수 있습니다. 그러나 저에게는 이것을 말하기조차 이상하게 분수에 넘치는 일이라고 생각합니다. 부처조차도 법화경을 설법하기 전까지 아직 진실을 보지 않았다고 말씀하셨습니다. 단지 절대적인 진실이라는 것이 눈앞에 있지만 도수가 맞지 않은 안경을 쓰고 있는 사람처럼 뭔가 장애때문에 그것을 확실히 볼 수가 없었습니다. 노력에 따라서 명백하게도 그 진실의 실마리가 풀릴 것이라고 생각하자 자신의 생활에 한층 더 희망과 용기가 생겨났습니다.

(1917년3월)

풍기단속의 편파

아주 일부의 독서인이 읽은 저서 가운데에 구석에 여기저기 보이는 글자조차 풍기를 해친다고 해서 발매를 금지하는 공무원들이 일상적으로 대중이 보고, 특히 아이들이 보는 신문의 외설적이고 성적인 기사와 광고에 대해서는 왜 방종하고 근신하지 않은 것들을 묵과하고 있는 것입니까? 저는 신문을 읽을 나이가 된 아이들가 매일 불안하여 신경을 씁니다. 광고에 나오는 새로운 저서들의 제목에도 얼굴이 붉히게 되는 것들이 많습니다. 아이에게 책 이름을 말하는 것조차 어렵습니다. 성적 기사뿐만 아니라 형사상의 범죄기사에도 잔인한 것이 아무렇지도 않게 사람의 이목을 끌어 기재된 것이 유행하고 있습니다.

부모를 손도끼로 참인하게 죽인 이야기, 남편을 뜨거운 젓가락으로 찔러 죽인 이야기, 아내의 손가락을 하나씩 자르고 등에는 아내의 이름을 새기고 전신에 염산을 뿌린 이야기들은 국민 도덕의 옹호를 위해 가능한 사람의 눈에 띄지 않게 해서 감추지 않으면 안 된다고 생각합니다. 폭로하여 가장 피해가 심한 것은 군사 기밀이나 외교적 기밀만이 아닙니다. 활동사진의 숙청을 착수한 정부와 교육계에 대해서 저는 더욱 신문잡지의 기사와 광고에 대해서 그 발행자와 공무원의 반성을 촉구하고 싶습니다.

이야기는 좀 다를지도 모릅니다만, 마진 백일해, 유행성 독감 등 유행성 병에 아이들이 걸리는 일은 저희 집 경험으로는 초등학교 중학교 친구들에게서 전염되어 오는 경우가 매우 많습니다. 한 사람이 학교에서 병에 걸리면 돌아와서 아직 학교에 들어가지 않은 아이들까지 바로 감염되어 일가가 작은 병원과 같은 풍경이 펼쳐집니다. 저는 현재 학교위생이 아직 불안전한 문제를 교육계의 당사자들에게 묻고 싶습니다. 날씨가 따뜻해지고 병균이 발생하는 계절이 되어가니 저는 항상 학교에 가 있는 아이들 때문에 공포를 느낍니다.

(1917년 3월)

가에쓰嘉悦 여사의 감상을 읽고

　가에쓰 여사는 여성의 경제사상의 필요성을 이야기하고 스스로 여자상업학교까지 경영하면서 여자에 대한 경제사상과 의의를 극히 좁고 소극적으로 한정해서 가정에서의 소비와 저축을 주의해야 하며 여자가 집밖의 직업에 종사하거나 스스로 상업을 경영하거나 하는 것에 반대하고 있습니다. 그 정도의 일이라면 학교를 설립하고 학생에게 학비를 지불하게 하는 비경제적인 일을 해서까지 가르치지 않더라도 소학교교육을 받은 여성의 상식에서 이미 알고 있다고 생각합니다. 저는 모든 여성에게 직업적인 자활의 실행을 권유하는 사람이 아닙니다만 현대생활의 실상에서는 다수의 여성이 자활을 해야 할 필요가 있습니다. 그들 여성들을 위해 상업교육과 직업교육을 맡아서 자활을 장려하고 편의를 도모하는 사람은 세계에서도 많이 있으며 여성은 가정을 지켜야 한다는 공론으로는 그것을 막을 수는 없습니다.

　상업이라고 한다면 이미 가정 밖의 사람을 상대하는 사회적인 경제행위이며 적극적인 돈버는 법을 의미합니다만 그것에 반대하는 여사에게 학교에서 교육받은 여자의 상업이라는 것은 무엇을 의미하는 것일까요? 여사의 저서에 '화내지 마라! 일하라!'라는 제목의 글이 있습니다. 여사의 총명함으로 가정에서 노동하는 일을 여성의 상업이라고 생각해서는 안 됩니다.

스틴슨 양의 비행을 곡예사의 흉내라고 이야기 하고 여성의 근본적인 본성에 반한 반동적인 행동으로 공격받은 다나바시棚橋 여사는 현대사상과 매우 동떨어진 노숙한 교육가입니다. 아무도 지금에 와서 다나바시 여사에 대해서 인간의 본성은 남녀에 따라서 차이가 있는 것이 아니라는 것과 현대문명이 표한 인생의 의의와 여사가 모두 배척되는 반동적인 성격 인간의 본성―천성―이외에는 아무것도 아니라는 것이라고, 정직한 노여사의 구식 사상을 일부러 파괴하고 정정하려는 용기는 없습니다만, 가에쓰 여사는 비교적 아직 젊은 여류교육가이니까 저는 여사가 다른 사람의 조언을 듣고 커다란 모순을 깨닫는 날이 있기를 기대합니다.

(1917년3월)

요시카와 가네코芳川鎌子의 정사情死

두 세 개의 신문 기사를 보고 소감을 말하는데 지나지 않습니다. 대체로 상류사회라고 해도 정신적으로 특별하고 귀중한 점이 있는 것도 아니기 때문에 저는 시정에서 일어난 간통과 정사 스캔들을 같은 것이라고 생각합니다.

본래 소질이 좋지 않은 여성이 윤리적으로 외설적인 가정에서 멋대로 자라서 하물며 애정이 적은 남편아래에서 냉담하게 생활을 한다면 어떤 계급의 여성이라도 자제력을 갖고 있지 않기 때문에 자연스레 이러한 과실과 파멸이란 위험에 빠지게 됩니다. 오냐오냐 키워진 가네코는 학습원시대부터 이미 제멋대로였다고 합니다. 그리고 이혼하고 온 언니가 둘이나 있어서 언니들도 어딘가 좋지 않은 성정이 있었기 때문에 불행한 경우에 있던 게 아닌가 합니다. 소만 일가에 양자 온 남편 히로하루寬治라는 사람은 신문에서 보면 남녀도덕이 문란한 사람으로, 대체로 이전부터 부부사이가 삭막했다고 하니까 이러한 참사가 일어난 원인도 충분히 있었기 때문에 결코 한때의 잘못된 생각으로 일어난 일로써 가네코 씨 한 사람만 비난할 수 없습니다.

27세이나 된 부인이 앞일을 생각지 않았다는 것은 물론 좋지 않습니다만, 그 나이가 되어서도 자중하는 것을 잊어버린 딸의 교육의 부족함을 부모인 백작부부가 과연 알고 있던 걸까요? 어떤 점까지 가정교육으로 그것을 교정하려고 노력했는지? 그리고 나이가 찬 부인을 삭막한 상황으로 몬 남편은 책임은 없나요? 가네코가 부부 애정도 없고 장래 백작이 되기 위해서 처가에 들어간 남편의 마음에서 자기집 운전수를 멸시하지는 않았는지?

　　저는 무리하게 감정론으로 말하고 싶지는 않습니다. 가네코의 부끄러움을 모르는 점과 불륜이라는 비참한 파멸이 그것을 보상하고 있습니다. 더욱이 가네코의 부끄러움을 모르는 점과 불륜에서 구하지 못한 부모와 남편의 반성을 촉구하고 싶습니다.

(1917년 3월)

요시카와 가네코芳川鎌子의 정사情死 II

　백작 요시카와 켄쇼芳川顕正의 데릴사위인 이마츠구 히로하루
今嗣寬治의 부인 가네코가 자기집에서 일하는 자동차 운전수 모씨
와 정사를 일으켜 스스로 중상입고 식물인간이 되고 남자는 그 자
리에서 즉사한 것이 요즘 신문에 보도되었습니다. 저는 이 일에 대
해서 「도쿄아사히東京朝日」기자에게 부탁을 받아서 순간적인 소감
을 이야기하였는데 여기에 조금 다른 소감을 이야기하고 싶습니
다.

　만약 가네코씨가 일으킨 사건이 우리와 같은 문필가인 여성에
게 일어난다면 어떻게 하겠습니까? 몇 번이나 세상은 신여성의 탈
을 쓴 결과라는 비난을 쏟아부을 것임에 틀림이 없습니다. 이 비난
때문에 힘든 것은 신사상입니다. 오늘의 신사상―그것이 개인주
의이던지 더욱 새로운 인도주인이던지 결코 그 가운데에는 간통
과 정사스캔들을 일으킬 경박하고 무지한 요소가 포함되어 있지
않습니다. 반대로 방종한 대신에 절제를 자포자기 대신에 자존자
중이 격렬하기만 합니다.

　가끔 신여성이라고 불리는 사람 가운데에 방종하고 부끄러움

을 모르는 언행이 있다고 하더라도 그것은 신사상의 영향이 아니라 구식인 맹목적인 감정에서 발생한 것입니다. 신사상에 의해서 그러한 감정에 취하고 조절하기에는 이르지 못해서 일어난 것입니다. 가네코라는 구식여자가 행한 타락과 같은 원인으로 일어난 타락입니다. 가네코의 간통과 정사가 조금도 신사상의 영향을 받지 않은 것을 아는 사람은 신여성이 의지가 약하게 때문에 구식여자로 돌아간 행위를 보고 신사상을 매도하는 일은 잘못된 일임을 알겠죠?

가네코의 행위는 구식여자가 빠지는 타락 가운데에서도 어느 쪽인가하면 예가 적은 행위입니다. 백작 집안의 젊은 부인이 연하의 운전수ㅡ특히 신분이 매우 다른 사람과 불순한 행위를 하게 된 데에는 그 배후에 예사롭지 않은 이유가 감춰져 있을지도 모릅니다.

신문에서 전하는 것과 제가 믿을만한 사람에게서 들은 것을 맞춰보면 이것에는 2가지정도의 이유가 있습니다. 가네코의 유전적인 성격은 예전부터 좋지 않았다고 합니다. 아버지 요시카와 백작은 메이지유신 전후의 지사 기질과 공통적인 윤리적인 악성을 가지고 있어서 영웅적인 기질을 좋아하는 사람이고, 어머니는 비천한 직업을 했던 여성이라고 합니다. 이러한 부모의 유전을 받고 무지하고 윤리적으로 결함이 있는 어머니 손에 응석받이로 길러진 가네코가 학습원재학시절부터 제멋대로인 여자였던 것은 사실인 듯합니다. 그러한 기질이 좋지 않은 여성이 자제력이 약하니까 부모와 남편이 충분히 이것을 감독하고 보호하지 않은 한 어떻게든 타락에 빠질 위험성이 내부에 존재하고 있었다고 말할 수 있습니다.

부모인 백작부부가 가네코의 가정교육에 대해서 어느 정도 부모로서 준비를 했는지 저는 아마도 이것을 어느 상류가정에서나 볼 수 있는 형식적인 보호를 한다고 하더라도 실질적으로는 총명한 정신적인 보호가 부족했던 것이라고 봅니다. 적어도 어머니에게 가정의 기본을 윤리적으로 딸에게 어머니다운 권위를 가지고 임할만한 자격이 결여하고 있었던 것입니다.

더욱이 소만가의 양자가 된 남편 히로하루는 현대 신사로서 어느 정도 윤리적으로 수양이 있고 얼마만큼이나 사랑과 총명한 기질을 가진 이였을까요? 학력은 고등상업을 나온 사람이라고 합니다. 상업도 물론 윤리적인 행위입니다. 남편은 어느 정도 상업교육으로 받은 윤리 관념을 실제로 체험한 사람일까요?

저는 신문에서 남편이 불순한 곳을 출입하던 사람인 것을 알았습니다. 히로하루가 적어도 남녀도덕을 존중하지 않는 의미에서 구사상의 사람이라고 확신합니다.

저는 부모는 비록 부모답지 못하더라도 남편은 그 애정과 총명함으로 아내에게 남편으로써의 열정과 보호를 해야 한다고 생각합니다. 그러나 신문에 의하면 부부 사이는 이전부터 맞지 않아 각방을 쓸 정도로 삭막했다고 합니다. 그것에는 가네코의 데릴사위를 맞이하는 딸의 제멋대로인 점도 있었겠지만 남편은 왜 애정으로 아내를 교육하려고 노력하지 않았는지? 적어도 운전수와 그런 과실을 만들기 전에 아내의 방종을 구할 수 있지 못했는지? 그만큼 오래 부부의 애정이 식은 것을 알면서 왜 남자답게 이별하고 백작 집안을 떠나지 않았는지?

저는 가네코의 기질도 약한 점이 있었다는 것을 인정하면서도 그녀에 대한 주의의 무관심이 한층 파멸을 조장했다는 경향이 있다고 생각합니다. 여기에 우리 부인에 대해서 일반가정의 부모와 남편인 남자에 대해서 반성을 촉구하는 중요한 자료를 제공하고 있습니다. 단지 한 백작집안의 문제로써 불륜을 비난해서는 안 됩니다.

(1917년 3월)

자살을 모두 배척한다.

　　자살에 관한 기사가 매일 전국 시민 어딘가에 몇 번이나 게재
되는 것을 보고 있으면 일반적으로 이러한 비참한 사실이 다른 문
명국보다도 많이 발생하고 있습니다. 게다가 그것은 하층사회에
많은 현상이 일어나는 것이라서 신문에 많이 나오는 평범한 사건
으로써 취급되기 때문에 대개는 그냥 지나쳐버립니다. 하지만 간
혹 중상류 계급에서 일어난 일이면 신문에 풍속에 대한 경향에 대
해서 생각하는 것보다도 먼저 신문의 상술로써 관심을 끌기 위해
서 일부러 허풍을 떨며 써대며 마치 중대한 문제인 양 선전을 합니
다.

　　개인의 생명을 파괴하는 행위는 어떠한 계급이라도 어떠한 이
유에서 일어난다고 하더라도 똑같은 중대한 문제가 아닐 수 없습
니다. 같은 사실인데도 하층 사회에서 일어나면 평범하게 봐서 아
무 생각없이 말하는 것은 지식인이 아직 개인의 생명을 진중하게
자각하지 않고 하층사회의 사람의 생명을 하찮게 평가하는 습관
에서 탈피하지 못했기 때문입니다. 중상층 사람들의 생명을 특히
소중하게 생각하는 것은 당연한 일입니다만 그런 생각이 지금 없

어지지 않는 것은 자유평등 사상에 반대하는 전제사상이 남은 것이며 이것이 정치면에서 민의를 쓰레기처럼 멸시하는 관료주의 정치가 된 것이라고 봅니다.

요즘 미즈토시水戶市에서 일어나 네모토 씨의 부인 하나코의 자살과 치바현千葉県에서 일어나 요시카와 씨의 부인 가네코의 자살은 세상의 이목에 지식인 사이에서 논의 제목이 되고 있습니다. 하나코 부인이 전 현의회 의원이고 지역의 명문가 사람인 네모토 씨의 부인이 아니고, 가네코 부인이 백작 요시가와 씨의 부인이 아니었다면 신문에서도 이정도로 커다랗게 다루지 않았겠고 지식인들도 모르는 듯한 얼굴로 냉정하게 보고 있지는 않았을 것입니다.

하나코 부인과 가네코 부인 자살은 직접적인 동기에 매우 차이가 있으며 통속적으로 보면 전자는 동정이 되며 후자는 비난받는 듯합니다. 그러나 내면적으로 깊게 관찰하면 사건의 원인은 두 사람의 성격이 약하고 경우가 불량하며 교육이 부족한 것에서 유래하고 있습니다. 결과적으로 운전수와 합의를 한 후에 죽은 가네코 씨 사건은 어느 정도 정에 끌려서 듣는 이의 감정을 움직일 수 있는 것이 있습니다. 대신에 3명 어린 아이들을 폭력으로 학대한 후 자살한 하나코 부인 사건이 어머니로서의 자애를 잊은 잔인하고 야만적인 행위로써 아주 무참합니다. 잠시 그것들의 비평을 멈추고 그들과 같은 자살이 하층사회에서는 결코 신기한 것이 아닌 현상이라고 생각하면 일반적으로 이것을 타인의 과실이자 인력거꾼의 행위로써 간주하는 것이 아니라 중상류의 일로써 생각하여 특별하게 논의할 성질의 것이 아닙니다. 일본인 전체의 불행으로써 근본원인을 제거하는 것을 경계하고 노력해야만 합니다.

저는 스스로 박약한 성격이라서 좋지 않은 환경에서 태어나 교육도 불완전하게 받아서 다음과 같이 판단할 수 있습니다. 모든 계급의 오늘까지 다수의 인간은 성격 일면에는 약한 부분이 있어서 당연하지 않은 상황에 마주치면 그러한 상황을 물리치고 전진하는 이상과 방법을 모르기 때문에 자칫하면 그러한 상황을 회피하고 죽음으로 도망치려고하는 비겁한 소극적인 감정이 일어납니다. 인생의 도중에 자살의 희망을 실감하지 않은 사람은 비상한 지혜로운 사람이던가 용기있는 사람이던가 필경 그러한 사람들은 매우 적을 것입니다. 게다가 인습도덕의 억압과 사회조직의 불비로 일어나는 경제상의 억압으로 개성의 자유를 학대하기 때문에 인성이 우량한 사람까지 압박적인 사상에 기울어서 생활에 대한 강한 의지가 약해지고 자칫 자신의 순결을 지키기 위해서 스스로 자살을 재촉하는 자기도착에 빠지기도 합니다. 그리고 저항력이 약한 일반인이 상황적인 압박을 찾을 수 없어서 종종 자살을 꿈꾸는 것은 무리도 아닙니다.

단지 그것을 구하는 것이 교육입니다. 하지만 반대로 이제까지의 교육은 자살을 찬미하기는 했어도 자살을 죄악이라고 명확하게 가르치려고는 하지 않았습니다. 죽음과 더럽혀짐을 금기하는 신도도 순사를 절대로 꺼리지 않고, 유교와 불교, 무사도는 어떤 자살에는 장렬한 찬미를 합니다. 역사도 문학도 자해와 남녀의 정사를 미로써 긍정합니다. 사회도 어떤 경우에는 인생의 천추만세千秋万歳[1]를 노래하고 춤을 춥니다. 다른 일면에는 호소카와 다타요의 부인의 두 아이를 죽이고 자살한 사적을 자녀에게 가르치고 치카마쓰의 신쥬극心中劇[2]에 눈물을 흘리는 모순을 반복합니다.

이러한 사정을 일반적으로 무엇을 가르칠 수 있을까하면 인정과 의리가 분규한 사회생활의 막힘은 자살로써 해결하는 것 이외는 없다며 중대한 과실도 자살로 보상할 수밖에 없다는 잘못된 생각을 가르칩니다. 인생을 그렇게까지 생각하지 않았더라도 자신의 생각으로는 감당할 수 없는 사건을 만난다면 목전의 고통에서 벗어나기 위해서 사람은 모방하기 때문에 잘 못된 생각을 하여 경솔하게 자살을 시행하게 되어 버립니다.

이에 대해서 세상 사람은 상식 이상으로 나올 수 없는 판단과 감탄도 안 나오는 동정을 하기도 하고 또는 칭찬하며 또는 비방하기도 합니다. 어찌 되었든간에 자살이 논리적으로는 훌륭한 것인 듯 칭찬하거나 애석하게 생각하는 것은 사실입니다. 그것이 중상류 사회에서 일어난 현상이라면 앞서 말한 바처럼 특히 세상 사람의 이목을 끕니다.

노기 장군 부부와 같은 심정에서 자살한 사람들이 있던 것과 관계없이, 장군부부의 자살만이 특히 의의가 있는 듯이 선전되는

---

1 정월에 남의 집 앞에서 그 집의 번영을 기원하며 추는 춤
2 남녀의 정사를 다룬 연극

것은 그러한 한 예라고 할 수 있습니다. 그리고 일반인에 대해서 어떤 숨 막히는 상황에 자살의 모범이 됩니다. 후지무라 미사오[3]가 유서「암두의 감상巖頭之感」를 쓰고 자살했던 것이 유명해지더니 영향을 받아서 후지무라와 자살 동기가 달라도 게곤폭포에서 투신하는 청년이 지금까지 수 백 명에 이르고 있습니다.

세계의 많은 일들은 현재 생활에 대한 요구에 근거한 이상에 의해서 반드시 해야 합니다. 이전 생활에 도움이 되었다고 하더라도 지금 생활의 이상에 맞지 않으면 전혀 가치를 잃어버린 것으로써 취급되는 것이 정당하다고 생각합니다. 자살도 전대에서는 긍정할 만한 이유가 있었을 것입니다.

구스노키 마사시게楠木 正成[4]의 미나토가와湊川에서 자해사건은 몇 백 년 사이 일본인의 결사적인 자존심을 자극하는데 공이 컸습니다. 호사카와 다다요의 부인의 자살은 도쿠가와 시대 300년간 무가의 여성에게 활기를 불어넣어서 열부로써 상찬할 뿐만 아니라 무사를 위해서도 용감한 기상을 고무시키는 이야깃거리가 되었음에 틀림없습니다.

치가마쓰의 신쥬극이 확실히 도쿠가와 시대에 무가의 남녀의 정신적인 생활을 심화하기 위해 도움이 되는 부분이 있었습니다.

---

3 후지무라 미사오(藤村操) 홋카이도 출신 구 제1고 고등학생이었다가 게곤폭포(華嚴滝)에서 투신자살했다. 자살처에서 유서「암두의 감상(巖頭之感)」를 남겨서 당대의 매스컴 의해 파문을 남겼으며 사후 4년간 그곳에서 자살 모방자만 185명에 이르렀다.
4 가마쿠라시대마기에서 남북조 시대의 걸쳐서 활동했던 무장

그러나 지금은 시대의 변화와 함께 인간생활의 이상이 변화하고 있습니다. 오히려 후쿠자와 선생님이 구스노키의 죽음과 겐조權助의 죽음과 같은 표준으로 비평하는 것과 같이 과거에 특히 가치가 높았던 것도 오늘의 이상에 비교해서 거리가 있는 것은 어쩔 수 없이 오늘의 가치에 맞춰서 비평할 자유와 필요를 현대인은 가지고 있습니다.

개인의 삶의 존경과 삶의 풍요로운 전개 역량을 자신하면서 어디까지나 살려고 하는 것이 현대인의 이상입니다. 삶의 만전한 전개에 노력하는 일체의 행위를 선이라고 말하고, 반대로 삶을 배반하고 조금이라도 위태하게 하는 행위를 악이라고 합니다. 그렇다면 자살과 다른 사람을 살상하는 행위가 어떠한 이유로 일어나더라도 인생을 파괴하는 행위―가장 큰 악이라고 단정해야만 합니다. 후쿠자와 선생님께서 말씀하신 바와 같이 구노스키의 자해도 만약 오늘날에 일어났다면 오늘의 이상으로 생각해서 논리적인 비난을 피할 수 없게 됩니다. 총명한 구노스키가 오늘날에 태어났다면 어떠한 궁지에 몰리더라도 자신을 위해 귀중한 생명을 스스로 끊는 일로 자신의 책임을 다했다고는 생각하지 않을 것입니다.

아마 어떻게든 살아가며 가능한 방법을 선택해 자신의 충혼의 담을 실현하려고 노력했겠지요. 생활의 이상과 그 이상에 대한 책임감이 옛날이나 지금과 같이 변화해 왔습니다. 옛 인간의 살아가는 이상 속에는 죽음의 예상이 혼재하여 존재했습니다. 어느 때는 훌륭하게 자결하여 사죄하고. 어느 때는 훌륭하게 다른 이로부터 죽임을 당하라는 예상이 있었습니다. 이것은 예전의 미개 시대의 생활에 필요한 이상이었겠지요. 그러나 지금의 사람이 삶의 이상에는 그러한 자가당착의 파괴적, 부정적, 소극적 예상은 내재해 있지 않습니다. 철두철미하게 우리들의 이상으로서는 건설적, 긍정적, 적극적으로 인생의 충분한 전개가 있을 뿐이며 죽음은 이상의 적입니다. 죽음을 우리의 힘이 허락하는 한 정복할지언정 스스로 나아가 죽음에 이르는 행동과 타인으로 하여금 부자연스럽게 죽음에 이르게 하는 행동을 예상은 못 합니다. 자살은 비겁하다는 의미로 악이며 타살은 타인의 생존권을 침해하는 의미으로 악이라고 생각할 수 있습니다.

세상에는 타살이 악이라는 것을 인정하지 않으며 타살 가운데에서도 가장 잔인한 전쟁을 긍정하는 사람들이 있습니다. 그런 모순을 전부 감추기 위해 전쟁의 수단이 뛰어난 문명을 가져 올 것이라고 역설합니다. 그러나 사람의 생명은 목적으로써 일관하는 것으로 생명 스스로의 향상을 위해서도 수단이 되어서는 안 됩니다. 생명을 희생하여 만든 문명이나 평화가 과거에 있었다 하더라도 생명의 존엄을 자각한 현재 사람들이 그것을 장래의 생활의 주의 방침으로 하는 것이 가능할까요.

나의 비전론非戰論을 여담으로 잠시 적겠습니다.

어떤 이는 변명으로 자살은 인간의 권리라고 하는 식의 논의를 합니다만 권리는 타인의 권리를 침해하지 않는 것을 조건으로 하기 때문에 그 사람의 자살에 의해 가족과 사회에 다소라도 손해를

『사랑, 이성 그리고 용기』 　　　　　자살을 모두 배척한다. 85

가져올 위험이 있다고 한다면 권리의 정당한 행사가 아니라 불법 비리의 행위—악이라고 말하지 않을 수 없습니다. 법률이 자살방조죄를 벌하는 것도 살인행위의 일종이라는 것 이외에 타인의 악을 방조한다는 의미도 있겠지요.

세상에는 자살에 의해 자신의 중대한 과실을 속죄할 수 있는 것처럼 생각하기도 하고 혹은 과실을 갚지 못한다고 해도 그 경우에 취해야할 방법으로써는 자살 이외에는 없는 것처럼 생각하는 사람도 있습니다. 그렇게 과실에 대한 책임이 경감되기를 바라고 위안하며 자살의 용기를 부추기는 같습니다. 그러나 그런 생각은 바르지 못 합니다. 과실에 의해 주어진 손해는 여전히 남아 있습니다. 그 뿐만 아니라 자살에 의해 더욱 손해를 변상하려는 의지가 없는 것에 대해서 이중의 과실을 만듭니다. 나아가서는 자살에 의해 새로운 손해를 가족과 사회에 부가하는 것으로 삼중의 과실을 만들고 있습니다. 책임이 경감되기를 바라기보다도 어떻게 해서든 책임을 다하려는 데에 인생의 역점을 두지 않으면 안 됩니다. 잠시의 의리나 명예만을 생각하고 책임을 회피하는 자살 행위는 자기 인생에 비겁하기 짝이 없는 행위입니다. 사람이 산다는 것은 권리이며 동시에 의무입니다. 산다는 것은 자기 한 사람 사는 것이 아니라 인류 전체의 삶들과 연결되어 살아가는 것을 의미합니다.

따라서 자기 한사람을 위한 고민에서 도망치고자 자살하는 것은 가장 부끄러워해야할 이기주의 행위입니다. 설령 자살에 의해 하나의 과실에 대한 의무를 다 할 수 있더라도 가정의 한 사람, 사회의 한 사람으로서의 의무는 무수히 남겨져 있는 것이라서 반성하지 않으면 안 됩니다.

세상에는 철저한 연애를 추구하여 순수한 정조를 지키고 자기 정신의 결백을 드러내어 분개하는 행위를 나타내기 위해 자살하는 사람들도 있습니다. 이것은 옛날부터 가장 동정을 받던 자살이기는 합니다. 그렇지만 현대의 이상으로는 용납되지 않는 것은 과실을 사죄하는 자살과 마찬가지라고 생각합니다. 동기가 어찌되었건 자기의 생명을 끊는 것은 모두 자폭자기의 행위입니다. 생명의 존귀와 풍부한 생명의 역량을 자각한 지금의 사람들이 취해야 할 방법은 아닙니다. 어디까지나 살아있기 때문에 철저한 연애도 고귀한 정조, 자신의 결백도 실현될 수 있습니다.

왜냐하면 살아있는 것이야말로 가치가 있는 일입니다. 살아있다는 것은 이외에는 모두가 허무한 것이기 때문입니다. 혼란한 세태에 분개하는 일도 훌륭한 것임에 틀림없습니다만 그것만으로는 살아가기 위한 노력으로 부족합니다. 하물며 그것을 위해 스스로 분사해서는 가장 부끄러워해야할 이기주의의 행위입니다. 정말로 세태를 분개한다면 스스로 나아가 세태를 개조하는 것에 책임을 느끼지 않으면 안 됩니다.

세상에는 단순히 자신의 현재와 장래를 비관해 자살하는 사람이 있습니다. 의지박약은 그러한 사람에게 맞는 말과 같습니다만 반드시 의지박약으로 단정할 수 없는 경우가 있습니다. 사람은 성년 전후의 생리적 변화에 의해 여자도 남자도 일시적으로 상당히 민감하게 됩니다. 혹은 종교적, 예술적, 감상적으로 편중한 사상을 갖게 되어 현실을 피해 공상의 세계에 빠지며 값싼 눈물 속에 감미로운 자살의 환영에 그려서 향유하던 시대가 있습니다. 이것이 나아가서는 우울증이 되거나 혹은 광적발작이 되어 무서운 불가항력으로 자살을 꾀하는 듯 한 결과를 발생합니다. 나 자신도 일찍이 한번 비슷한 위험한 경험을 해 봤습니다. 나는 여기에 그것을 추억하는 것조차 두렵게 느낍니다.

어느 시기에 일어나기 쉬운 생리적 심리적 현상이라고 하지만 이것도 또한 결코 너그러이 봐야 할 것은 아닙니다. 자기 자신과 주의 사람의 보호에 의해 반드시 자살을 막을 수 있을 것이라고 믿습니다.

미도시의 네모토 부인이 시아버지와 남편이 구속된 것을 괴로워하다 자살한 것은 이상에 언급한 자살의 종류의 무엇에 해당할까요? 여러 통의 유서에 드러난 부인의 자살의 동기를 분석하면 하나는 남편의 위탁금 비소죄委託金費消罪를 자신이 떠맡아 남편을 구하려고 했습니다. 남편에 대한 애정의 아름다움은 동정되지만 이성적 판단이 부족한 맹목적인 애정을 유감으로 생각합니다. 남편 대신이라는 고풍스러운 문장이 오늘날과 같은 시대에서는 도덕사상과 법률사상에 허락되는 것이 아니라는 것을 부인은 모릅니다. 이런 무지가 부인으로 하여금 검사에게 보내는 유서 속에 '범죄는 모두 제가 저질렀습니다' '위조인감도 제가 만든 것에 틀림없습니다' 라는 거짓을 말했습니다. 부인은 거짓말 때문에 자기 자신이 더러워지는 것을 모르고 반성도 할 줄 모릅니다. 이것은 재래의 연극이나 강담책 등에 나타난 무사도의 도덕적 방법으로써 거짓을 아무렇지도 않게 말하는 것을 오히려 '미'라고 하는 것에 영향을 받고 있는 것이겠지요.

다른 하나는 남편이 감옥에 들어가서 일가의 생계의 유일한 자원이 끊겼기 때문에 장래의 생활의 고난을 예상하고 부인 자신과 3명의 아이들과 피하려고 한 것일지도 모릅니다. 그렇다면 생활의 고투를 회피하는 부인의 비겁함이 엿보입니다. 그녀의 비겁함이 어디에서 유래해 있는가 하면 부인이 현대 사람이지만 생활의 이상을 자각하지 못 함에 있습니다. 그리고 남편을 대신해 가족을 양육해야만 하는 의무가 있는 것을 깊이 생각하지 않고 그 의무를 수행하려 해도 독립할 수 있는 직업교육을 받지 않았기 때문에 자립심이 결여된 점이 비겁한 부인을 만든 것이라고 생각합니다.

또 하나는 남편의 범죄로 인해 노인인 시아버지와 자신과 세 명의 자식이 받을 비난과 불명예를 상당히 두려워했습니다. 이것도 인성으로서는 충분히 동정 받을 일입니다. 그렇지만 여기에는 부인의 이기적 불명예만이 있고 자신의 죽음이 다수의 은행예금자의 손해를 조금도 경감시키지 않는다는 것을 모르며 반성도 결여되어 있습니다. 자신과 가족에 대한 이기적 사랑만이 있고 다수의 예금자에 대한 애정과 참회의 마음이 전혀 없습니다.

나는 남편이 아내를 봉건적으로 대해서 아무것도 협의하지 않는 구식 가정에서는 남편의 범죄에 대해 부당한 책임을 아내가 감내할 필요는 없다고 생각합니다. 그러나 아내로서 함께 살면서 남편의 범죄를 충고하고 말릴 수 없을 정도의 책임을 느껴서 자살로 남편을 대신해 사과하고 용서를 빌고자 하는 것은 일의 가벼움과 중함을 잘 못 알고 있는 것입니다. 훗날 남편의 출옥을 기다려 남편을 도와 예금자의 손해를 조금이라도 배상하도록 하는 것이 총명한 방법일 듯합니다.

또 하나는 부인자신의 죽음으로 남편의 죄를 깨우치게 하려는 의지가 드러나 있습니다. 이것도 옛날부터 있던 열부의 행위로써 동정 받는 일은 있습니다만 현대의 이상은 이러한 행위를 열부의 행위로 볼 정도로 야만이 아닙니다. 부인은 남편의 죄를 깨닫게 하기 위한 방법에 대한 선택을 잘못하였기 때문에 부인 스스로 남편의 범죄를 능가하는 자살과 타살이라는 대죄를 범하고 현대의 새로운 윤리사상으로 반대로 공격받을 수밖에 없는 결과를 초래했습니다.

부인이 세 명의 자식을 죽여 죽음의 반려자로 한 것은 자신의 사후에 죄인의 자식으로서 쓰라린 맛보게 하지 않겠다는 애정에서 일어난 것입니다. 그러나 여기에 부인의 무지가 어머니의 애정을 맹목적으로 우습게 여기고 있으며 부인이 제 자식을 사유물과 같이 간주하고 세 명의 자식이 각자 하나의 생존권을 가진 자유의 인간이라는 것을 몰랐다고 생각됩니다. 부인은 남편의 인생의 반려자로서 가장 중대한 일가의 위기를 맞아 남편을 위해 선후책을 생각하지 못했다는 점에 현대의 아내들의 의무가 결여되고 남편과 함께 세 명의 자식의 성장을 지켜보려고 하지 않았을 뿐만 아니라 나아가 가장 잔인한 수단으로 자식들의 생명을 끊기에 이른 점에 있어 현대의 어머니가 될 의무를 몰각했습니다. 부인 자신은 유서에 나타나 있는 것처럼 가장 총명한 방법을 선택한 셈이겠지만 유감스럽게도 나는 현대생활의 이상에 비추어 부인의 행위가 가장 무지하고 무자비한 가장 잔인한 행위라는 것을 성명하지 않을 수 없습니다.

요시카와 부인과 운전수의 사건에 대해서도 동기가 어찌되었건 자살이라는 행위가 어리석은 짓임에는 틀림 없습니다. 그러나 두 사람에게는 합의의 정사였습니다. 젊은 청춘의 두 사람을 부자연스럽게 파멸시킨 것은 비참한 사실입니다. 그 유족에 준 비탄과 불명예는 동정 받을 것이지만 어머니가 자기손으로 세 명의 사랑하는 자식을 학살한 야만스러운 행위에 비하면 무참한 생각이 상당히 희박하게 느껴집니다.

이러한 일본인의 병적 자살을 교정하려면 무엇보다도 우선 자살과 동반자살과 같은 행위를 평범화하고 더러운 것이라고 평가하고, 어리석인 일이자 죄악시할 필요가 있습니다. 그들 행위에 어떠한 가치를 인정하고 혹은 변호하고 혹은 찬미하는 전대의 유풍이 유지되고 있는 동안은 쉽게 나쁜 사상은 감소하지 않을 것입니다. 또 한편으로는 교육계 사람들의 노력에 의해 개인 생명의 존엄을 일반 청년 남녀에게 자각시켜 삶에 대한 정열과 즐거움이 있다는 것을 알게 하는 것이 중요하다고 생각합니다. 네모토 부인의 사건이 일어난 미도시에 사는 유명한 교육자가 이것을 장렬한 행위로 표현하고 미도학水戶學의 감동이라고 찬사를 아끼지 않았던 점은 의외로 느껴집니다.

나는 예술좌에서 연극으로 올려진 피네로 원작『제 2의 탱커레이 부인』을 보고 부인의 자살로 끝나는 연극의 마지막이 왠지 아쉽게 느껴습니다. 영국에서는 이러한 자살이 드문 일이겠지만 일본에서는 흔하디 흔한 사실이라 생각하여 이후 만일『제 2의 탱커레이 부인』을 다시 쓴다면 부인이 자살을 그만두고 남편과 자식, 자신을 위해 새로운 생활을 개척하려는 부분으로 써 봤으면 합니다.

(1917년 3월)

부인의 인격을 인정하지 못하는 때

남자가 여자의 인격을 대등하게 인정하지 않는 것이 당시 사회의 실상이기 때문에 남편이 아내를 한 계단이나 두 계단 저급한 인간으로서 대우하는 일은 있을 법한 일이라 생각합니다. 통상 부인이 아직 그것에 순응하는 동안은 인간의 불평등을 조정하는 기회에 도달했다고 말할 수 없습니다. 실제로 남편과 타협해 살아가고 있는 부인이 많이 존재합니다.

만일 이런 처지에 놓여 있는 것을 바보 같다고 느끼는 부인이 있다면 그 사람은 현대에서 여하튼 누구보다 먼저 눈을 뜬 소수의 신여성입니다. 나는 그러한 부인에게 경위를 표합니다. 그렇게 내가 바라는 것은 남편에 대해 자기의 권위를 주장하고 반항하는 것보다 먼저 무엇 때문에 남녀는 평등한 인격적 권위를 가지고 있는가를 지식으로 배웠으면 합니다. 만연히 자기의 지위에 불만을 가지고 있는 것으로는 도리상의 주장이라 할 수 없습니다. 그것들을 알려고 하려면 후쿠자와 유키치 씨의 신여대학新女大學을 비롯해 아베 이소오, 다카노 쥬조, 아소 쇼조, 이치죠 다다에와 같은 사람들의 저서가 있고 내가 작년에 읽고 상당히 효과를 얻는 저서에는 아베 지로 씨가 쓰신 『논리학의 근본문제』가 있습니다.

여기까지 지식적으로 알고 보면 남편의 봉건주의적 태도에 불만을 느끼는 부인의 자각이 상당히 깊어집니다. 결코 한때만의 안전을 위한 타협수단을 허락하지 않게 됩니다. 게다가 남편에 대해 친절하게 충고하는 것도 좋고 또 지식인에게 부탁해 남편에게 충고를 부탁하는 것도 좋겠지요. 그렇지만 자주 그것을 반복해도 남편의 성정이 개선되지 않는다면 남편은 논리적으로 저능하다고 해도 좋겠습니다. 그러한 불쌍한 남편을 위해 희생할 것을 각오한다면 모를까 그렇지 않다면 용단을 내리서 이혼을 요구하는 것이 바른 처사입니다. 이혼의 이유가 그렇게까지 총명하고 철저하다면 조금도 자신의 흠이 아닙니다. 이제까지의 이혼은 남편도 부인도 모두 맹목적인 감정에 지배되고 있었기 때문에 쌍방의 흠이 되었던 것이었습니다.

어떠한 권력과 정실情實이 압박해도 그것을 뿌리치고 자신의 개인적 위엄을 유지해 갈 요구와 자신감이 왕성한 여자가 아니고서는 아직 진짜 자신 존귀를 자각한 여자라고는 말할 수 없습니다. 남편의 천박한 일시적인 다정한 애정에 속박되거나 자신 의식주 생활이 불안하여 자기주장을 관철시키지 못 한다면 예부터 다수 있는 평범한 여자뿐입니다. 남편이 진실로 자신에게 대한 애정을 가지고 있다면 부인을 두 번째 순위에 두고 만족하지 않을 것입니다. 개인으로서의 독립이 유지된다면 입고 먹고 하는 일은 하녀, 그 외의 노동자가 되어도 좋지 않겠습니까. (1917년 3월)

애정교육의 급무

전후 세계적 경쟁이 얼마나 불합리한 큰 소용돌이를 일으킬 것이라고 예상해도, 좋든 싫든 그것에 참가하지 않으면 안 되는 우리 일본인은 생활의 여러 측면을 향해 종래의 인습을 탈피한 파격적인 개선을 용감히 단행하지 않으면 안 됩니다. 그렇지 않으면 가장 가벼운 활동을 세계적으로 시험해 볼 수 없을 것입니다..

일부 일본인은 군국주의로 강하면 세계에서 우월한 지위를 점유할 수 있다고 믿고 일본을 동방의 독일로 만들려는 그릇된 견해를 품고 있습니다. 그러나 침략을 목적으로 하는 무력이 앞으로의 세계적 경쟁에 필요한 중심세력이라고는 생각할 수 없습니다. 독일적인 사고방식을 갖고 있는 학자, 군인 등이 아무리 반대해도 세계에서의 문명의 대세는 인도적인 평화주의를 향해 나아가고 있습니다. 평화주의 아래 세계를 통일하는 수단으로써 군비를 유지하는 것은 당분간 어쩔 수 없겠지만 오로지 무력으로 국가와 민족의 번영을 꾀하려고 하는 것은 시대에 뒤쳐진 사상으로써 인류의 평화를 휘젓는 위험한 정책이며 세계가 용서하지 않을 것이라고 생각합니다.

위와 같은 일은 아주 적은 사례에 지나지 않습니다. 교육, 논리, 정치, 법률, 경제, 예술, 그 외 모든 생활에 필요한 측면을 세계의 문명과 이상에 보조를 맞춰 바꾸지 않으면 일본인의 장래는 터키와 같은 고립상태에 빠지고 견실한 자유독립의 위치를 유지해 갈 수 없게 됩니다.

애정에 대한 속박은 어떤 욕망의 억압보다도 인간을 위축시킵니다. 이미 몇몇 사람의 마음에도 애정의 필요를 인정하고 있어 토론의 여지는 없습니다. 그러나 오늘날 그러한 애정의 실행에 있어 온건한 방법을 발견할 수 없기 때문에 주저하고 있습니다. 그러나 전후 일본인의 생활에 파격적인 개선을 필요로 한다면 이 문제를 바로 용단을 내려서 결행해야 하는 중요한 실제적 문제라고 믿습니다.

이후의 협동생활은 부부로서 공고한 단위로 하지 않으면 안 됩니다. 이런 요구에 맞추는 훌륭한 부부는 애정의 자유와 책임을 자각한 남녀사이에서만 바랄 수 있습니다. 자유의사에 의해 부부관계를 맺고 서로에 대한 책임을 알지 못하는 파렴치한 불륜 남녀가 생기지 않게 먼저 애정에 대한 명쾌한 예비교육을 실시할 필요가 있습니다. 이것은 적령기 자녀를 교육하는 가정과 학교 당사자가 세심한 고민으로 실행해야 하는 중요한 업무입니다. 오늘날 일본에서는 인간생활상에 가장 중요한 위치를 차지하는 미묘한 애정교육에 대해서 전혀 그것을 위한 시설이 없었습니다. 우습게도 여학교에서 다른 곳보다 매우 이르게 결혼 때의 예식과 임신, 분만,

수유 등의 시기의 마음가짐, 부인이 되어 이후의 가정을 꾸려가는 법 등을 가르치고 있습니다. 남편, 아내가 되는 중요한 기초가 되는 애정 교육을 조금도 실시하지 않고 견실한 부부생활이 성립되기를 기대하는 것은 큰 착각이라고 생각합니다. 이런 의미에서 가정 및 중등 정도의 학교에서 적령기의 남녀에게 애정의 의의와 배우자의 자유선택에 필요한 진중한 준비를 가르칠 것을 나는 뼈져리게 희망합니다. 대일본교육회 등이 전후 교육에 있어서 뜨거운 문제인 애정 교육의 문제를 언급하지 않는 것을 나는 답답하게 느낍니다.

그리고 내가 지금 한 가지 바라는 점은 적령기의 자녀를 두고 있거나 이런 문제를 이해하는 부모들이 기회가 되면 여행을 함께 가거나 옥외의 대규모 회합으로, 그리고 소규모 가정 회합을 만들어 총명한 부모의 감독 아래에 자녀에게 절제있는 자유교제의 세계를 지도하도록 노력해 주었으면 합니다. 이런 교육은 이미 지식계급의 가정에서 극히 일부에서 실행되고 있습니다만, 가능한 새로운 습관을 보급시켜 교육받은 청년자녀가 많은 이성과 교제하고 이성의 감정을 이해하고 스스로 평생의 배우자를 선택해 실수하지 않는 통찰과 자성을 갖추도록 촉진하고 싶습니다. 이런 문제에 대해 논의하는 시대는 지났습니다. 우선 알아차린 사람들이 제일 먼저 시도해 보는 것은 어떨까요?

(1917년 4월)

선거에 대한 부인의 희망

나는 정치에 대해 간단한 소감을 말해보고 싶습니다.

우리 부인은 헌법상에서 남자와 동등한 권리를 가진 개인입니다. 그렇지만 오로지 남자가 만든 법률에서는 헌법과 모순되어 불합리하게 단순히 여성이라는 이유만으로 우리의 생존에 필요한 여러 권리를 제한받고 있습니다. 이전과 같이 의뢰주의와 굴종주의에 만족하는 부인과 달리 개인으로서의 자신의 욕망을 존중하고 자신의 능력을 믿는 오늘날의 부인에 있어서는 점차로 남녀간의 권리의 차이가 고통의 씨앗이 됩니다.

우리는 시구읍면회 의원의 선거권 및 피선거권조차 가지고 있지 않습니다. 우리는 자신이 노력한 결과를 나눠 공공생활을 위해 납부하고 있는 직접 간접조세가 어떤 식으로 전일본인의 생활의 행복을 증진하기 위해 운용되고 있는지를 아는 것조차 불가능합니다. 하물며 그것을 어떻게 운용해야 하는가에 대해 남자와 함께 토의할 공적인 기관에 참여할 수 없는 것은 말할 필요도 없습니다. 심지어는 미성년인 남자와 마찬가지로 정치에 관한 연설 및 집회를 개최하는 것조차 금지되어 있습니다. 세계의 여권론이 억지로 신기한 요구를 주장하는 것이 아니라 완전히 빼앗긴 부인의 권리에 대한 회복을 주장하는 것입니다. 그러나 여자 자신조차 아직 보통선거제를 세울 수 없는 일본의 현실에서는 부인이 유럽과 미국의 여권론자의 주장과 같이 하루 빨리 참정권을 요구하는 것은 온건한 행동은 아니라고 생각합니다. 게다가 일본 부인은 아직 정치 이외의 문제에 대한 단체운동에 익숙하지 않습니다. 여권회복의 운동은 단체운동을 필요로 합니다. 나는 일본 부인의 현재 가지고 있는 지식 과 용기 정도를 보아 결코 단체운동의 성립할 시기는 아니라고 판단하고 있습니다.

그렇다면 정치에 대해서는 잠자코 참고 있는 것은 아니라 다행스럽게도 정치 관련한 언론만은 우리 부인에게도 그런 자유를 용인하고 있습니다. 우리는 정치적으로 참고 참아 노예의 위치로 떨어지는 것을 그나마 조금 면하고 있습니다. 우리는 간신히 열린 유일한 창구를 이용해 이곳에서 가능한 정치 그 외의 생활기관에 관한 우리 부인의 희망을 펼쳐야만 합니다. 이러한 자각에서 나는 이렇게 적어보고 싶습니다.

제 38회 의회는 예상대로 해산되었습니다. 관료와 정당 사람의 정쟁 밖에 있는 우리 부인은 이제와서야 중의원이 제출된 내각불신임안의 가부, 그것에 반대하는 데라우치 내각이 간청한 해산이 불법인지 여부를 돌이켜보는 것에 많은 필요도 깊은 흥미도 가지지 못합니다. 오히려 해산을 기회로 관료도 정당 사람도 모든 국민도 과거의 정쟁적 관계를 모두 떨쳐버리고 입헌국의 대의정치의 근본정신으로 되돌아가 세계의 많은 사람과 국가의 현실을 생각해 일본인의 생활을 한층 합리적으로 만들며 한층 더 행복하게 하도록 노력해 주었으면 합니다.

그렇지만 데라우치 총리와 고토 장관이 지방관회의에서 한 연설을 보면 우리들의 희망을 배반하고 이제까지의 음험하고 추악한 정쟁에 한층 더 무식한 정쟁이 현저히 보입니다. 실례되는 표현입니다만 남자라는 것은 태고 이래 총명하다고 자인하지만 일단 국민을 모시는 정치인이 되면 왜 그렇게 저급하고 야만스러운 맹목적 감정을 고집하며 수치를 느끼지 않는 것일까요? 요즘 일어나는 정쟁을 봐도 상식으로는 유럽의 선진문명국의 사이에 도저히 일어날 것 같지 않는 일입니다. 그것이 수년에 걸쳐 계속되어 과학을 악용한 난폭한 신식 무기로 사람과 사람을 서로 죽이며 아직 평화회복의 시기조차 예상되지 않는다고 예상하며, 말하자면 권세를 독점해 지배자의 위치에 서려고 하는 남자의 욕구가 가장 큰 이유입니다.

맹목적 감정은 부인이 소유물이라고 말하지만 부인의 감정적 망동은 자신과 소수의 주위를 불행하게 하는 것에 지나지 않습니다. 하지만 남자의 그것은 수백만의 인류를 살상하고 수백억의 재력을 소멸시키며 수 천년 이어온 문명을 하루 아침에 파괴합니다. 설령 피해가 적더라도 직접적으로 일국의 이익, 번영과 멸망과도 관계가 깊습니다. 부인의 맹목적 감정이 그러한 커다란 불행을 인간생활에 가한 예는 세계 역사에서 발견되지 않는다는 점을 단언

해도 좋습니다. 데라우치, 고토 두 사람의 연설은 로이드 조지나 월슨의 연설에 비할 것까지도 없이 한눈에 봐도 이렇다 할 깊이가 없으며 야비한 내용입니다.

현대의 정론에는 반드시 현대의 자유사상을 배경으로 해야만 합니다. 두 사람의 '겸공지평兼公持平의 선정'이라는 것은 아무런 구체적 정견도 동반하지 않는 중국식의 공명허사에 지나지 않기 때문에 정론의 영역에 들어가지 않는다고 생각합니다. 도대체 일본의 이른바 정치가는 아침이나 저녁이나 모두 엄격히 말하자면 감정론뿐으로 확실한 학설과 실험에 입각한 선명한 정견을 가진 경우는 지극히 드뭅니다. 따라서 이것을 두 사람에게 바라는 것은 안타깝습니다만 인정론 가운데에서도 가장 구식인 인정론—내용도 없는 겸공지평설—을 거론하며 훌륭한 정견처럼 표방하는 모습은 너무나도 국민을 우롱한 것이라 생각합니다.

우리 부인의 자유로운 입장에서 말하자면 정권의 쟁탈을 목적으로 하는 것은 관료도 정우회도 헌정회도 똑같습니다. 국민당이든 그 외 소수당이 적은 힘을 들여서 쉽게 정권에 근접하기 힘든 일을 당수의 기지적 명령에 따라 반쯤은 자포자기하면서 기병과 국민의 이목을 끌려고 이번에 불신임안을 제출한 일은 실로 기병을 쓴 보람이 바로 드러난 것입니다.

오랜 역경이 있었다는 이유로 국민당을 정권의 쟁탈에 냉담한 것이라 볼 수 없습니다. 이런 의미에서 일본에는 오늘날까지 진실로 국민의 아군인 정치가가 없습니다. 국민의 진짜 아군은 국민을 자식으로 여기고 국민의 번영과 멸망을 깊은 마음으로 생각하는 역대 천황이 계실 뿐입니다. 일본의 천황이 전제 군주로서 계시지 않는 것은 태양의 빛과 같은 박애평등과 같다는 것을 전혀 의심할 여지가 없습니다. 정치가라 부르는 정치가가 모두 국민을 능욕하는 관료주의자였던 증거로는 고대 정계의 개조가 갑인 관료주의자와 을인 관료주의자와의 경질이외의 아무런 의미가 없던 일이 었습니다. 후지와라 씨가 독점하던 정권이 다이라씨로 옮겨지고, 다이라 씨가 이를 미나모토 씨에게 빼앗기고 호쿠죠, 아시카가, 오다, 도요토미, 도쿠가와 등의 가문이 서로 이것을 빼앗고 독점한 역사가 있기 때문입니다. 우연히 도요토미 씨와 같이 징벌에서 나온 정치가가 있어도 새로운 관료 정치가가 한 명 늘어났을 뿐으로 정치에 대한 국민의 권리를 관료로부터 되찾아 이것을 국민에게 분배하지는 않았습니다.

대의정치는 국민 모두가 나라 스스로 생활의 행복한 발전을 목적으로 하고 법률을 제정하는 것과 동시에 모든 정치를 운용하며 감독하는 능력을 발휘하는 정치입니다. 그런데도 관료와 정당은 대의정치가 채용되는 오늘날도 여전히 의연하게도 국민의 위에 서서 다이라 씨와 미야모토 씨 오다 씨와 아시카가 씨의 관계처럼 대치하고 있습니다. 그들은 국민의 이해와 국가의 성쇠를 구실로 정권의 쟁탈을 주요한 목적으로 하고 있습니다. 단언하자면 어느 정당도 모두 관료의 변형이며 관료가 정당을 매도하고 정당이 관료를 매도하는 것은 까마귀가 서로 색이 검은 것을 매도하는 것과 같이 우스운 짓입니다. 겸공지평설秉公持平설을 입에 담는 데라우치, 고토 두 사람이 헌정회만을 정권쟁탈자라고 욕하고 정우회를 오로지 성의를 품은 정당이라고 비호하는 편파사건은 추하다고 생각합니다. 그것보다도 우선 데라우치 내각 스스로 정쟁을 초월한 공명한 정치가의 집단이라는 것을 정견으로서 증명하지 않으면 안 되는 것이 순서인데 두 사람의 연설이 한 마디도 그것에 미치지 않는 것은 무슨 이유일까요.

이런 정쟁을 초월한 정치가의 마음은 로맹 롤랑이 몇 번의 전쟁에서 초월하여 세계인류를 위해 박애 정의의 선전에 노력하고 있는 것과 같이, 진실로 국민의 편이 되는 어진 사람으로 열정이 넘쳐 있어야 합니다. 그렇지만 데라우치, 고토 두 사람의 말에는 정적을 압박하는 쟁기와 살의가 횡행할 뿐으로 국민의 편에서 선 표현을 전혀 확인할 수 없습니다. 정견을 결정함에 있어서 천박하고 국민의 의사를 안중에 두지 않고 전제적이며 정적을 욕하고 교활한 어용당을 비호하는 것은 야비하다고 생각합니다.

이래서는 겸공지평의 반대로 스스로 정쟁의 유력한 선수가 되어 반대당의 적의를 도발하고 복수하기 위해 고기를 물어뜯고 빨아먹어도 만족하지 않는 깊은 원한을 맺게 할 것입니다. 이런 행위는 한층 음험, 추악, 잔인으로 일관하는 정계의 사투를 조장하는 위험이 있다고 생각합니다.

또 내가 싫은 것은 데라우치 내각에 반대하는 당원의 언론이 이성을 기초로 하지 않고 감정적으로 치우쳐 데라우치 내각 무리

만이 마치 비입헌적이며 관료주의자인 것 같이 불공평, 불철저한 입론을 굳이 말하는 부분입니다. 또한 정권을 쥐면 헌정회 자신이 다시 관료주의자가 될 것인데 이것을 엄폐하면서, 데라우치 고토 두 사람에게서 받은 욕설 이상의 말로 앙갚음하는 부분입니다. 이들은 국민의 앞에서 마땅히 두려워해야 할 거짓을 계속해서 하는 것입니다. 그들 당원의 논조가 조잡하고 난폭한 것은 왕년의 헌정옹호운동 시대의 강개하면서 살벌한 말투와 비교해도 조금도 진보하지 않는 것에 놀랍습니다. 특히 데라우치 씨의 연설에 대한 헌정회의 '변망서'가 데라우치 씨 등과도 뒤지지 않는 관료의 썩은 냄새를 내고 있습니다. 다들 정직하다고는 하지만 너무 국민의 요구와 동떨어져 있어서 가엽게 여기지 않을 수 없습니다.

'우리는 반드시 정당원이지 않으면 내각원을 얻지 않는다고 주장하는 것은 아니다'라고 하며 '단순히 중의원에서의 다수당의 대표자로써 내각을 조직하지 않고 결의하는 것이 없이, 성명하는 것 없이, 주장하는 것 없이'라고 하고 '내각 조직에서 귀족원의 세력을 도외시할 수 없어서'라고 듣기 싫은 변명을 평민의 진실한 편인 대정당의 언론으로서 헌법 발포 후 30년인 오늘날에 듣기에 지극히 시대의 역행하는 민주사상의 퇴보로서 어이없습니다. 이것도 국민을 우롱하는 일이라고 생각합니다.

나는 여기에서 모든 일본인에게 묻고 싶습니다. 우리는 지금이야말로 진실한 개인의 권리로 살아가려 자각해야 할 시기가 아닙니까. 우리의 생존에 필요한 정치상의 권리를 관료와 관료의 변형인 기성 정당이 오랫동안 농단하는 것을 방임하고, 자신의 권리를 자유로이 행사하는 것을 게을리 하는 것을 이제야말로 우리가 알아차려야 하지 않겠습니까?

우리는 오늘날까지 정치에 대해 전혀 냉담하지 않았을지도 모릅니다. 그렇지만 대의정치의 의의와 필요에 대한 우리의 이해와 동감이 비상식적으로 부족해 있었던 것은 부정할 수 없습니다. 정치가 일본인 전체의 생활에 중요한 기관의 하나이고 성장과 이완이 국민의 개인 생활의 성쇠와 멸망에 영향을 주는 것이며 대의정치는 개인의 성쇠와 멸망을 조절하기 위해 개인의 자유의사로 선발한 대표자가 정치를 운용하고 감독하는 것입니다. 따라서 정치의 선악은 일본인의 한 사람으로서 직접 책임을 회피할 수 없다는 점을 여러분은 철저히 알고 계십니까? 그것을 알고 있다면 여러분은 이제까지와 같이 선거민으로서 투표권을 하찮게 사용하지 않고 대의사代議士로서 일국의 정치를 관료 또는 정당이라 부르는 일부 계급의 권세 이복을 위한 자료로 제공하는 일도 없었을 것입니다.

대의정체代議政體 아래에서는 국사는 여러분의 가사의 일부이며 국정은 여러분의 가정의 일면이라 불립니다. 그렇게 선거민과 대의사와의 관계는 식물에 있어서의 잎과 꽃의 관계로 없어서는 안 됩니다. 이제까지와 같이 대의정치의 의의를 철저히 알지 못했던 국민은 후보자의 의뢰에 의해 막연히 선거만 해서, 선거민으로서 어떠한 선거를 하는지, 대의사로서 선거민이 어떤 것을 대표하는지를 몰랐습니다.

원래 대의사의 정견 여하 등은 선거민의 문제가 아니며 또 대의사는 당선되어 버리면 어떠한 책임도 자신의 언동에 대해서 책임을 지는 일이 없으며 선거가 끝나면 대의사와 선거민은 닭으로 부화 된 집오리의 병아리가 물에 들어가 돌아오지 않는 것처럼 굴종계습으로 나뉘어 천 리 거리를 생성하고 정치적인 관계는 완전히 같은 뿌리에서 나온 잎과 꽃의 친밀함을 잃어버리는 것이 습관이 되었습니다.

나는 이번 총선거에 국민 전체가 투표권을 존중해야만 하는 것을 충분히 자각하고 이를 기회로 입헌국의 선거민인 것이 부끄럽지 않은 이른바 신성선거의 기원이 열리기를 기대하고 있습니다. 옛 유럽에는 '어리석은 국민의 위에는 가혹한 정부가 있고'라는 속담이 있습니다. 일본에는 전제적 정부만이 아니라 폭횡 무치한 정당까지 존재하고 있습니다. 일본인은 이미 그들의 번벌과 정벌의 소수계급에게 우롱되어서는 안되는 시기에 이르렀다고 믿습니다.

여기에 나는 거듭 묻고 싶습니다. 국민은 다가올 4월 20일에 어떤 사람을 국민 자신의 대표자로서 선거해야만 하겠습니까.

나는 일본인의 한 사람이며 아울러 일본 부인의 한 사람인 입장에서 아래와 같은 인격의 후보자를 물색해 국민의 대표자로 해주었으면 하는 희망을 가지고 있습니다. 나는 후보자가 과거에 있어 관료계의 사람이든 정당계의 사람이든 양자 이외의 새로운 중립의 사람인지를 논하지 않습니다. 가능한 여러 지식과 경험을 가진 선량을 모아 중의원의 질을 높이기 위해 아울러 일본의 모든 정당의 질을 높이기 위해 모든 계급에서 후보자가 나오기를 바랍니다. 종래에는 너무나 농업계급과 실업계급과 변호사계급에 편중되어 선거되고 있었습니다. 이번 선거에 이미 다수의 의사 후보자가 나오는 것은 약간의 부자연스럽습니다. 그러나 나쁘지 않은 현상이라고 생각합니다. 좀더 학자계급, 교육자계급, 노동자계급, 저작가계급 등에서 후보자를 환영하는 풍조를 만들지 않으면 안됩니다.

나는 여러분이 후보자 선택의 표준을 우선 정견, 두 번째로 덕 操德操, 오로지 이 두 가지에 두는 것을 바랍니다. 확실한 정견을 가지지 않고 정견을 가지고 있어도 그 정견을 가능한 한 책임을 지고 실행하려고 하는 논리 관념이 견고하지 않은 사람이라면 우리 국민의 대표자로서 신임할 수 없습니다.

그 정견을 예민한 직관과 정밀한 이성을 기초로 하고 미래에 걸쳐 세계의 많은 사람과 국민의 지식적, 경제적, 논리적 현상으로 생각해 오로지 일본인 전체의 이해를 위해 국정의 본말경중을 시사해 조정하는 합리적, 구체적인 의견에 뛰어나고 게다가 그것이 선거인 자신의 의사를 만족시키는 의견이 아니어서는 안 됩니다.

정견으로 국민의 신임을 구하려고 하지 않는 후보자는 국민의 대표자가 될 자격이 없는 인간이라는 점을 철저히 알아 둘 필요가 있습니다. 단순히 명망가이고 재산가라고 하는 것과 전 장관前大臣,

전 대의사前代議士, 전 지사前知事 예비장교라는 것이라는 것은 대의사가 될 자격으로서 아무런 필요조건도 아닙니다. 무엇보다도 후보자의 정견에 사상 및 지식의 배경이 있는가, 어느 점까지 세계 및 일본의 현실에 비추어 실용주의적인가, 정견은 경기가 좋은 한때의 말 뿐의 약속이 아니라 어디까지나 실행의 책임을 가진 발언인가를 잘 헤아리는 것이 중요하다고 생각합니다.

이제까지의 후보자는 종종 선거민에게 알랑거리고 또는 선거민을 속이며 한 지방을 위해 철도를 설치한다라든가 혹은 관공서를 옮긴다든가 하는 직접 이익을 꾀하는 것을 구실로 삼고 있습니다. 국민을 그것들과 교환으로 표의 양심을 좌우되어서는 안됩니다. 중의원 의원은 일본의 국시國是를 토의하기 위한 국민의 대표자이며 부현회 의원과 같이 한 지방의 이해문제에 소극적이 되어서는 안 됩니다. 이런 구실을 신뢰해 선거하는 사람은 신성한 선거권을 스스로 모욕하고 있는 것입니다.

다수인 후보자의 정견은 어디까지나 선거인의 마음으로 비판되는 것을 필요로 합니다. 후보자의 의견에 맹종한 것은 재래의 어리석은 습관이었습니다. 앞으로의 정치를 현명히 입헌정치로 하려면 선거인 자신이 타인의 의견이나 권유에 따르고 굴종하는 일 없이 총명한 개인주의의 견지에서 후보자의 의견을 비판하고 그 합리적이라는 점이 바르게 납득이 가 자신의 요구와 공명하는 것을 발견하고 나서 비로소 자신의 대표자가 될 성직을 후보자에게 위탁하도록 해야만 합니다. 그것이야말로 중의원에서의 대의사의 발언은 민의의 진짜 발언이며 중의원이 제정한 법률과 협찬한 수입과 지출의 예산은 국민 자신의 책임으로 돌릴 위험이 없다고 생각합니다.

선거계의 언론을 존중하는 것은 언론의 자유를 존중함과 동시에 언론의 가치를 존중하는 것이 아니어서는 안 됩니다. 나는 이번 총선거에 돈의 힘이 구축되어 언론에 의한 정견의 힘이 선거민의 양심을 감동시키는 것을 바라는 의미에서 어느 후보자도 탁월한 정견의 발표에 협력하고 어느 선거인도 나서서 후보자의 정견을 경청하려고 마음먹어 모든 면에서 잘못되는 일 없이 언론이 표현하는 정견의 가치를 격렬하게 비판하는 습관을 만들어 주었으면 합니다.

특히 내가 부인으로서의 입장에서 바라는 것은 후보자의 덕조 조건 중에 남녀 도덕의 실천에 대해 현재 비난해야 할 점이 없는 것을 반드시 덧붙여 주었으면 합니다. 부인에 관한 사적 행동을 좋아지지 않는 사람은 이미 개인 생활 상에 자경自敬과 논리적 조절이 결여되어 협동 생활의 첫걸음을 잘못하고 있는 남자입니다.

나는 예전에 '육체적 방종은 정신적 방종의 상징입니다. 자신의 혼의 순정, 순일純一을 애지중지하여 실천하려고 하는 욕망을 이성에 의해 긍정하는 사람에 있어 그 혼을 더럽히는 육체적 방종, 외설에 참을 수 없는 것은 당연합니다.'라고 말했습니다. 립스가 말하기를 자신의 가장 가까운 곳에서부터 개선하지 하지 않는 사람은 논리적으로 약한 사람이라 했습니다. 이런 의미에서 남녀 도덕에 있어 현재 비난해야 할 점을 가지고 있는 사람은 일국의 정치에 관련한 전 일본인의 생활 개선을 토의할 대의사의 성직에서 당연히 제외되어야 합니다. 적어도 이러한 조건을 반성해보는 것까지 선거계의 논리 관념이 긴장하기를 바랍니다.

(1917년 4월)

사랑의 훈련

　사랑은 가장 인간적인 본질에서 나온 최상의 사상이며 동시에 최상의 경험이다. 사랑에 의해 사상과 경험, 영혼과 육체, 이성과 감정이 융합하고 일치되어 활동한다. 정말로 깊이 사랑하는 것은 진심으로 깊이 살아간다는 것이다. 사랑하지 않는 사람에게 자기 생명의 존귀와 위력을 절실히 체험하는 것은 불가능하다. 사랑하지 않는 사람은 인생을 단편적으로 살아가는 것에 지나지 않는다. 전체적으로 인생을 직감하는 기쁨은 누구라도 사랑 안에서만 이해할 수 있다. 하물며 사랑하지 않고는 하나의 미술품으로서도 그것의 아름다움을 진실 되게 누릴 수 없다. 하물며 사랑하지 않고 남자가 여자를, 여자가 남자를, 친구가 친구를, 부모가 자식을, 자식이 부모를 이해하는 것을 바랄 수 있을까. 사랑을 기초로 하지 않는 사상은 탁월한 사상이 아니고, 사랑이 미치지 않은 경험은 주도한 경험이 없는 것이다.

　인생은 훈련과 각고의 과정을 밖으로 표현해서는 아무것도 있을 수 없다. 완성된 인생을 바라고 수행하려고 노력하는 자는 자신의 품성과 주위를 개조하기 위해 여러 가지 비통함을 참을 필요가 있다. 오히려 그런 비통함을 즐거움으로 만들 각오가 없어서는 안 된다. 그런 의미에서 십자가 위의 그리스도는 비로소 인간적인 친근함으로 우리에게 다가오는 것이다.

사랑도 반드시 훈련하지 않으면 안 된다. 사랑은 성장할 가능성을 가지고 있다. 그 가능성을 가능한 증대시키기 위해 훈련하는 것이다. 어머니로서 자식을 사랑한다고 해도 소박하고 본능적 사랑과 마찬가지로 동물의 어미도 능히 사람처럼 사랑할 수 있다. 훈련으로 총명함이 깊어지기 때문에 어머니의 사랑이 완성된다. 남녀 간의 사랑도 그렇다. 처음부터 완전한 사랑을 바라는 것은 달걀에게 홰를 치라는 것과 같이 불합리하다.

나는 결혼의 이상으로서 연애결혼을 주장하는 한 사람이지만 연애의 위험은 중매결혼의 위험과 비슷하다. 우선 연애가 아닌 것을 연애라고 오인하는 경우가 많다. 자세히 말하자면 진실로 사랑하기에 이르기까지 필연적인 배경이 갖추어져 있지 않은데도 한때의 호기심, 한때의 충동, 한때의 성욕, 한때의 감격, 한때의 방탕한 기분 등에서 두 사람의 관계를 연애라고 속단하고 혹은 자기의 양심을 속이고 경솔하게 결혼을 실행해 버리는 경우가 많다.

이것은 중매인과 부모님이 시키는 대로 정신적 이해가 없는 결혼을 하는 것과 그 물질적 결혼과는 큰 차이는 없다. 이것을 연애결혼이라는 이름을 주는 것은 외람된 일이다. 중매결혼과 같이 불륜 비리의 결혼이라 해도 좋다. 특히 방종한 시기에 휩쓸린 결합인 만큼 헤어짐도 쉽다. 따라서 동물적 추태를 사회에 폭로하는 것이 중매결혼보다도 심하다.

연애결혼은 남녀 두 사람의 자유의지로 선택하는 것을 주요한 조건으로 하기 때문에 가능한 결혼이 성립하기 이전에 신중해야만 한다. 이제까지 연애를 하는 사람은 이제까지 대체로 이런 가장 중요한 고려를 소홀하여 전술이 잘못된 방종한 결혼에 빠졌다. 앞으로의 연애는 우선 이성 간의 협력을 하고 연애가 성립하기 전에 관계를 총명하게 하는 것을 필요로 한다. 그것이 연애에 대한 예비적 훈련이다.

이런 이후에 진실로 서로 사랑하고 있음을 견실하게 자각하고 결혼해 연애 생활의 첫걸음을 밟아 나간다고 해도 양자 사이의 연애는 결코 완성된 것이 아니다. 이제부터 무한히 점점 성장해 가는 것이라는 점을 알고 발아한 식물에 배양을 필요로 하는 것 같이 끊임없이 연애를 훈련 해서 보다 풍부하고 보다 순수하고 보다 공고히 하는 노력을 계속해 나가야 한다. 연애결혼의 당사자는 간신히 연애가 성립 하면 이제 연애가 완성된 것이라고 오해하고 그 이상의 훈련과 각고를 생각하지 않는다.

연애결혼의 위기는 이런 태만에서 싹이 튼다. 그 정도로 열애를 해서 맺어진 아름다운 결혼은 없다고 세상으로부터 부러움을 산 한 쌍의 부부가 1년이나 2년 후에 방종 무치한 남녀 사이가 되어 이별하는 실례가 있는 것은 주요한 원인은 이 때문이다. 또 중매 결혼에 의해서 성립한 부부가 반드시 전부 불행한 결혼이 되지 않는다. 그 가운데에 훌륭한 연애 생활을 만들어가는 사람들의 실례를 보는 것은 결혼한 후에 양자 사이에 서로 마음이 통하여 연애의 발아를 보고 그것을 끊임없이 심화시키고 순화해 가는 훈련과 각고를 거쳤기 때문이다.

연애결혼은 애정의 민주주의화이다. 당사자가 스스로 선택하면 동시에 스스로 책임을 지는 결혼이다. 연애 결혼을 완성하는 것은 평생의 훈련을 필요로 한다. 진실로 사랑하는 것은 진실로 각고하는 것이다. 진실로 자유로운 결혼, 진실로 자유로운 인생은 홀로 이런 각고 속에서 체험이 가능하다.

(1917년 5월)

부호富豪의 사회적 공헌

동중서董仲舒의 『춘추번로(춘春秋繁露)』속에 '가난함을 근심하지 않고 평등하지 못함을 근심 한다'라는 공자의 말은 총명한 발언이라 생각합니다. 나는 빈부의 차별이 있는 것을 반드시 불편하다고는 생각하지 않습니다. 사람들은 능력에 따라 직업을 고를 수 있습니다. 재화를 축적하는 재주를 가진 사람들이 부호가 되고 지식을 축적하는 재주를 지닌 사람들이 학자가 된다고 하는 것은 가장 바람직한 순조로운 생활을 실현하기에 필요한 분업적 차별이라 생각합니다. 그러나 그것만으로는 불완전합니다. 인생은 상호 서로 사랑하고 서로 도우며 서로 갚아나가는 것으로 모두가 행복을 실감할 수 있는 것입니다. 그리고 원망하지 않고 화내지 않는 평화로운 상태에서 문화적 진보를 계속할 수 있다고 생각합니다.

학자가 학문을 사유물로 독점하고 부호가 재화를 사유물로서 독점하는 것은 인생평등의 이상과 맞지 않습니다. 인간은 자신의 재주로 다른 결함을 보완하지 않으면 안 됩니다. 이것은 예부터 어느 정도까지 실행되어 왔습니다. 예를 들어 농민이 하루라도 노동의 결과인 채소를 시내로 팔지 않는다면 시민들은 상당히 곤란할 것입니다. 그러나 무산계급과 유산계급 사이에는 예부터 이것이 상당히 불평등 했습니다. 노동계급은 물론 지식계급도 또한 무산계급에 속해있는 자이지만 이들 계급사람들이 목숨을 걸고 공헌한 곳에 대해 유산계급은 스스로 능력을 다해 정당한 보수를 받는 것을 심하게 인색하게 생각했습니다.

정당한 보수라는 의미는 무산계급의 공헌에 비례하는 보수라는 의미가 아니라, 유산계급의 사람들이 자신 및 그 가족의 보통의 생활비를 공제한 후의 막대한 재산은 인류공유의 재산을 인류를 위해 보관하고 있는 것으로 이것은 완전히 인류의 행복을 증진하고 불행에서 구하기 위해 사용되지 않으면 안 되는 것입니다. 이러한 자각과 함께 무산계급의 공헌에 대해서도, 교환되는 유산계급의 공헌을 의미하는 것입니다.

부호가 사회에서 존경받는 합리적 기초는 '정당한 보수'의 의의를 알고 용감하게 실행하는 부분에 있습니다. 미국의 부호 카네기 옹이 세계의 존경을 계속 받는 연유도 실로 이외에는 없습니다.

특히 무산계급 속의 노동자계급은 유산계급을 도와 재산을 축적하게 하는 부분의 둘도 없는 협력자인 것입니다. 자본가와 노동자의 관계는 주종에 대한 존비가 있는 것이 아닙니다. 오늘날은 하나의 영리사업에 대한 직책을 다르게 해 권리를 같게 하는 같은 조합원인 것입니다. 조합원에게는 직책에 비례해 공평하게 이익을 분배하지 않으면 안 됩니다. 자본가가 과분하게 부당한 이익 즉 폭리를 취하는 것은 정당한 보수의 실행을 잊고 인류공유의 재산을 홈치는 것이 됩니다.

나는 유럽에서 전쟁 이래 계속해서 물가가 폭등하는 실상(이것은 우리들 무산계급의 인간에게 직접적으로 매일매일 고통이 되어 영향을 주는 대사건입니다)과 한편 많은 벼락부자가 만들어질 정도 일반적인 유산계급에게 재력의 격증하는 광경을 보고 특히 현재의 부호가 재력을 편파적으로 이용하고 있다고 생각할 수 밖에 없습니다.유럽의 교전국조차 커다란 소란 속에 끊임없이 물가의 조절을 꾀하고 있다고 합니다. 일본의 유산계급 지식인들은 어째서 우리 빈민을 위해 일상생활의 과도한 압박을 완화하려는 노력을 하지 않는 것일까요?

(1917년 5월)

위험에 대한 자각

위험 가운데에는 할 것과 오히려 나아가 돌파해야 할 것이 있습니다. 위험이라 해도 반드시 피해야 할 것이 아닐 수도 있습니다. 피하는 쪽이 현명한 경우도 있고 피하지 않고 그것을 정복하는 편이 현명한 경우도 있습니다. 또 피하는 것이 큰 용기가 있고 피하지 않는 것이 돌진하는 용기인 경우도 있습니다.

그리고 위험하다는 것과 위험하지 않은 것은 그것과 교섭하는 사람 나름의 일로써 결정하는 것이며 처음부터 이것은 위험하다고 정해져 있는 것은 아닙니다. 예를 들어 비행기를 위험하다고 생각하는 것은 일본의 비행가의 미숙한 비행만을 보고 있는 일본인의 생각이며 스미스나 스티븐 이상으로 숙련된 비행가를 수 백 명 가지고 있는 영국, 프랑스의 국민에게는 위험물로써 비행기를 생각하는 시대는 이미 과거에 있는 사실입니다.

만일 그가 그 일에 미숙한 동안은 무슨 일이든 그에게 있어 위험하지 않은 것은 없습니다. 폭발물이나 비행기만이 위험이 아니라 그렇게 말하는 사람에게는 사소한 것이라도 큰 상처의 뿌리가 됩니다. 잘 드는 칼이 아니래도 이쑤시개 하나가 아기의 생명에 관계될 정도의 큰 상처를 입지 않을 것이라고는 장담할 수 없습니다.

익숙하지 않은 사람에게는 위험할 뿐이라고 아무것도 하지 않는다면—즉 무슨 일이든 괜찮을 것이라고 생각해 소극적 금욕적으로 몸을 보호하려고만 하면—그의 능력은 발육의 기회를 잃고 일체 새로운 사상을 생각하는 것도 행동도 불가능하게 됩니다. 누구라도 하고 싶지 않은 일을 습관적 기계적으로 반복하게 되면 무기력해지고 침체되고 퇴폐해 버릴 것입니다.

그렇다면 인생의 안전을 생각하고 위험에서 멀어지려고 하는 것이 오히려 인생을 파괴하고 멸망시키는 결과가 됩니다. 익숙하지 않은 사람에게 새로운 경험을 시키는 것이 위험한 것보다 그것을 위험이라고 예단해 결코 새로운 경험을 억압하는 생각이 오히려 위험한 것입니다.

그렇게 때문에 사람은 아이 때부터 가능한 새로운 경험을 풍부히 쌓게 할 필요가 있습니다. 새로운 경험은 모두 일종의 모험입니다. 사람은 같은 일을 반복하는 것을 단조롭게 생각해서 그러한 권태감을 견디지 못하는 법입니다. 익숙하지 않은 특히 첫 경험은 모험의 불안과 그 모험을 극복하려는 용기, 이해, 시련, 성공의 예상 등이 동반되는 유쾌함을 느낍니다. 대조가 있는 노력의 기쁨을 느낍니다. 그렇게 되면 모험은 사람을 매우 긴장시켜 자신의 삶의 힘을 체험하고 향락시키는 것입니다. 즉 가장 충만한 생활 그 자체입니다.

중국의 옛 성인이 '날마다 새롭다日新又日新'는 말을 인용해 가르친 점도 새로운 경험에 대한 생활의 찬미이며 '귀한 자식에게는 여행을 시켜라'고 하는 속담도 모험의 복음이며 '사자가 자식을 천리 낭떠러지에 떨어뜨린다'고 하는 비유도 자력수행의 암시라고 생각합니다.

새로운 경험을 점점 풍부히 쌓아 가면 갑자기 새로운 경험을 만나는 것과 달리 그런 식에 익숙해져버려 그것에 대해 정신을 잃을 정도 놀라 자빠지는 일도 없으며 일률적으로 복종할 정도로 경솔하지도 않습니다. 경험의 축적은 다른 말로 지식의 축적입니다. 그가 새로운 경험에 대해 옳고 그름을 비판할 만한 총명함을 가지고 있을 뿐만 아니라 만일 그것이 자신의 역량으로 견딜 수 있는 모험이라면 앞으로 나아가 경험을 해볼 것입니다. 반대로 자신의 생활에 적합하지 않는 것이라면 과감히 그것을 피하고 나아가 그 이상의 경험을 추구하려고 할 것입니다. 그렇게 말하는 사람은 위기에 익숙해 있기 때문에 위험의 성질을 알고 있어서 교묘히 그것을 피하고 아무렇지 않게 극복하고 정복합니다.

이상과 같이 알고 있는 내용을 제가 왜 서술하는가 하면, 여자 고등교육 및 직업교육에 대해 데라우치 내각의 문부장관 오카다 씨가 명백히 반대의견을 표현했기 때문입니다. 오카다 씨가 근래 「오사카마이니치」기자에게 말씀하신 부분이 그것을 증명하고 있습니다. 영국의 내무장관이 의회연설에서 최근에 토의해 온 선거 개정안의 결과 600만 영국부인이 참정권을 가지는 데 이르렀다고 공언하고 있는 시대에, 여자를 남자와 같이 총명하게 하고 남자와 동등하게 자기가 벌어서 자기가 생활하는 경제적 능력자로 만들려는 교육이 '일본의 미풍'을 파괴하는 교육—즉 일본인의 협동생활을 위기로 하는 교육—이라고 공언하는 문부장관을 있다는 사실은 엄청난 극단적인 대조인가요?

호의가 오히려 민폐인 사실도 많이 있습니다. 이렇게 말하는 문부장관이 보살펴 주실 정도로 우리 부인에게 있어 민폐인 것은 없습니다. 오카다 씨의 성의는 진실이겠지만 성의도 지식이 동반되지 않으면 바보스럽고 간섭이 될 수 있습니다. 시세를 간파하는 것은 이제 오카다 씨의 지식이 견딜 수 없는 점인 듯합니다. 오카다 씨는 우리 부인이 얼마나 새로운 시대의 모험에 익숙하려 노력하고 있는지를 이해하지 않으면 안 된다고 생각합니다.

(1917년 5월)

스트라우트 양의 매춘부 구제의견

　미얀마에 계신 적이 있는 만국기독교 부인 교풍회의 동양파견원 스트라우트 양이 애국 부인회 본부에서 최근에 말씀하신 해외에서의 일본 매춘부의 실정에 관한 연설의 적요를 봤습니다. 그것에 대해 그분의 경고와 호의를 감사히 여기는 사람도 있습니다. 그렇지만 나는 오히려 일본의 지식계급의 남녀가 몇 명이나 느끼고 있는 것을 이제 와서 새로운 것처럼 말한 그분의 여유를 유감으로 생각합니다.

　그분은 일본 매춘부가 해외에 존재하는 것을 몇번이나 일본의 불명예인 것처럼 말씀하셨습니다만 우리는 그분의 충고를 바라지 않으며 이미 매춘부의 존재가 인류전체의 수치이며 일본인이라는 점과 일본이라 하는 국가의 오점이 아니라고 생각합니다. 만일 매춘부에 대해 논하자면 그 이상의 문제에 대해서 해결방법을 제시하지 않으면 안됩니다.

　스트라우트양은 남녀의 정조를 논하며 논리적으로 반성을 재촉하는 것과 일분 매춘부를 물질적으로 구제하는 것 등에 의해 세계 인류의 커다란 문제가 해결의 끝을 볼 일 것이라고 생각하고 있는 것일까요. 만일 그렇다고 한다면 종교가의 설교와 자선가의 의연금조차 있으면 매춘부의 그늘을 사회에서 완전히 없앨 수 있을 것입니다. 그러나 그것은 '이야기가 그렇게 쉽습니까?'라고 말하고 싶습니다.

오늘날은 전통적인 관습이 아직도 권위를 가지고 있습니다. 관습 아래에 있는 도덕은 상당히 미약한 힘밖에 가지고 있지 않습니다. 직업의 자유가 없는 부인이 관습으로 인해 관대한 유일한 직업인 매춘으로 의식주를 의존하고 있는 생활을 현재의 도덕으로 막을 수는 없다고 생각합니다. 특히 일본에는 부모 형제 남편을 위기에서 구하기 위해 여자가 정조를 파는 일을 미덕으로 하는 관습조차 있습니다.

또 남자가 여자에 의해 여자가 남자에 의해 얻으려는 인간미의 만족과 성욕의 만족은 모두 인간의 자연적인 욕구이며 식욕 이상으로 가장 세력을 가진 욕구이기 때문에 이것은 법률과 도덕의 제제에 의해 한 번에 억압할 수 있는 것은 아닌 것입니다. 그러나 오늘날의 사회 상태에서는 경제적 관계나 신분의 권위를 번거롭게 하는 관습이나 배우자의 선택이 곤란한 사정 등 때문에 결혼할 수 없는 위치에 있는 많은 남자들이 있고, 남녀교제의 적당한 방법이 없기 때문에 여성과 정을 통하는 것이 불가능한 남자가 있기도 합니다. 이들의 욕구가 경제적으로 여유가 있고 남녀관계가 방종하던 지난 시절에 비해 심하게 억압받고 있습니다. 때문에 어쩔 수 없이 다수의 미혼남자가 그런 위안을 게이샤나 창부에게 찾게 됩니다. 이런 일로 우리들 여성이 받고 있는 능욕은 막대하지만 남자 스스로도 좋지 않은 걸 알면서도 스스로도 능욕하고 있는 것입니다.

이것을 죄악으로 매도하기 보다는 오히려 비참해 하고 슬퍼하지 않으면 안 되는 엄숙한 실제사건입니다. 스트라우트양 은 현재에 있어서의 인간의 생활에서 단지 일본만이 아니라 세계에서도 이런 절대적 결함이 있는 것을 어째서 모르는 것일까요? 나는 매춘부의 무치를 책망하기 이전에 매춘부의 발생을 만드는 근본이유가 현재의 사회조직 안에 잠재해 있는 사실을 그분에게 말하고 반성을 요구하고 싶습니다.

남녀의 정과 성욕과 그리고 사회의 경제관계를 생각해 보지 않고 단지 도덕 한 가지 만으로 매춘부의 문제를 해결하려고 하는 것은 이미 세대에 뒤쳐진 경솔하기 짝이 없는 논의라 말하지 않을 수 없습니다. 내가 스트라우트 양의 경고를 유감스럽게 생각한 것은 이런 연구가 등한시 되어 있기 때문입니다.

그리고 그분의 연설 속에 '서양 각국의 매춘부에게 국적을 물어도 쉽게 대답을 하지 않고 외국인처럼 위장하는 것에 반해 일본의 매춘부는 일본인인 점을 수치스럽지 않게 여긴다'고 하는 이야기가 있었습니다. 나는 이것에 대해서도 그분의 사고방식가 천박함을 가엾이 여깁니다.

일본의 매춘부가 일본인이라고 말하는 것은 내 나라의 도덕으로는 물론 내가 알고 있는 서양 각국의 도덕에 있어서도, 이것은 정직한 고백이며 한 점의 부끄러워야 할 필요도 없는 사실이라고 생각합니다. 그분의 사고로는 일단 정조상의 부덕을 범한 인간은 다른 일에도 계속해서 부덕을 쌓아가고 있다고 생각하는 듯합니다.

나는 세상의 교풍론자가 자칫하면 매춘부의 오행을 미워한 나머지 그녀들의 인격의 전부를 업신여기고 비인간화해 바라보려고 하는 냉혹한 시선을 아쉬워하지 않을 수 없습니다. 현재 스트라우트 양의 일본 매춘부에 대한 발언에는 그들을 불행한 자기의 '자매'라고 해서 온정적으로 받아들여야 한다는 고찰이 빈약한 점에 나는 일본의 기독교부인회 교풍회의 모든 사람에 대해서 같은 불쾌함을 느낍니다.

스트라우트 양의 연설을 들은 애국부인회의 사람들이 어떤 자극을 얻었는지 나는 모릅니다. 그러나 나는 한마디를 덧붙여 두겠습니다. 매춘부의 문제는 그분이 말한 것과 같이 단순히 일본 한 나라의 치욕은 아닙니다. 세계 인류의 실제생활과 연결된 문제입니다. 이것을 해결하려고 하려면 소소한 구제보다도 근본 생활조직에서부터 개혁해야하는 점에 착목하지 않으면 안 됩니다.

(1917년 5월)

가정에 대한 나의 해석

가정이 필요하다고 인정하는 점에 대해 나는 다수의 여자교육
가들과 의견을 달리 하고 있습니다. 나는 이것을 물질적 방면에서
만 생각하고 싶지 않습니다. 지금의 여학교의 가정과家庭科는 주방
과 가계부 적는 법에 교육의 중심을 두고 있습니다. 그래서는 가정
의 의의가 너무나 천박하게 이해되고 있다고 생각합니다.

나는 가정도 국정도 그 근본 정신은 같다고 생각하고 있습니
다. 일국의 정치가 근본 골자를 등한시 하고 소소한 수식에 편중하
면 법전이나 의식과 같은 표면적 부분적 완성이 있을 뿐이며 전제
적 내면적인 문화가 갖춰지지 않는 것처럼, 한 가정의 정치도 요리
하는 법이나 장부 적는 법이 가장 중요한 것으로는 가정의 이상이
매우 좁고 낮다고 말하지 않을 수 없습니다.

전제적인가, 입헌적인가, 관료주의적인가, 침략주의적인가, 인
도주의적인가. 이것이 국가의 생활방식으로써 우선적으로 생각하
지 않으면 안 되는 문제와 같이 가정의 정치에 대해서도 같은 고찰
이 필요하다고 생각합니다. 말을 바꾸어 말하면 사랑과 이성에 맺
어진 생활을 이상으로 할지, 폭력과 사욕으로 맺어진 생활을 이상

으로 할지, 이 점을 정하는 것이 중요하다고 생각합니다.

이것은 여자만이 고찰해야할 문제가 아니라 가정은 남자와 여자로 성립하는 것인 이상 여자에 가정의 훈련이 필요하다면 협동 생활의 조합원인 남자에게도 가정의 훈련이 필요하다고 생각합니다.

나는 가정이 부인이 남자를 위해 안방과 음식과 의복을 공급하는 장소라고는 생각하지 않습니다. 부부로서 상호 연애를 완성하고 부모로서 자녀를 사랑으로 키우고 사회의 일원으로서 의무를 다하는 근거지가 가정이고, 가정은 남자에게도 여자에게도 평등하게 필요한 장소인 것이다. 나는 가정이 남자의 전제왕국도 아니며 여자가 독점해야 할 영토도 아니라 생각합니다. 이러한 이유로써 나는 여자에게만 가정학을 시행하는 것에 반대하고 아울러 가정을 아내에게 일임하고 남편이 돌아보지 않는 듯한 편파적인 생활을 불쾌하게 느낍니다. 또 남편이 아내 및 가족의 자유의사를 억누르고 전단專斷을 행하는 가정에는 물론 찬성할 수 없습니다.

지금의 여자 교육은 이러한 가정의 근본에 대해 어떠한 지도도 하지 않고 사소한 장부 적는 법과 요리법의 전수로 가정의 미명을 얕보고 있습니다.

나는 저희 집의 금전의 수입을 장부에 기입한 적이 없습니다. 출납부를 적는 일이 어느 사람에게는 필요가 있습니다. 그러나 아무에게나 장려해야할 일은 아닙니다. 선배들 중 명성 높은 부인들 중에는 이러한 정도의 일을 가정의 대사라 하며 부인의 경제사상의 훌륭한 실현이라 하여 모든 부인에게 장려하는 사람들이 있습니다. 실례되는 말이지만 나는 이들 부인들을 얕은 생각에서 나온 과장스러운 표현이라고 생각합니다.

왜 내가 수입을 기입하지 않는가라고 하면 남편과 나의 수입은 번잡한 상가의 수입과 달리 원수員數 불안정하더라도, 액수가 매달 거의 일정하여 그것을 일부러 기입할 필요가 없습니다. 또 지출에 대해서도 이미 수입에 제한이 있어 그것이 아주 적은 금액이고 수입의 범위에서 매달 대부분 판에 박은 듯이 같은 지출을 하고 있기 때문입니다. 특히 지출을 상세히 기재해 둘 필요가 없습니다. 참고로 조사해볼 필요가 생긴 경우에는 수입의 소매상의 기입으로 두는 통장을 보면 볼일이 끝납니다. 매물장이라고 같은 것을 우리가 적기에는 필요 없는 일입니다. 우리는 이렇게 출납부와 같은 느긋한 물건에 붓을 휘두를 시간이 있다면 좀더 작품을 한 줄이라도 더 쓰겠습니다.

외상으로 사는 물건은 통장을 본다 해도, 나날의 용돈이 지출이 부정확하다고 하며 비난하는 사람도 있겠지요. 그러나 우리의 용돈은 대부분 아이들의 필요품을 위해 소비되는 것이며 그 종목은 거의 또 매달 정해져 있습니다. 덧붙어 용돈의 총액도 대부분 일정해 아주 약간의 금액입니다. 이것을 하나하나 용돈장부에 기입해 두는 것은 시간과 노력의 손해일 뿐이며 아무런 이익도 우리들에게는 예상되지 않습니다. 그래서 수입을 장부에 적는 것은 우리의 생활에 있어서는 불필요한 것입니다. 이런 우리 집과 같은 이유로 출납부를 적고 있지 않은 사람들이 세상에는 적지 않다고 생각합니다.

　모든 사물의 옳고 그름을 객관적으로 결정할 수 없습니다. 개인의 성정과 처지에서 발생하는 필요에 의해 여부가 결정됩니다. 갑의 사람에게는 필요한 것도 을의 사람에게는 무용한 경우가 있다는 것을 알지 못하면, 출납부의 일반적 장려와 같은 쓸데없는 짓을 하게 됩니다. 그것보다도 장려해야 할 일은 필요가 없는 일에 힘을 쏟는 것이 아니라 빨리 필요를 예감해 그것을 준비하는 일과 필요가 닥치면 그것을 단행하는 것이라 생각합니다.

(1917년 6월)

피서에 대해서

올해 여름의 폭염은 실제로 힘들게 느꼈습니다. 가루이자와나 시오하라의 산속으로 사정이 허락된다면 더위를 피해 가고 싶었습니다. 바쁜 여유를 즐기며 신문잡지를 읽어 보고 있자니 여기저기에 피서의 무용유해를 말하며 반대 의견을 공론화하고 있는 지식인들이 눈에 들어왔습니다. 오늘날 지금 땀투성이가 되어 붓을 쥐고 있는 나와 다르게 그들 지식인들의 의견이 심하게 여유 있는 듯 보이고 매우 무정하게 보이며 비실제적으로 보입니다.

나는 아직 피서여행이라 이름 붙일 정도의 일을 한 번도 경험하지 않은 사람입니다. 도쿄 사람이 된 이후 16,7년 동안에 삼복의 여행이라 하면 아카기야마에 오른 것이 한번, 하코네에 가 본 것이 한번, 시오하라에 가 본 것이 한번이라 할 정도이며 그것도 길어야 왕복 1주일이라 하는 짧은 날이었기 때문에 일반적으로 말하는 피서의 의미에는 적합하지 않습니다. 그래서 나는 남편과 아이들과 언젠가는 보통사람들의 피서를—피서다운 피서를—해 보고 싶다고 생각하고 있습니다. 인간에게는 '보통사람들의 일'이 해 보고 싶다고 하는 심리가 있습니다. 피서의 여부를 논하는 사람들은 그러한 심리를 고려할 필요가 있습니다.

말할 필요도 없이 보통사람들이 해 보고 싶어 하는 것은 사람이 자신의 개성의 존엄을 알고 다른 사람이 가능한 일은 자신에게도 가능한 일이라고 하는 자각을 기초로 한 욕망의 발현입니다. 이 욕망이 있기 때문에 사람은 자기를 굽히지 않고 살 수 있습니다. 나는 이 욕망을 억압하는 것은 인간을 정신적으로 죽이는―즉 인간의 개성을 죽이는―불법비리의 사상이라고 생각합니다.

피서를 가지고 사치이며 허영이라고 비난하는 사람들에게도 나는 말하고 싶습니다. 그런 사치와 허영이라고 하는 것도 단지 싫어해야할 만 것은 아닙니다. 그것들도 보통사람들이 살아가려는 욕망의 발현에 지나지 않은 것입니다. 인간에게 사치심과 허영심이 없었다면 세계의 문화는 오늘날 정도로 이르지 않았을 지도 모릅니다. 분수를 알고 만족을 안다는 중국식 가르침의 구습에 따르고 있다면 현 상태 유지에 멈쳐서 인간의 진보도 발전도 없게 되어 버립니다. 사치도 허영도 그 의미에 있어 어느 정도까지 인간진화의 과정에 항상 필요한 것입니다. 현대를 지도하는 인도적 정신이 인간 생활의 욕망을 평등하게 발휘하는 것을 기본로 하는 이상, 사치도 허영도 필요한 정도에 따라 누구에게나 당연히 허락되어야 할 것 이라 생각합니다.

그리고 피서를 나약한 경향이라 하며 비난하는 사람들의 무지를 나는 깨우치고 싶습니다. 모 신문의 사설 기자가 '피서'라는 문자에 집착하여 더위를 피하는 것은 비겁하다고 논하였습니다. 이는 '피하다'는 말을 모조리 나약으로 보는 것은 얕은 생각입니다. 손해 또는 위기에서 몸을 피하는 것은 반대로 총명한 행위인 것은 말할 필요도 없다고 생각합니다. 무더위는 사람에게 저항력을 증가시켜 사람의 심신을 강건하게도 하나 어느 정도 이상의 무더위 ―소위 폭염이 되면 사람의 심신에 고통과 고달픔을 주어 여러 부분에서 사람의 손해가 됩니다. 예를 들어 우리 집의 어린 아이들은 실제로 심한 땀띠로 괴로워하고 모기에게 물린 흉터의 붓기에 고통스러워해 불쌍할 정도입니다. 또 우리 부모님은 심신이 고통와 고달픔에서 평소 하루에 할 수 있는 일이 이틀에 걸쳐 하시게 되고, 평소보다 완성도가 낮은 결과가 나옵니다. 이것들은 결국 올해의 폭염 때문에 생긴 우리 집의 커다란 손해입니다.

만일 우리에게 경제적 사정 허락된다면 시오하라 산속에 가족과 가서 도시의 폭염으로 어쩔 수 없이 생긴 손해를 피하려고 하겠지요. 그렇게 된다면 우리들의 아이들은 땀띠나 모기로 고통받으며 여름에 살이 빠지는 일도 없고 우리 부모님도 열과 땀과 식욕의 결핍과 모기로부터 물리는 일도 없겠습니다. 그리고 정신이 어지럽고 오기 속에서 마지못해 불완전한 일을 하는 일 없이 푸른 산과 샘물 속의 청량함을 즐기며상쾌한 기분으로 현재보다 2, 3배의 일을 할 수 있겠지요. 이런 의미에서 우리들의 피서는 사치나 허영 이상의 실제 이익을 목적으로 할 필요가 있는 것입니다. 이런 심리는 세상의 사람들의 피서의 심리의 하나라고 생각합니다.

논자는 일본이 더위를 참을 수 없을 정도라면 남양제도의 인간은 모두 죽을 것이라는 주장을 세우고 있습니다. 이것은 남양이든 인도든 열대지방의 인간이 하루의 대부분을 낮잠을 자며 소비하고 있는 것을 모르는 사람의 억설입니다. 그들은 폭염 때문에 대부분 정신적으로 죽어 있는 인종이라고도 생각됩니다. 그들에게는 현대에 자랑할 만한 아무런 문화도 만들지 못하고 있습니다. 인도나 남양에 3, 4년이나 거주한 일본인은 두뇌가 어지럽고 정신적으로 퇴화하는 것이 눈에 보인다고 합니다. 열을 견딘다고 하는 것이 반드시 우수한 인격을 만드는 것은 아닙니다.

열대아 기후의 나라에는 날에 몇 번씩이나 소나기가 내려 폭염을 식힙니다. 그러나 도쿄의 오늘은 오랫동안 비를 볼 수 없습니다. 이러한 점을 볼 면 일본이 고통스런 폭염이 많기 때문에 피서가 더욱 필요하다고 생각합니다.

그리고 사람들은 생활의 변화를 선호하고 변화 과정의 연속에 의해 생활을 신선하게 하여 단조로움과 권태에서 벗어나려고 합니다. 그런 심리도 또한 피서를 말하는 데 있어 많이 작용하고 있습니다. 변화는 사람에게 새로운 여러 지식과 취미의 경험을 주기 때문에 단순히 변화에만 머무르지 않고 결국 인격의 풍부와 행복을 증가시켜 줍니다. 피서 가서 도회에서 사치를 하던 부호의 사람이 자유롭지 못한 시골의 별장 생활을 하거나, 우리와 같은 하급 처지에 있는 자가 비교적 자유로운 날을 보내거나 하는 것도 그것이 평소의 생활의 단조로움을 깨는 새로운 경험이라는 것이 사람을 흥분시키고 만족시키기 때문입니다.

사람에게는 놀고 싶은 욕구가 있습니다. 피서는 유락遊樂을 하고픈 심리가 기본이 되는 경우도 있습니다. 마찬가지로 우리 가족이 피서한다고 해도 우리 부모님은 선선한 곳에 놀러 가서 일의 능률을 높이고 싶다고 한다는 희망이 우선입니다만 아이들은 우선 도회의 갑갑한 가정에서 벗어나 자유로이 즐겁게 놀고 싶겠지요.

노는 것을 오로지 빈둥거리는 의미로 해석해 피서를 맛보는 이유로 들어서는 안 됩니다. 논다는 것에는 해방의 의의가 있고 감상의 의의가 있습니다. 아무리 가치 있는 생활을 하고 있어도 그것만을 지속하고 있어서는 단조와 응고와 우울의 느낌을 벗어날 수 없는 것도 어쩔 수 없는 사실입니다. 여기에 앞에서 언급한 변화의 욕구도 일어나고 그리고 놀고 싶은 욕구도 일어납니다. 평소의 일을 일시적으로 떨쳐버리고 노는 것은 사람의 심신이 단조와 응고와 우울에서 해방되어 자유 속에 발랄한 활력을 회복하는 것이 됩니다. 피서지로 가서 일도 하지 않고 노는 것에 그러한 합리적인 가치가 있습니다. 물론 그 중에는 빈둥거림이라는 두 글자로 평가할 할 사람들도 있겠지만 도회에 있어도 빈둥거리는 사람들이어도 피서가 그 사람들을 빈둥거리게 한 것처럼 해석해서는 원인과 결과가 어긋난 논의가 됩니다.

또 논다고 해도 대개 빈둥거리며 드러누워 있을 사람은 없습니다. 어깨에 힘주지 않는 문예 도서를 읽거나 산과 들을 산책하거나 해수욕을 하거나 식물을 채집하기도 하고 예술 혹은 자연의 접촉에서 취미감상을 살려 새로운 지식을 얻으려 합니다. 평소 그것들의 취미나 지식의 교섭이 빈곤한 도회인일수록 노는 것이 가능한 피서를 기뻐하지 않을 수 없겠지요.

'잘 놀고 일 잘 하자'라고 하는 격언이 있는 것처럼 노동과 향락은 어느 것도 생활에서 결여될 수 없는 것이라는 것을 안다면 해방과 감상을 갖춘 피서를 모조리 빈둥거리는 행위로서 물리칠 수는 없습니다. 오히려 사정이 허락된다면 누구에게나 장려해야만 할 것입니다. 하지만 어느 계급에게는 예사로운 것이고, 어느 계급에게는 과분한 사치이며, 어느 계급에게는 꿈도 꾸지 못할 하늘에 가야 누릴 수 있는 것으로 생활의 불평등은 존재합니다. 현재 사회가 제대로 된 피서의 정의가 준비되지 않음을 탄식하지 않을 수 없습니다.

이상과 같은 심리가 교차하여 피서에 대한 요구가 있는 것을 생각하지 않고 단지 저급한 형식적 도덕만으로 피서의 나쁨을 개론하는 것은 좋지 않다고 생각합니다. 나는 피서가 필요하다고 느끼고 있지 않은 사람이지만 사정이 허락하지 않는 사람에게까지 무리해서 피서를 장려하는 것은 아닙니다.

(1917년 7월)

실행적인 부인의 용기

　로맹 롤랑이 '세계에서 최악의 화는 스스로의 욕구를 조절하지 않는 것에 있다. 스스로 도발하면서도 굳이 하지 않는 것에 있다'고 한 경고는 우리 부인의 현재 실상에 가장 적절하다고 생각합니다. 우리은 이전의 여자와 같이 완전히 자각이 없는 것은 아닙니다. 문명의 자극에 의해 자신의 일생을 가능한 한 의의가 있고 가치가 있는 일을 하고 싶습니다. 남자의 예속물이 아니고 한 사람의 인격으로서 독립하고 싶다고 생각하는 데까지 우리의 생활 욕구는 내면에서 상당히 확실히 움직이고 있습니다. 이 자각은 이미 어머니가 되고 부인이 된 우리도, 아직 학교 교육을 받고 있는 사람들에게도 만일 현대의 신지식에 접했던 여자인 이상 바르게 자기를 반성하는 때가 일어납니다. 단지 이 자각에 대해서 어느 만큼 충실했는지를 생각하면 우리의 비겁과 나태와 고식姑息을 부끄러워하지 않고는 있을 수 없습니다. 우리의 자각은 아직 거의 실행되지 않고 정체되어 있습니다. 조금만 실행을 보이는 것도 표면적, 형식적, 줏대 없는 정도에 머무른 경솔한 일이 되어 있습니다.

　예를 들어 부인의 손으로 만들어진 자선회, 교육회, 교풍회, 위생회, 부인문제연구회라 하는 종류의 회합은 무수히 존재합니다. 그러나 그것이 어느 만큼 부인 자신의 실제 생활을 높이고 맑게 하며 개선하고 있습니까. 얼마큼 일반 남자의 실제 생활을 자극하고 동시에 이바지하고 있습니까. 나는 그것의 실력과 효과가 너무나도 빈약한 것에 놀라지 않을 수 없습니다. 바꿔 말하면 일본인은 남자도 여자도 그들 부인 모임에 의해 자선, 교육, 교풍, 위생 등의 필요를 특별히 가르치고 있지 않고 최근 부인문제의 경향도 일절 암시하지 않고 있습니다. 우리는 그들의 회합의 존재를 거론할 이유가 없습니다.

나는 부인의 일에 해당하는 모든 종류의 학교라 할지라도 오늘날까지의 성적으로는 특별히 부인이 담당한 만큼 뛰어난 효과가 있다고 인정하는 것에 주저하는 한 사람입니다. 있는 그대로 말하자면 만일 그것이 상당한 견식을 가진 남자의 손으로 담당하고 있다면 훌륭한 성적을 올렸을지도 모른다고 조차 생각하고 있습니다. 이것은 시모다 우타코, 쓰다 우메코, 야마와카 후사코, 가에쓰 다카코 등 각 여사의 교육사업을 관찰하면 명백한 사실입니다.

부인 선각자가 부인을 위해 이들 회합이나 학회를 경영하시는 것은 상당한 일임에는 틀림이 없습니다. 하지만 이것으로 선각자들이 자신을 교육하고 개조하는 것이 아니어서는 단순히 다른 사람을 돌보는 일에 너무 힘써서 자신은 거꾸로 심하게 공허해질 위험이 있습니다. 자기 자신에 적합하지 않은 논의나 사업은 표면적, 형식적, 줏대없는 경솔할 뿐입니다. 예를 들어 가에쓰 여사가 자신은 '화내지 마라! 일하라!'라고 하는 서적에서 말씀하셨던 것과 같은 고루하고 학문이 없는 사상에 머물러 있으면서 여사가 상업교육을 고취시키는 일은 그녀의 내적인 빈약함으로 여사의 사업이 형식적인 될 것을 증명하는 일이 될 것이라서 매우 유감입니다.

이런 일은 일반 부인이 깊게 반성해야 합니다. 우리는 우선 자기의 생활의 개조에 충실해야 합니다. 학생, 독신 부인은 자신의 일상생활에서, 어머니이거나 부인인 여자는 가정의 일상생활에서 개량의 열매를 올리려고 노력해야만 합니다. 생활의 개조는 한때의 변화만을 위한 것이 아닙니다. 어디까지나 견실하고 총명한 사상으로 이끌어 가는 것이 무엇보다 중요합니다.

(1917년 8월)

나의 신문관

나는 매일 7, 8종의 신문을 읽고 있다. 만일 신문을 세밀히 읽는다면 반나절 일이 될 것이다. 동시에 나의 정력을 할애한 그만큼 나의 심신은 피로해진다. 그래서 나는 가능한 간략히 읽는 습관을 들이고 있다. 시간으로 말하자면 대체로 20분 이내로 읽어 버린다.

나의 신문의 읽는 법은 우선 외국전보를 읽는 것부터 시작한다. 그래서 '도쿄아사히東京朝日'나 '도쿄 니치니치東京日日'의 외국전보가 많은 신문을 제일 먼저 손에 잡는다. 그 다음에 소위 2면 읽고 세 번 째로 논문 네 번째로 사회면, 다섯 번째로 잡기물과 문학물을 읽고 책 뒤에 광고란을 반드시 읽는다. 나는 매우 드물게 상장란相場欄을 읽는다. 그것도 소매 상장을 이따금 볼 정도로 상장에 대한 지식과 흥미를 갖지 않는 나에게 상장란은 교섭이 얕은 것이다. 단 경제문제의 논의와 보도는 주의해 읽고 있다.

그러나 7, 8종이나 되는 신문을 하나하나 이 순서로 대충 보지만 않는다. 신문에 따라서는 각각 장점이 다르기 때문에 나는 장점을 주로 읽으려고 한다. 익숙해지면 이들 장점을 읽는 것이 주머니

물건을 찾는 듯이 쉬워진다.

　나는 하나의 사실 혹은 하나의 문제에 대한 각각의 신문의 태도와 노력과 견해를 비교하며 읽는 것에 흥미를 가지고 있다. 이를 위해 이따금 중복을 꺼리지 않고 동일 기사를 각각의 신문에서 읽으려고 한다. 또 외국전보의 번역이 이해가 가지 않는 부분이 있어서 중대한 문제의 전보는 아사히, 니치니치日日, 지지時事 3개 신문의 번역을 비교해서 읽고 있다.

　참고로 할 만한 논문이나 기사를 나는 때때로 잘라 보관하고 있다. 그리고 매월 잡지를 읽을 때도 똑같이 행동한다. 그러나 경험에서 말하면 이렇게 모은 것이 때때로 나에게 도움이 되는 것은 아니다. 언젠가 한 번이라도 구석에 꺼내어 두고 참고로 하고 싶은 경우가 있을 지도 모른다고 생각해 준비해 두는 것뿐이다.

　신문은 매일의 역사이며 매일의 사회비평이며 또한 미래에 대해 이루어지는 매일의 예상이고 암시이다. 지금의 사람은 신문에서 얻은 지식에 신뢰하는 부분이 많다. 이런 의미에서 신문은 사회의 대학이다. 사람은 학교 교육과 직접경험 외에 신문에 의해 가장 많이 배우고 있다. 신문은 거리에서 선창을 하는 소리이다. 군중심리는 대개 신문에 의해 이끌린다.

　이들의 성직聖職을 실현하는지의 여부에 따라 신문의 가치는 정해지는 것이다. 신문을 존경해야 할 이유도 두려워해야 할 이유도 여기에 있는 것이다.

나는 지금 신문이 어느 만큼 매일매일의 역사가 되는 역할을 다하고 있는지를 생각할 때에 불안과 의혹을 금하기 어렵다. 예를 들어 오늘날 요즘 와세다 대학의 내분에 관한 보도가 신문에 따라 다르고 내분의 원인이 정반대인 보도조차 확인된다. 독자는 어느 신문의 보도를 보고 진실을 파악할 수 있을까? 그것에 대한 확신의 기초 지식을 독자는 가지고 있지 않다. 독자가 모든 신문의 보도를 종합하고 비교해 알 수 있는 것은 단지 아마노, 다카다 두 박사를 학장으로 지지하는 두 개의 세력이 와세다대학의 내분을 야기하고 있다고 하는 지극히 윤곽적 개괄적인 진실에 머물러 있다. 신문에 따라 이 이상의 사실을 알려고 한다면 어느 쪽인가 하나의 신문 기사의 독단을 맹신하고 그 외의 신문 보도를 비교하지 않고 두는 것밖에는 길이 없다. 세간에 광신적인 신문 독자도 적지 않을 것이다. 그러나 어디까지나 진실을 알려고 하는 독자에 있어서는 참을 수 없는 일이다.

이런 불안과 의혹은 한 번이라도 자신 혹은 자신이 관계한 사건에 대해 신문에 적혀진 경험이 있는 사람에게는 한층 통절히 느껴지는 것이다. 예를 들어 나 자신의 일이나 친한 친구들의 일이 일그러지고 과장되지 않고 틀림 없이 신문 잡지에 보도된 일은 지극히 드물다. 그 가운데에는 전혀 허구로 된 기사도 적지 않다. 특히 방문 기자가 쓴 나 자신의 담화는 대체로 잘못투성이이다. 이것으로 추정하면 오늘날의 신문기사에 사실적 정확을 기하는 것은 위험하다. 단지 윤곽적 개괄적인 정도의 진실을 얻고 만족해야만 한다.

지금 하나 내가 불만인 것은 모든 신문기사가 보도대로 혹은 흥미 위주로 써져 심하게는 저속한 활동사진의 간판에 그려질 듯한 도발적 기분으로 써져 사회 개조와 정화를 이상으로 하는 윤리적 비판을 거의 하지 않는 점이다. 단어를 바꾸어 말하면 고귀, 엄숙, 정대, 쾌활, 온량, 박애 등의 감정이 신문 위에 고루 미치고 있지 않고 있다.

예를 들어 적어도 자녀의 교육에 대해서 진중한 준비가 있는 신문이라면 결코 이런 태도와 이런 형식으로 쓰지 않을 법한 기사가 번드르하게 사람의 이목을 끌고 있는 것이 일본 신문의 현실이다. 나는 청교도도 탐미주의자도 아니라서 처음부터 사회의 명암 이면이 여실히 보도되는 것을 바라는 자이다. 그러나 또한 추함과 악을 보도한다고 해도 그것이 제 2 의 추함과 악을 도발할 위험이 예상되는 경우에는 그 보도를 쓰는 신문기자의 인격에 내재하는 윤리적 비판의 명령에 따라 위험을 피할 정도의 조절작용이 필요하다고 생각한다. 이렇게 논하다 보면 오늘날 일본 신문기자의 인격이 저속한 부분이 있는 것을 유감으로 여긴다.

이 일은 이미 많은 신문기자 자신도 느끼고 있는 점이며 많은 독자도 결코 오늘날의 신문에 만족하지 않을 것이다. 신문 개조의 기운은 일반적으로 직각적 요구에 따라 움직이고 있다. 가까운 미래에 있어 신문기자의 내부생활이 과학주의화 되고 인도주의화 됨과 동시에 신문의 보도도 보다 과학적이고 보다 심리적으로 정확해질 것이다. 그리고 일관되게 세계인류의 사랑과 자유와 행복을 증진하는 논리적 정신으로 기자가 변할 것이다. 그런 의미에서 나는 신문과 신문기자란 성직을 찬미하고 사정이 허락한다면 나 자신도 신문기자란 직업을 겸하고 싶다.

(1917년 8월)

학교 교육의 영향

'학교 교육은 창조력과 개성을 손상시키는가?'라고 '교육실험계' 기자로부터 질문을 받았습니다. 나는 다음과 같이 대답할 수밖에 없었습니다.

나는 모든 것을 고정된 사고로 사람을 가르치려는 소학교와 여학교 교사의 인격을 잘 알고 있기 때문에 반항하지도 대립하지 않고 받아드렸습니다. 그렇지만 속으로는 조금도 그들의 가르침에 권위를 인정하고 있지 않았습니다. 나는 교사(당시의)라고 하는 듯한 불쌍한 사람의 분위기에 휩싸이면 안 된다고 생각해서 혼자서 연구하거나 공부하거나 했습니다. 그래서 나는 학교 교육에서 대단한 손해도 (물론 이익도) 받은 적이 없습니다. 오히려 학교가 너무나 화석화 되어가기 때문에 나는 자중해야 함을 알았습니다. 덧붙이자면 나는 고향 사카이여학교(지금의 사카이시여자고등학교)를 졸업했습니다.

(1917년 4월)

남자처럼 생각하고 싶다

나는 항상 이렇게 생각하고 있습니다. 현재 부인 사이에 높은 지식과 훈련된 감정을 요구해서는 안 되고, 그래서 우리는 가능한 우수한 남자와 교제하고 가능한 남자가 읽고 있는 서적을 읽고 남자가 소유하고 있는 지식과 감정에 의해 자신을 가꾸지 않으면 안 된다고.

고금의 걸출한 부인은 거의 많은 좋은 남자 친구가 있고 반드시 남자와 같은 서적을 읽었습니다. 또한 남자가 사고하고 비판하는 것처럼 만사를 사고하고 비판했습니다. 우리들은 이 사실에 대해 반성하지 않으면 안 됩니다.

남편은 자유사상가인데도 그 부인은 가정사나 점 따위의 이야기 밖에 흥미가 없는 가정이 많이 있는 듯합니다. 이렇게 해서는 남편과 부인이 정신적으로는 다른 세계에 살게 되고 우주와 인생에 대한 사고와 비판이 서로 전혀 다르게 됩니다. 부부의 충돌이 일어나는 것도 무리가 아니라 남자에게서 여자가 멸시받는 일도 지당하다고 생각합니다.

나는 대체로 부인잡지라든가 신문의 부인란이나 회장의 부인

석이란 단어가 특별히 존재하는 것을 보고 부인이 아이와 비슷한 저급한 취급을 남자로부터 받고 있다고 생각합니다. 부인이 만일 한 사람 몫의 실력이 있다면 남자와 같이 출판물을 읽는 것은 지장이 없을 것입니다. 특히 부인에게만 필요한 기사여도 남자와 함께 읽는 잡지에 게재해도 좋을 것입니다. 아이가 읽는 것이 별도로 있는 것처럼 부인이 읽는 것이 별도로 출판되는 동안은 부인의 실력이 남자와 비교해서 뒤떨어져 있는 증거라고 생각합니다.

전쟁에 의해 유럽의 부인들이 남녀 성별을 넘어 함께 인간으로서 정신적으로 육체적으로도 이상의 활동을 있는 것은 부인의 역사에도 인간의 역사에도 전대미문의 훌륭한 진보입니다. 그러나 이런 현상은 아마도 일시적인 것이 아니라 또 유럽 지역에만 있는 것이아니라 전후 상당한 세력으로 세계의 부인을 동요시킬 것입니다. 일본 부인도 이런 기운에 늦게 동참하지 않도록 준비하기 위해서는 재래의 미적지근한 아이와 같은 감정 중심의 생활에서 과감하게 용기를 내서 벗어나야 합니다.

(1917년 11월)

약혼의 여부

「여자의 세계女の世界」' 기자가 '약혼의 여부'라는 나의 감상을 요구했습니다.

'약혼'이라는 것은 '부모가 자녀의 혼인을 약속하는 것'이라고 합니다만 그렇게 하는 습관이 점차 소용없어져 가는 것은 크게 의미가 있습니다. 부모가 아이끼리의 장래의 애정과 자유의사를 속박하는 계약을 멋대로 맺는 불법이 일반 부모들에게 있었기 때문입니다. 또한 '부모가 정한 혼인'의 결과가 좋지 않고 대체로 실제 결혼이 성립하지 않거나 결혼해도 가정 불화의 원인이 되거나 흉한 이혼소동으로 끝났던 경험이 부모들을 현명하게 만들었기 때문인 듯합니다.

그러나 예부터 '부모가 정한 혼인'을 계약을 하는 부모들의 내면을 상상하면 이것이 장래 자기 아이의 불행을 일으키는 원인이 되리라고는 결코 생각지 못합니다. 반대로 자식의 장래 행복을 '부모가 정한 혼인'에 의해 정한다고 예감하는 부모들의 애정에 기초를 두고 있습니다. 어떻게 아이의 미래가 행복할 것을 추측하는가? 대개의 경우 양쪽의 부모들이 우선 친구 관계이기 때문입니다. 그래서 쌍방의 혈통과 심성과 형편에 대해 서로 다소의 이해가 있기 때문에 서로 자식을 약혼시켜 두는 것이 자식들의 장래를 안전하게 한다고 생각하는 것입니다. 동시에 부모들의 우정을 친족 관계가 되어서 한층 더 농후하게 하여 지속하는 것이 가능한 것도 느끼는 듯합니다. 요컨대 부모들을 만족시키는 우정도 영향을 주고 있습니다만 이것보다도 자식의 장래를 확실하게 하려고 하는 부모들의 사랑이 근본 동기가 되어 있습니다. 근본 동기는 전혀 나쁘지 않습니다만 무엇이 좋지 않은가 하면 아무것도 모르는 젖먹이 시절부터 서로 자식들의 개인적인 자유를 침해하고 장래의 애정과 의사에 대해서도 멋대로 제한을 하는 부분입니다.

만일 오늘날에도 같은 동기에서 '부모가 정한 혼인'을 행하는 애정과 취미를 가진 부모들이 있다면 단지 좋지 않은 점만을 제외하면 아무런 불편함도 없을 지도 모릅니다. 이것은 반드시 다음과 같은 조건 아래에 있어야 합니다.

1. 쌍방의 부모들이 자식의 체질, 심성, 쌍방의 부모들의 혈통, 체질, 심성, 형편, 재산을 조사하고 아이들이 장래에 결혼하는 것이 아이들 아이들 삶에 행복을 가져올 것이 심리적, 생리적, 의학적으로 예상될 것. 다만 이런 조사에는 쌍방의 부모와 의사와 교육자의 진중한 합의를 거쳐야 한다고 생각합니다.

2. 쌍방의 자식의 연령이 반드시 10세 이상에 달해야 할 것. 이는 10세 이상이 되면 아이의 체질과 심성에 거의 장래의 발전이 어느 정도까지 예상되는 만큼 개성의 확립이 보이는 나이에 이르러

있다고 생각하기 때문입니다. 이런 조건에 따라 재래의 젖먹이끼리의 약혼은 전혀 용납되지 않습니다.

3. 쌍방의 아이가 성년에 이른 후에 한 쪽이 결혼 의사가 없는 때에는 쌍방의 부모들이 아이들에 대해 간섭을 하지 않고 흥쾌히 약혼은 파기한다. 그것 때문에 아이들의 민폐나 고통의 근심이 일절 발생하지 않도록 할 것.

4. 이상의 세 가지 조건을 완전히 행하기 위해서는 미리 쌍방의 부모들이 이에 대한 이해가 충분히 일치할 것.

제 1, 제 2 의 조건은 우량한 가계에 태어나 현재에 우량한 소질과 형편을 갖추고 있는 아이들끼리의 결혼을 예상하기 때문에 근래 세계의 지식인들 사이에서 주장하는 인종개선학의 이상과도 자연스럽게 일치한다고 생각합니다. 제 3 의 조건에서는 약혼이 양가 부모들의 자유의사가 미치는 범위에 일어나는 것으로 조금도 자식들의 개성을 속박하고 있지 않기 때문에 자식에게는 거의 약혼하지 않은 것과 동일하다고 생각합니다.

최근의 일입니다만 나의 친구 O 씨라 하는 목사의 한 명뿐인 외동 아들에게 어느 실업가로부터 결혼이야기가 들어왔습니다. 외동아들은 18세, 실업가의 딸은 13세라고 합니다. 실업가는 O 씨의 아들이 미국으로의 유학하는 비용 일체를 부담하겠다는 조건을 제시했습니다. 그러자 O 씨로부터는 첫 번째 딸을 자신에게 입적시켜 양녀로 만들고 교육을 시킬 것, 두 번째 성인이 된 후에 어느 한쪽이 결혼을 싫어할 경우에 딸의 자유의사에 따라 다른 곳으로 결혼해도 이의가 없을 것, 이러한 두 가지 조건을 이야기 했다고 합니다. 그렇지만 이런 O 씨의 가장 성실하고 가장 자유사상적인 이들 조건을 이해할 능력이 없는 실업가는 지금부터 입적시키는 것과 이상대로 교육하고 성인이 된 후의 공명한 처치를 오히려 위험한 일로 오해하여 약혼의 신청을 철회해 버렸습니다. 이는 양가 부모들에게 약혼에 대한 이해가 충분히 일치하지 않아서입니다. 때문에 약혼이 성립하지 않았던 것이 당연하다고 생각합니다.

그리고 단지 약혼하고 당사자들이 성년이 되기까지를 기다리는 약혼이라면 내가 말한 이상의 조건을 갖추면 앞으로의 남녀 도덕에 있어서도 허용될 것 같습니다. 만일 O 씨의 예와 같이 지금부터 어느 쪽인가의 한 쪽이 아이를 떠맡아 입적시켜 버리면 약혼의 문제만이 아니라 양자 문제로까지 미치게 됩니다. 양자 제도의 습관에 대해 내가 생각하고 있는 점은 별도로 말할 기회가 있으리라고 생각합니다.

(1917년 9월)

무의미한 부인단체

아직 일본에서는 남자가 모이는 모임에서 정시까지 사람이 차지 않으며, 일찍 정직하게 제 시간에 모인 자가 다수의 지각자의 희생이 되어 때를 허비하고 결국 한 시간이나 지나서 사람 수가 찬후에도 하잘 것 없는 잡담으로 시간을 때우며 모임의 주요한 목적인 이야기는 쉽게 나오지 않고 결국 마지막에 남은 아주 적은 시간에 주요한 문제를 가볍게 이야기해서 모임을 파해 버리는 나쁜 습관을 벗어나지 못하는 것 같습니다. 부인의 모임에서는 그것이 한층 더 심하고 무질서하며 내용이 없다는 것을 유감스럽지만 시인하지 않을 수 없습니다.

우선 이름은 부인회라도 회장이나 간사의 이름이 모조리 부인이라도 평의원이라든가 서기라든가 하는 명목하에 꼭 남자가 실제 지휘나 처리를 합니다. 이런 의미에서 아직 독립한 부인회는 거의 일본에 없다고 봐도 좋을 것입니다. 남자가 그런 식으로 영향을 미쳐 간신히 부인회의 체면을 유지하고 있는 곳도 많다고 생각합니다.

나는 부인의 회합이 있다고 들을 때마다 도무지 유쾌하지 않아서 나도 그것에 끼고 싶다는 마음이 들지 않습니다. 소중한 시간을 아침과 타인의 소문과 같은 하찮은 감정만 이야기하거나 그때 뿐인 단편적인 감상만을 교환하여 소비합니다. 중요한 의견은 모두 이야기하지 않고 의견을 이야기할 사람이 있다면 대부분 언제나 같은 얼굴의 소수의 연장자인 회원에 한정되고 그들의 판에 박은듯한 내용이 없고 변화에 뒤처진 논리 등을 고통과 권태를 참고 듣지 않으면 안 됩니다. 이렇게 생각하니 소중한 시간을 할애해서 출석하려고픈 마음이 없어집니다. 그러한 시간적인 여유가 있다면 명서 한 권을 읽는 편이 얼마나 유익한지 모를 듯합니다. 그래서 나는 정신상 득이 되지 않는 모임에는 단연코 나가지 않기로 했습니다.

그러한 현재의 무의미한 부인회는 시간이나 때우는 사치품으로써 경원시하는 만큼 나는 진실한 부인단체가 발흥할 것을 기다리고 있습니다. 재래의 부인의 약점인 허영과 시기와 의회주의, 무용한 겸손, 푸념이 아니라 쾌활하고 총명하고 확실하고 철저하게 의견이나 감상을 서로 논하는 회합이, 오로지 부인만의 협력으로 성립하는 날이 온다면 얼마나 부인들이 서로 행복할까요? 그러한 회합을 위해서라면 나도 기꺼이 거들고 싶습니다.

(1917년 11월)

『어린 벗에게』

사랑은 평등, 교육은 개별적

내가 아이를 키우고 있는 것에 대해서 따로 말씀드릴 만한 것이 없습니다. 일반적인 어머니가 경험하고 있으신 이상의 것이 나오지 않을테니까요.

단지 오늘까지의 경험에 의해 말할 수 있는 것은 아이들을 같은 애정 속에 키우는 것은 가능해도 같은 방식으로 키우는 것은 불가능하다는 평범한 사실입니다.

아이들은 부모의 연장이라고 해도 개별 인격을 가지고 독립한 이상 자식을 자신과 일체한 사람으로 보지 않고 자식에게 객관적인 비평과 좋고 싫음이 생기는 것은 자연적입니다. 두 명 이상의 아이가 있으면 부모의 애정이 아이에 따라 색채의 농담이나 분량의 어느 정도 많고 적음이 생기는 것은 자연스러운 일입니다. 이런 애정의 차이는 어느 부모들에게나 피하지 못 합니다.

그러나 이러한 의미에서 자연은 본능의 망동을 시인한 것이 됩니다. 문명이란 이러한 의미의 자연생활을——본능 생활을——정복해야 합니다. 사람은 보다 정련精鍊된 자연 속에 서 살아가려는 욕구가 마음 속 가장 깊은 곳에 있습니다. 애정의 차이가 있는 생활,

순수한 사랑, 위대한 사랑 속에 있는 생활을 세우려고 하는 욕구가 무의식중에도 움직이고 있습니다. 이런 욕구가 있기 때문에 사람은 편애하고 애증이 있는 생활에 양심의 가책과 고통을 느낍니다. 이것도 또한 자연스러운 일이지만 자연은 인류의 협동 생활을 원만히 만들고 평등하고 행복하게 만드는 이상理想입니다. 그런 이상의 최고의 가치를 자연은 가지고 있습니다. 이것을 자각하고 철저히 하면 본능의 망동을 정복하고 이성과 지혜의 협력으로 총명한 빛을 더한 애정을 중심으로 한 자연생활에까지 도달하게 됩니다.

부모가 어느 아이에게나 평등한 사랑을 준다는 것은 이성과 지혜에 의해 자신의 애정을 끊임없이 훈련하지 않으면 할 수 없는 일이라고 생각합니다. 이것은 많은 노력이 필요합니다. 애정을 낮은 제 1 단계인 자연스런 본능에 맡기면 장남과 막내의 차이가 특별히 귀엽고 다른 자식은 밉거나 합니다. 이것을 자연적 본성이라고 해 자제하지 않는다면 일체의 비문명적, 불평등적인 행위를 저지르게 되는 것입니다. 이러한 의미에서 자연만큼 인류 생활에 유해한 것은 없지만 정직히 말하자면 나 자신은 아직 이 정도의 애정에서 완전히 벗어나지 못하고 있습니다.

단지 스스로 믿음직하다고 생각하고 있는 것은 나의 이성이 이런 애정은 인정하지 않으며 야만 시대의 것으로서 스스로 인지하고 끊임없이 애정을 지니도록 하는 제 2단계의 자연적 본성이 존재하고 있다는 것입니다. 이 덕분에 나는 아이들에게 대한 애정에 과실을 쌓지 않고 오늘에 다다르고 있습니다. 감정이 치우칠 때는 이성의 지도에 따라 평형을 얻도록 노력해 가면 어쨌든 같은 애정 속에—애정의 평등한 분배 속에서—아이들을 키울 수 있을 것입니다.

가장 근접한 곳에 있는 자신의 아이에 대해서도 평등한 사랑으로 대할 수 없는 유치한 인간이 가족적, 사회적, 인류적으로 박애, 평등, 정의의 정신을 실현하는 것이 어떻게 가능할까요. 좋은 남편과 아내, 아내와 자식, 이들 사이에서의 애정을 정련해 이상화하는 것이 문명 생활의 기초로서 무엇보다도 필요하다고 생각하고 있습니다.

어느 부모나 진실을 말하자면 두 명 이상의 자식에게는 좋고 싫음의 감정에 휩싸이지 않는 자는 드뭅니다. 여기에는 여러 가지 이유가 있어서 얼굴이 예쁜 아이가 더 귀엽다던가 반대로 얼굴은 못생겼어도 다정한 아이가 더 귀엽다든가 본능적, 이기적, 미학적, 심리적, 윤리적으로 각각 근거가 있습니다. 부모는 쾌활한데도 아이는 음울하거나 심리적 이유에서 부모의 사랑이 부족한 경우도 있고 자식에게 좋지 않은 성격이 있어 부모가 그 성격을 싫어한다는 윤리적 이유에서 자식을 소홀히 대하는 경우도 있습니다. 자식에 대한 애정이 얕은 것은 자기 자식이지만 왠지 까닭 없이 싫은 본능적 이유나, 자식이 다정하게 대해 주지 않는다는 이기적 이유나, 얼굴이 못생겨서라는 미학적 이유에서만이 아닙니다. 이러한 좋고 싫음이 있는 불평등은 이성에 의해 정정하고 조절하지 않으면 안 됩니다. 이래서는 문명 시대의 부모의 사랑이라고 할 수 없다고 생각합니다.

다음으로 아이는 어떻게 양육하고 어떻게 교육하면 좋은가라는 식의 일정한 법칙을 예정할 수 없다는 것입니다.

아이의 체질의 다름이 실제로 이것을 내게 가르쳐 주었습니다. 얇은 옷을 입게 하는 습관을 들이는 것이 좋다고 해도 태생적으로 강건한 아이와 약한 아이가 있는 있습니다. 전자에게는 얇은 옷을 입혀도 후자에게는 그렇게 해서는 좋지 않습니다.

또 부모들의 경제 상태나 그 외의 사정이 이것을 나에게 가르쳐 주었습니다. 모유로 키우는 것이 좋다고 해도 내가 장남을 키웠을 때와 같이 모유가 적으면 우유로 키우지 않으면 안 됩니다. 채광이 나쁘고 방한 설비가 지나치게 불완전한 가옥에 살지 않으면 안되는 처지에 있는 우리는 아이들의 잠자리라도 어느 정도까지 데우고 뜨거운 물주머니라도 넣어 유지해야합니다. 추위를 견딜 수 있게 하는 일은 아이들의 체질 여하가 아니라 가옥의 설비의 여하에서도 생각할 필요가 있습니다.

또 갑의 아이에게는 셔츠를 입히지 않아도 되어도 을의 자녀에게는 체질 관계상 셔츠를 입혀야 할 필요가 있습니다. 음식물도 그렇습니다. 많은 아이들에게 같은 음식을 먹이는 것이 가능하면 좋겠지만 체질에 따라 그 중의 한 명 또는 몇 명은 특히 많은 자양물을 먹지 않으면 안 될 필요도 있습니다. 그래서 일반적, 개괄적인 법칙이라는 것은 실제 모든 양육에 해당되지 않는 것이 자연스럽습니다. 게다가 학교에서 배운 육아법 등을 정직히 지키고 어느 아이에게나 같은 양육법을 취하려고 하면 상당한 무리가 발생합니다.

교육에 대해서도 마찬가지입니다. 공통점은 아주 적으며 차이점이 많이 있는 몇 명의 아이에 대해서도 동일 교육법을 응용하는 것은 불가능합니다. 부모는 자식 한 사람, 한 사람이 가진 생리와 내면의 특질을 잘 읽고 그것에 맞는 개별적인 교육을 행하는 것을 게을리 해서는 안 됩니다. 학교 교육이 획일적이라는 것은 대다수를 한 곳에 모아 교육하는 조직상 어쩔 수 없는 일이지만 가정에서의 교육은 학교 교육의 결점을 보정할 수 있으며 개별적으로 교육을 할 수 있습니다.

예를 들어 아이를 꾸짖어서는 안 된다는 것은 가정교육에 공통된 법칙이 아닙니다. 아이 중에는 꾸짖을 필요가 없는 우수한 아이가 있고 꾸짖어 반대로 불량한 쪽으로 빠질 아이가 있습니다. 동시에 또 꾸짖는 쪽이 좋은 효과가 있는 아이도 있습니다. 실제로 우리집에는 세 종류의 해당하는 아이들이 있습니다. 꾸짖을 필요가 없는 아이와 꾸짖지 않고 관용으로 두는 편이 좋은 아이에게는 꾸짖지 않습니다. 꾸짖어야 할 아이에게는 교육의 한 방법으로써 꾸짖고 있습니다. 밖에서 우리 부부를 보는 사람들 아마 우리 부부가 부모로서의 애정이 아이에 따라서 많고 적음이 있는 것처럼 속단할지도 모릅니다. 그러나 우리 부부는 아이에 따라서 성격을 알고 있어서 개별적인 교육법을 취하고 있는 것입니다.

그 외의 교육도 모두 이런 방법을 취하고 있습니다. 아이들의 성격의 차이점에 주의해 각자에 맞춰 교육하고 싶다고 생각했습니다. 조기교육을 시행해도 좋을 듯한 예민한 아이에게는 연령에 구애없이 고도한 지식이나 자발적인 감정을 촉진시키고, 반대로 우둔한 아이에게는 적당하게 느슨한 교육을 하고 있습니다. 그러나 아이에게 공통적으로 필요한 교육은 원래부터 평등하게 시행하도록 노력하고 있습니다. 예를 들어 허락하는 한 남녀의 구별을 무시하고 딸아이에게도 남자아이의 서적을 같이 읽게 하고 있습니다.

우리 부부가 자식에게 베풀고 있는 교육을 결코 완전하며 이상적이라고도 생각하지는 않습니다. 다만 지금 우리의 애정과 지식과 노력과 형편을 생각해 가능한 한 자식들을 위해 배려하고 싶습니다.

장남과 차남을 키울 무렵은 양육에 대해서도 때로는 착각도 하고 실책도 했습니다. 그렇지만 부모의 애정으로 진지하고 진실 되게 시도하는 애정만큼 좋은 연습은 없습니다. 이러한 체험 덕분에 차츰 과실이 적어지고 반복하지 않게 되었습니다. (1918년 1월)

부인의 애정

일본의 부인은 처지가 좋지 않았기 때문에 알아야 할 것을 알지 못하고 배워야 할 것을 배우지 못하고 해야 할 것을 하지 못하고 느껴야 할 것을 느끼지 못 했습니다. 따라서 많은 일에 착각을 하고 과실을 거듭하며 혹은 세심해야할 경우에 멍하니 있거나 혹은 대담해야만 부분을 주저하거나 합니다. 이런 인습은 점차로 고쳐 가려고 합니다만 일반적으로는 아직 혼돈된 상태에 있습니다. 우리는 이점을 알아차리지 않으면 안 됩니다.

착각을 한 일례를 말하자면 부인은 스스로 애정이 깊다고 생각하고 있습니다. 이는 커다란 착각입니다.

현재로서는 부인의 애정은 결코 깊다고도 넓다고도 할 수 없습니다. 부인의 애정은 지극히 이기적입니다. 자기 한 명에게 편중되어 있습니다. 물론 소수의 부인에게 예외는 있지만 대다수의 부인은 몹시 천박한 애정에 멈춰 있습니다.

부인이 아름다운 꽃을 사랑하는 것을 보면 자연에 대해 깊은 애정을 가지고 있는 것 같습니다만 그것은 야만인이 아름다운 새의 날개나 조개껍질을 사랑하는 것이나 동물이 빨간 색을 좋아하는 심리와 다르지 않습니다. 그녀의 애정은 본능적 또는 감각적 영역에서 많이 벗어나 않은 것입니다. 부인의 자연에 대한 애정의 바탕에는 예술이나 철학이 없습니다. 가장 앞선 것이라 해도 감상적인 애정이 고작입니다.

부인은 어린아이를 사랑합니다. 그것도 다른 사람의 어린아이를 사랑하는 것은, 어린아이가 인형을 사랑하고 또는 야만인이 아름다운 새의 날개를 사랑하는 것과 어느 만큼의 차이가 있는 것일까요? 단지 아름답기 때문에 사랑하고 단지 귀엽기 때문에 사랑하는 것입니다.

예술에 대해서도 같은 것을 말할 수 있습니다. 문부성의 전람회에는 '단지 아름답기 때문에'라는 이유만으로 부인에게 사랑받는 저급한 회화가 다수를 차지하고 있습니다. 문부성의 전람회장이나 미쓰코시 백화점의 위층에 무리를 지어 있는 부인 가운데 진실한 예술미를 추구하는 사람이 과연 몇 명이나 있는 것일까요. 그들의 대부분은 단순히 감학미感學美를 갈망하는 자에 지나지 않는 것입니다.

부인은 어머니로서 자기 자식을 사랑합니다. 부인의 애정 속에서 가장 강렬한 것은 이것입니다. 그러나 대부분의 어머니의 애정은 본능적인 애정으로 조금도 진보하지 않았습니다. 그들은 현대의 어머니로서의 애정을 자각하고 있지 않습니다. 그들은 자신의 아이가 학교에서 무엇을 배우고 있는지를 알지 못할 정도로 무지한 애정의 소유자입니다. 설령 자신의 아이가 중등정도의 교과서를 어머니 앞에서 펼쳐서 보여주면 무엇이 거기에 써져 있는지를 알지 못하는 정도로 무지한 애정의 소유자입니다.

부인은 남편을 사랑합니다. 이것도 강렬한 애정과 같습니다. 그렇지만 현재 어떤 부부에게 연애의 의의를 물어봐도 명확하게 알고 있는 부부가 있을지...... 부부에게 구식의 연애없는 결혼, 성욕적 결혼, 노예적 결혼이 많은 것에 실망할 것입니다.

여자는 남자에게 시집가야만 하는 습관을 맹종하고 남녀모두 서로 사랑을 하지 않고 사물과 사물이 합해지는 것처럼 중매인과 부모와 남편이 될 남자의 의지대로 성립하는 연애가 없는 결혼, 남자의 유혹에 이끌리거나 또는 부인자신의 본능에 촉발되어 그 어떤 사려도 없이 경솔하게 하는 성욕만 목적으로 하는 결혼, 부인자신이 재력과 직업적 의지도 없기 때문에 남자에게 종속되어 경제적 보장을 추구하는 노예적 결혼, 말하자면 다수의 부부는 모두 세 종류의 결혼 중 어느 하나입니다.

물론 그들의 구식 결혼에 의한 부부사이에도 애정은 있습니다. 그러나 그것은 물질적인 사랑, 본능적인 사랑, 노예가 주인에 대한 사랑에서 벗어나지 않습니다. 인도적인 사랑에 입각해서 생각하면, 캐면 캘수록, 깊으면 깊을수록, 넓으면 넓을수록 고상하고, 강하고, 현명하며 공정한 사상과 연관된 애정은 아닙니다. 옛사람이 말하는 '아녀자의 사랑'의 범위를 넘지 못 합니다.

부인이 남편이 될 남자를 진실로 현대적으로 사랑한다면 우리는 무학, 무지, 무사상이어서는 안 됩니다. 적어도 현대의 학문, 지식, 사상을 가진 선학자에게 지도받은 자가 아니어서는 고도한 애정, 정신적인 애정, 문명인의 애정으로 남자를 사랑할 수 없습니다. 지금의 남자도 그러한 의미의 애정을 바라고 있습니다.

부인은 남자를 정당하게 사랑하는 것을 모를 뿐 아니라 동성에 대해서도 총명 쾌활한 애정을 가지고 어울리는 것을 모릅니다. 여자끼리의 편한 관계라고 말합니다만 결코 그 말대로 여자와 여자의 교제는 원만하지 않습니다. 여자끼리는 서로 질투하고 증오하고 경멸하며 하찮은 일에도 마음이 상하며 사이가 틀어지고 정당한 진리를 말해도 여자의 발언이기 때문에 반감으로 대하거나 합니다. 여자끼리의 친한 친구는 오래 지속되지 않습니다. 여자는 진실한 친한 친구가 없다고 해도 좋을 정도입니다.

여자의 애정이 스스로 생각하고 있을 정도로 가치가 높지 않다는 것은 이상의 개설로도 상상이 될 것입니다. 우리 자신을 정직히 반성하고 애정뿐이 아니라 만사에 현대적 이상에 의해 개조를 해 가지 않으면 안 될 시점에 당면해 있다고 생각합니다.

(1917년 11월)

결혼의 현대적 의의

나는 결혼의 의의에 대해 현재 견해를 간략히 적어 볼 필요를 느꼈습니다. 왜냐하면 근래 이 문제에 대해 어느 분에게 상당히 날카로운 질문을 받았기 때문입니다.

결혼의 원시적 의의는 두 가지이다. 그것은 성욕의 만족과 인간의 종족을 번식시키기 위한 것. 후세에는 두 가지 의의를 덧붙였다. 그것은 지속적인 연애와 사회생활의 공고한 단위를 만들기 위한 것.

결혼에 대한 네 가지 의의 중 하나도 빠뜨릴 수는 없다. 이것이 오늘날의 결혼의 이상이다. 네 가지 중 어느 것도 빠져서는 결혼은 불완전한 것이다. 불행이다. 적어도 이런 이상에 적합하도록 노력하지 않는 결혼은 비문명적인 결혼이다.

성욕은 식욕, 지식 욕구, 노동 욕구, 공명 욕구, 창작 욕구, 논리 욕구와 함께 인간의 중요한 욕망의 하나이며 실현이 되는 성욕 행위는 인간 생활을 윤택하게 하는 하나이다. 이 의미에서 성욕의 가치를 인정하는 현대에서는 성욕 행위를 일반적으로 추하고, 비열하고 죄악시하는 듯한 고리타분한 금욕적 도덕 사상을 배척한다. 이렇게 성욕 행위가 하나의 감미로운 인생의 사실임과 동시에 하나의 엄숙한 인생의 윤리적 행위라는 것을 주장한다. 이것은 성적 행위의 결함이 법률상 정당한 이혼의 사유가 되는 것에도 증명된다.

그렇지만 성욕과 성적 행위가 결혼하는 의미의 전부는 아니다. 성욕에 편중해 이것을 위해서만 결혼하는 것은 동물적 행위이다. 적어도 결혼의 원시적 의미에서 진보하지 않은 결혼이다. 성욕과 성적 행위는 모두 추하거나 비열하거나 불륜인 것이 아니지만 이것만 편중해서 취하면 불륜이다. 왜냐하면 현대 생활의 이상은—현대 결혼의 이상은—생활의 일부에 편중하여 피하는 것을 허락하지 않기 때문이다.

중매결혼, 남녀 상호의 동의로 이루어진 자유결혼은 논할 필요 없이, 오로지 성욕을 목적으로 하는 결합은 윤리적으로 가장 가치가 없는, 가장 추악한 동물적 이행이다. 이것은 다수의 남자가 창부에게나 하는 난행亂行을 남녀상호간에 이행하는 행위이다.

다음으로 종족의 보존, 즉 자손의 번식을 꾀하는 욕망은 앞서 열거한 다른 욕망과 같이 존귀한 가치를 가지고 있다. 그러나 다만 자손을 이어가는 것만으로는 결혼은 종족 유지를 꾀하는 것에 지나지 않으며 남녀의 일생은 생식의 기계 이상의 의의는 없는 것이 된다. 그리하여 여자가 아이를 낳지 않는 것이 자명한 이론이라고 하더라도 그것에 '오로지'라는 부사를 붙이는 것은 좋지 않다. 남자도 여자도 아버지가 되고 어머니가 되는 것에 일생의 노력을 집중하는 것은 인간의 모든 가능성을 원만히 발휘하려는 현대의 이상에 적합하지 않은 것이다. 종래에는 선조의 혈통을 끊기지 않기 위해서라는 목적을 갖고 결혼했지만 지금은 이것이 결혼의 중요한 목적 중 하나에 지나지 않는다. 이것이 가장 결혼 목적의 전부는 아니다.

자손의 번식에 편중하면 남자가 예전 '자식이 없으면 떠난다'라고 했던 것처럼 아이가 안 생기는 아내와 냉혹하게 이별하는 폐해가 발생하거나 또 아이를 낳기 위해 일부다처나 축첩을 하거나 불륜을 굳이 하기에 이르는 것이다.

종족 보존과 번식을 꾀하는 것도 또한 동물에 공통 본능적 욕망이지만 결혼이 이런 욕망만 실현하려고 노력하는 것은 동물적인 것을 면하기 어렵다. 현대의 결혼은 아이를 낳는다고 하는 것을 유일한 목적으로 하지 않는다. 부부는 생식의 기계가 아니다.

연애는 인간이 진화하여 단순히 성욕을 관능적 관계에 정체시키지 않고, 관능적임과 동시에 윤리적인 관계에서 실현되는 욕망 즉 바꾸어 말하면 학자 립스의 이른바 '생리적으로도 정신적으로도 모든 인간과 인간이 융합시키는' 욕망을 말한다.

성욕은 연애로까지 향상하였다. 연애는 성욕이 순화된 것이다. 인간은 연애의 욕망을 자발함에 따라서 성적으로 동물의 성역에서 벗어났다. 연애는 인간에게만 발생하는 윤리이다.

연애는 결혼의 의의의 중심이다. 연애가 성립하지 않는 곳에 진실한 결혼은 성립하지 않는다. 연애는 결혼의 정신이며 결혼은 연애의 체제이다.

연애의 창조에 기초를 두고 연애의 성숙을 과정으로 하고 목적으로 하는 결혼이 아니라면 현대의 이상에 적합한 결혼이라고는 말할 수 없다.

여기에서 결혼에는 지금 하나의 의의가 필요하게 된다. 그것은 일부일처가 생리적 및 정신적으로 결합해 부부라는 사회생활의 단위를 공고히 건설하는 활동이다. 인생은 부부관계에서 만들어진다. 연애는 인생 기원紀元의 노력이다.

사람은 고립할 수가 없다. 다른 이와 협동해 사회생활을 영위해야 한다. 사회생활의 단위가 되는 것은 일남 일녀의 생리적, 도덕적, 경제적 결합, 즉 부부생활이 그것이다. 연애는 생리적 및 정신적 결합에 머물러 있을 뿐 사회생활의 단위로서는 아직 불안정하다. 연애는 한 남자와 한 여자의 개인적 결합이고 아직 사회와 유기적으로 연계하는 전 인류적 결합은 아니다. 결혼하지 않아도 연애는 성립한다. 그러나 결혼은 연애를 중심으로 성립하고 연애를 사회 생활화하는 것이다. 구체적으로 말하면 한 남자와 한 여자의 연애를 중심으로 하는 결합이 사회생활의 단위로 활동하는 것이 결혼이다.

여기에 결혼하려는 세상의 청춘 남녀의 대부분은 성찰과 절제와 노력을 해야 한다. 반복해서 나는 다음에 관한 것을 말한다. 처음에 성욕의 만족을 유일한 목적으로 하여 남녀가 결합하는 것은 관능의 향락에 빠진 것과 같다. 그것은 결혼이란 탈을 쓴 방탕이다. 소금과 설탕을 혼동해서는 안 되는 것처럼 방탕과 결혼을 혼동해서는 안 된다.

다음으로 자손의 번식을 유일한 목적으로 남녀가 결합하는 것은 인간의 성적 관계를 동물의 성적 관계로 추락시키는 것이다. 그것은 결혼이란 탈을 쓴 기계적 작용이다. 인간을 부화기와 동일시해서는 안 된다.

세 번째로 연애는 앞의 두 가지와 달리 관능적이고 방탕한 성적 본능을 정신적 윤리적으로 순화시켜서 기계적이고 우연적인 생식 행위를 인생 이상이라고 하며 합리화한 것이다. 성교를 먼저 하지 않고 한 남자와 한 여자의 인격과 인격의 윤리적 견인융화牽引融化가 먼저 성립하여 그것의 상징으로서 관능적인 견인융화 즉 성교가 필연적으로 예상된다. 그렇게 인격과 인격의 공명共鳴 속에는 인류의 문화를 무한히 발전시키기 위한 훌륭한 자손을 남기고 싶다는 욕구가 의식화되어 내재하고 있다.

나는 연애를 이와 같이 이해하고 있다. 그렇게 이것이 현재의 결혼의 중요한 기초이며 존귀한 목적이라 생각하고 있다. 그러나 연애는 성립해도 갑자기 결혼을 서둘러서는 안 된다. 연애와 결혼이 조금도 같은 성질이지만 이름이 다른 것이라고 생각해서는 안 된다.

연애를 완성하는 것은 네 번째의 사회생활의 공고한 단위를 만드는 것이다. 여기에는 첫 번째로 체력의 보장이 중요하다. 남녀 어느 쪽이든 건강상의 약점이 있다면 연애의 행복은 그렇게 되려고 한 것이 아니어도 어긋나 좌절할 위험이 많다. 훌륭한 남편과 아내가 행복을 지속할 수 없을 뿐 아니라 훌륭한 아버지와 어머니가 될 행복을 누릴 수 없고 또 훌륭한 자손을 잇는 것도 불가능하기 때문에 자손의 육체와 정신을 괴롭히고 동시에 허약한 아이를 통해 인류의 협동 생활에 손해를 부른다. 두 번째로 재력의 보장이 중요하다. 남녀가 사회에 나가 심적 또는 육체적이든 노동에 의해 상당히 확실하게 부부 자신과 미래의 자녀를 양육하고 또한 교육할 수 있는 전망이 서지 않는 이상 아무리 체력이 갖추어져 있어도 연애의 완성은 좌절한다. 이렇기 때문에 서로 마음에 변함이 없는 남녀가 부부로서 헤어지는 뼈아픈 실례는 세상에 적지 않다. 재력의 보장이 없는데도 막연히 결혼하는 것은 부부 자신을 위해서는 물론 그 자녀를 위해 나아가서는 사회를 위해서 불행한 씨를 뿌리는 일이다.

이런 네 번째 조건이 보장되지 않는 한 아무리 연애는 성립해도 사회 공통의 기준으로써 결혼은 피해야 한다. 자유연애는 외부에서 결혼을 강제당하고 혹은 외부에서 결혼을 방해받는 경우 자신이 결혼에 대해서 의지를 관철하는 것은 자유로운 것을 의미하며 뿐만 아니라 행복한 결혼의 의지가 내면적으로 자유롭다는 것을 의미하는 것이다. 이지적으로 생각해 피해야 할 결혼을 피하지 않는 것은 결혼의 자유를 포기하는 것과 같다.

『어린 벗에게』

오로지 성욕의 만족이나 연애의 만족을 추구하기 위해 서둘러 네 번째의 조건에 대해서 진중한 성찰을 하지 않고 결혼하는 것은 결혼의 이상을 배반하는 것이다. 세상 사람은 그릇되게 이것을 자유결혼이라고 이해하고 있다. 사실은 이는 자유결혼의 반대이다. 또한 정당한 결혼이 아니다. 특히 성욕의 만족에 편중하는 것은 야합 또는 패륜으로서 폄허해야만 한다.

그러나 연애는 대체로 갑자기 이지적으로 빈약한 청년 남녀의 사이에 발아해 성장한다. 그때 철저한 반성과 투철한 예각像覺을 활용하는 것을 반드시 청년남녀에게 기대하지 않는다. 특히 오늘날과 같은 가정, 학교, 사회의 어느 쪽에도 연애와 결혼의 의의 및 그 관계에 대해 청년 남녀를 교육할 준비가 없는 과도기에 있어서는 성욕과 연애의 구별조차 명백하지 않기 때문에 연애에서 바로 결혼을 하게 되고 영의 동감에서 바로 육체의 동거로 움직이는 것은 무조건 제지할 수 없는 경로일 것이다.

연애 관계가 발생한 남녀가 가능한 한 이 점을 고려해 체력과 경제력의 불안을 느끼는 경우에 결혼에 대한 자유로운 의지를 이용해 결혼을 회피하고, 연애에 집중하는 생명력조차도 다른 가치 있는 인생의 활용을 위해 대상적으로 전용하는 것을 나는 권고한다. 그러나 일단 이미 연애에서 결혼으로 나아간 남녀에게 이런 네 번째의 조건이 준비가 안 된 사람들을 위해서는 나는 현재 상태에 적합한 진로를 철저히 할 것을 추천하다.

체력이 빈약한 남녀 또는 그 중 어느 한쪽이 그런 것을 의식한다면 체력이 충실하도록 노력하지 않으면 안 된다. 아버지, 어머니에 적합하지 않은 유전적 또는 병리적 체질을 가진 자는 엄숙한 우생학적 자각을 통해 생식의 권리를 억제하면 좋다. 이것은 당연히 새로운 남녀도덕이 시도하는 점이다. 체질이 빈약한 자녀를 낳지 않도록 하는 것은 인류 생활을 행복하게 하기 위한 윤리적 절제이다.

나는 연애로 성립한 부부관계에서는 한쪽이 또는 양쪽이 병든 몸이라는 이유로 이혼하기에 이른다고는 상상하지 않는다. 단지 병든 몸이라고 하는 사실이 불행한 결혼생활에 만든다. 연애를 지속하는 한 불행은 오히려 연애를 심각하게 하여 더욱 불행은 심해질 것이다. 병든 아내를 순수한 열애로 사랑하는 남편, 마음 속에 살아 있는 죽은 남편의 영혼을 섬기며 순정을 지키려는 아내의 심리가 그것을 암시하고 있다. 연애로 살아가는 자는 불행이라도 행운으로 여기는 비밀과 향락을 알고 있다.

재력에 있어 불안한 상태에 있는 부부는 어떤 노동으로도 경제상의 활로를 구하는 노력을 해야만 한다. 설령 적은 수입에 매달리고 있어도 맞벌이의 생활에는 서로 떳떳하지 못한 부분이 없으며 생활의 독립과 건설의 강함이 있다. 경제적 기반이 없는 결혼은 그것에 동반되는 고통을 각오해야 한다. 연애에서 바로 결혼을 서둘러서 준비가 부족한 책임은 어디까지나 결혼당사자 자신이 부담해야 할 것이다. 그렇게만 된다면 준비가 부족한 결혼이더라도 독립과 자유를 갖춘 결혼이다. 사회는 이것을 손가락질할 수 없다.

실수는 언제나 고칠 수 있다. 가족, 자손, 사회 등에 폐를 끼치는 것은 아닌가라고 생각지 말아라. 연애에서 바로 훌쩍 뛰어 결혼생활을 시작했다고 해도 잘못을 알고 가능한 민폐를 제거하도록 노력하면 된다. 그런 사람들이 반드시 해야 할 일들이다. 그것이 혹시 늦어졌더라도 했어도, 자신들의 결혼을 현대적 결혼의 이상에 따라 조절하는 것이다.

결혼의 미래가 네 번째 조건을 갖추지 못 해서 불행이 올 것이라고 예측되지만 연애를 억제할 수가 없어서 결혼을 서두르는 사람들에 대해서도 나는 똑같은 말을 하고 싶다. '그렇다면 상당한 용기를 가지고 결혼하세요. 불완전한 부분을 각오하고 자신들 두 사람이 메우려고 노력하며 충실하게 가정을 건설하도록 하세요' 라고 숙명적인 절대적인 재해 아래에 놓이지 않는 한 열심히 노력하면 훌륭한 부부가 되지 못 하는 남녀는 없고 훌륭한 부모가 되지 못하는 부부는 없다.

나는 마지막으로 덧붙여 둔다. 가령 처음에 자발적 연애가 아니고 성욕 때문에 한 결혼, 남녀 상호의 자유의사에 바탕을 두지 않은 중매결혼이라 하더라도, 남녀가 서로 잘못됨을 깨닫고 현대적 결혼의 이상에 맞춰 자신들의 결혼을 다시 만들고 싶다는 욕구가 진지하고 열렬하다면, 대체로 부부가 성적 관계가 연애 관계로까지 순화되고 그 연애를 중심으로 하여 어제를 바꾸고 즐겁고 밝고 힘에 넘친 결혼생활을 건설할 수 있을 것이다.

나는 세상에 많이 있는 '자신들이 아무 생각도 없이 재미없는 결혼을 경솔하게 했다'고 억울해 하는 부부들을 충분히 동정한다. 하지만 그 부부가 현재 상황에서 멈춰 그것을 개조하려는 용기가 빈약한 것을 유감으로 생각한다. 그 사람들이 이혼하는 수 밖에 개조의 길은 없다고 생각하는 것은 잘못된 소견이다. 이미 완성된 부부라 해도 반드시 돌과 같이 굳어지지 않는다. 대개는 노력 여하에 의해 바꿀 수 있다고 생각한다. 어떤 구식 부부도 현대적 부부처럼 눈떠 새롭게 살아가려는 용기가 있다면 현재 상태를 유지하며 연애 중심의 결혼으로 다시 단련하는 것이 가능하다. 이런 일은 처음에는 중매결혼이었지만 점차로 세월에 흘러감에 따라 연애결혼으로까지 진행된 실례를 세간에서 적지 않게 볼 수 있다.

(1918년 3월)

규슈여행의 인상

여행에서 돌아왔습니다. 평소 별로 문밖으로 나가지 않는 내가 40여일간 집을 비우고 아직 고베 너머 서쪽을 몰랐던 내가 북큐슈까지 갔다고 하는 것은 나에게 있어 하나의 드문 경험을 한 것이었습니다. 그래서 잠시 쉬고 있던 『태양』란 잡지에 다시 글을 쓰게 되었습니다. 이번에는 여행 감상을 조금 써 보고 싶습니다.

오늘 우리는 관존민비라는 사상을 조금도 가지고 있지 않습니다. 공무원은 민중 가운데에서 선택되어 민중의 사회생활을 자유롭게 하고 행복하게 하기 위한 기관에 종사하는 하인이 아닙니다. 그러나 지방으로 가면 이것과 반대의 사실이 놀랄 정도로 많이 눈에 뜨입니다. 철도 역무원, 우체국 직원이라는 사람들까지 자신이 민중의 한 사람이고 동시에 민중의 편리를 도모하는 공무원이라는 겸손한 견해를 잊고 마치 거만하게 민중을 경시하고 멸시하는 사람이 있습니다. 이것은 메이지 이전의 유풍이라기보다도 메이지 이후의 군벌적 관료정치가 만든 악습이라고 생각합니다. 역무원 등을 만나 고토 신페後藤新平 씨의 철도원총재 시절에 만들어진 군인풍 제복과 제모가 한층 관료적으로 자만심을 만드는 것 같습니다. 잔을 들면 술을 생각난 것 같이 이것도 일반인의 약점이라고 한다면 그러한 사상도 어쩌면 맞는 거겠지요?

한 가지 예를 말하자면 우리는 마사무네 하쿠쵸 씨의 아우님인 아쓰오 씨를 방문하기 위해 산요철도의 와케역에서 내려 다음날 다시 그 역에서 오카야마까지 타려고 저녁 무렵에 오카야마역을 통과하는 시모노세키행 급행열차의 침대칸을 미리 잡아 두려고 신청했습니다. 그런데 와케역의 역장이 저쪽의 자리에 앉은 채 '그렇게까지 할 필요는 없다'고 말하고는 역무원을 통해 우리에게 전하는 태도는 너무나 생각해도 방종하고 냉담하기 그지없었습니다. 남편은 거듭 '아내와 아이가 있어서 만일 오카야마에서 시모노세키까지의 야간승차에 침대칸이 매진이라면 매우 곤란합니다. 그래서 만일을 위해 이곳에서 침대차의 예약을 의뢰하는 것입니다. 그 수속을 해 주실 수 없으신가요'라고 역장에게 신청했지만 역장은 잠시 이쪽을 뒤돌아볼 뿐으로 '그럴 필요는 없습니다'라고 불친절한 답을 역무원에게 전하게 할 뿐이었습니다.

우리의 경험에 의하면 영국이나 프랑스의 정차역에서는 모든 장소에 여객의 질문과 의뢰에 대해 주도면밀하게 친절한 응답을 해줍니다. 특히 시골(와케역과 같은)의 작은 역에서는 역장 자신이 나서서 설명하기도 하고 여객을 안심시키고 만족을 시켜줍니다. 나는 유럽 역장과 비교해보니 매우 불쾌했습니다.

그러한 것은 관공서 이외 공공적인 직업에 종사하고 있는 사람에게도 발견됩니다. 그들은 양복 하나라도 입거나 새로운 문명의

『어린 벗에게』

직업에 종사하면 평생 부러워하는 공무원과 같은 심적 상태가 되어 공무원처럼 잘난 척하는 것이 기쁜듯합니다. 예를 들어 우리가 동행한 친구와 구루메시에서 분고의 히타쵸까지 4km 정도 자동차를 탔습니다. 영국 관리가 입을 듯한 제복을 입고 카키색의 육군풍의 깃이 빳빳한 옷을 걸치고 금테 안경을 쓴 청년 운전수와 조수는 자동차에 익숙하지 않은 시골 남녀노소가 길에서 어떻게 피해야 할지 당황하자 이들에게 여러 차례 듣기에 거북한 질타와 욕을 하며 오만하게도 흘겨보고 갔습니다. 우리는 서로 뒤돌아보며 얼굴을 찡그렸습니다. 마치 독일의 군용자동차에 체포 되어 운반되어가는 듯한 기분이 든다고 서로 말했습니다. 소박한 시골 사람들을 놀라게 하고 배려 없이 자동차를 달리는 것을 오히려 우리 쪽에서 사죄를 해야 하는데 반대로 위험해서 당황하는 그들을 질타하는 짓은 도의적이지도 않고 애정도 없는 아주 무례한 행위입니다.

이점으로 생각하면 도시에서 사는 행복과 자유를 생각하지 않을 수 없습니다. 전원 속에서 양민으로서 생활한다면 우리도 그러한 운전수들로부터 불법적인 능욕을 받을 지도 모르고 오늘의 지방 문명이라고 여기고 인내하지 않으면 안 될 것입니다. 역무원이나 자동차 운전수가 앞에서 말한 공무원 같은 모습을 하고 있으며 하물며 지방에 어느 지사, 사전장, 대의사 이하의 공무원의 위엄이 어느 만큼 심하게 민중의 권리를 억압하고 개성을 학대하고 있는지는 생각하기 어렵지 않습니다.

여학교의 교사가 친구의 축하연에서 정리하려고 하자 교장이 금지 시켰다는 사실을 규슈의 어느 지역에서 들었습니다. 지방의 하급관료 교육자가 개인으로서의 자유를 가지고 있지 않은 사실에도 놀라게 합니다.

모지시의 해안에서 우리는 정박 중인 군함을 자유로이 보는 것을 '군함 구경某艦の拜觀'이라고 시의 공무원이 게시한 글을 목격하였습니다. 국민은 국민이 건조한 군함을 도회에서는 '종람縱覽'로 평이하게 쓰고, 지방에서는 '배관拜觀'으로 까지 엄숙하게 관존민비적으로 취급하고 있습니다.

나는 시모노세키의 해협을 건너 탄광지 혹은 공장지인 후쿠오카현의 새로운 각 도시의 번성한 광경을 살짝 보았습니다. 그곳의 대다수의 사람은 그을음과 매연 속에 피부가 검게 되어 위세 좋게 일하고 있습니다. 내가 체류한 와카마쓰시의 여관 등은 방의 구석구석까지 그을음이 날아들어와 얼굴도 손발도 기모노도 기분 나쁘게 기름져 검게 되었습니다. 이에 익숙하지 않은 나는 하루에 몇 번인지 모를 정도로 얼굴을 씻고 버선을 바꿔 신거나 손수건을 빨았습니다. 이것은 와카마쓰시에 만들어진 그을음과 해안 반대편의 하치만이나 에다미쓰에서 바람에 날려 온 자욱한 매연과 그을음 때문입니다. 나는 와카마쓰시의 신사 오오시마 도라키치 씨 부부에게 안내받아 그분이 준비한 배를 타고 와카마쓰 항내를 보며 돌았습니다. 하치만 와카마쓰 해안의 어느 쪽을 바라보아도 육지에는 석탄이 산을 이루고 굴뚝과 기중기가 우뚝 서 있고 항구에는 일본식의 서양식의 석탄배가 밀집해 있었습니다. 땅은 이른바 기관, 기적, 철도의 기계, 자전거, 쇠망치의 소리를 올리고 하늘은 태양의 빛이 암담해 질 때까지 그을음과 매연을 펼치고 있었습니다. 눈코입에 그을음이 들어오기 때문에 익숙하지 않은 우리는 바람이 부는 쪽으로 거의 똑바로 바라볼 수가 없을 정도였습니다. 이것이 지방의 일상 생활의 풍경입니다. 그렇게 다른 땅의 사람들은 그다지 그것을 고통으로 생각하는 기색도 없습니다.

이 지방의 의식주 생활은 불결하고 비위생적인 것이 눈에 보입니다. 우리는 도쿄에 있으면 도시 생활의 하층에 속하는 자들이라서 도시 취미가 높은 분들로부터 야만인 취급을 당합니다. 그렇지만 그래도 규슈에 와보니 우리도 다시 상당히 도시인다운 습성을 가지고 있고 지방 사람들로부터 심하게 제멋대로고 사치한다고 병적인 버릇이 있다고 비난을 받을 정도로 의식주의 불결과 비위생과 촌스러움을 신경쓰고 과민한데에 놀랐습니다.

예를 들어 식사를 할 때 요리방법이 지방적인 점보다도 식기에 희미하지만 악취가 나는 것에 먼저 불쾌해지고 눈을 감고 먹어보려고 노력해도 음식이 목을 넘어가지 않는 일이 종종 있었습니다. 물론 예외도 있어 하카타의 여관이나 식당에서는 반대로 안심과 쾌적을 느꼈습니다. 하지만 그 외의 지역에서는 일, 이류 여관에 숙박하면서도 우리가 매우 신경질적 않고는 있을 수 없었던 것입니다. 일, 이류의 여관이 그렇기 때문에 일반 의식주가 얼마나 세련되지 않은 지는 상상할 수 있습니다.

그러나 석탄의 수출과 석탄의 편의를 이용하는 대소의 공장으로 전쟁을 기회로 터무니없이 발전을 이루고 있는 이들 산업도시에 살고 있는 사람들의 대부분은 그러한 것에 불쾌를 느끼기보다 당면한 실리를 취하는 것이 우선이기 때문에 그 외의 일은 잠시 돌아보지 않고 별거 아닌 듯이 지냅니다. 공장의 그을음이나 매연을 맞으면서도 저급한 의식주를 참으면서 곁눈질도 하지 않고 활동하고 있습니다. 그들의 생활은 거칠고 유물주의를 벗어나지 않습니다만 그중에 '무엇보다 단순히 살아가려' 본능적으로 왕성하고 열렬한 힘이 넘치는 것을 느꼈습니다. 도시인은 '아름답게 살아가려는' 감정과 이성에 기울어져 있으나 여기 사람들은 본질적인 '무엇보다도 단순히 살아가려는 의지'가 을 약한 기색이 있습니다.

나는 후쿠오카현에서의 산업도시의 생활을 보고 불쾌함과 불만을 느끼면서도 한편으로는 신흥생활의 자극과 마음 든든함에 흥분하며 경탄하지 않을 수 없었습니다. 그것은 몇 해전 파리에서 처음으로 미래파의 회화를 보았을 때의 마음과 흡사합니다. 야성적인 미래파의 회화에서 본 진실과 선과 미의 이상을 읽는 것은 불가능하지만, 생활의 바탕이 되는 강렬한 의욕의 힘이 상징하고 있는 것처럼 당면한 실리를 탈취하는데 급한 각 도시의 물질적 생활이 우리에게 역력히 보여주고 있었습니다. 이러한 점은 이론과 취미의 추구에만 탐닉하는 도시의 지식인이 아마도 잊은 생활의 본능적 힘이라고 강하게 느꼈습니다.

『어린 벗에게』

한편으로 나는 물질 문명에 대한 찬미자입니다. 물질문명은 어느 세상이나 생활에 필요한 하나의 단계이고 특히 현대의 생활은 전대에 없었던 장대하고 신기한 물질적 문명의 창조에 의해 윤택함과 행복을 더하고 있습니다. 이것이 우리의 생활에 중요한 기관이 되어야 한다는 것을 누구나 인정할 것입니다. 공장의 그을음이나 매연 때문에 힘드니까 이제 와서 물질적 문명을 버릴 수는 없다고 생각합니다. 새로운 실리를 추구하기 위해서는 그것에 동반되는 새로운 손해는 참을 필요가 있습니다. 하물며 새로운 손해를 참는 것으로 새로운 10개의 이익을 얻을 수 있다면 그 하나의 손해는 아무것도 아니게 됩니다. 그 손해도 인간의 힘으로 제거할 수 없지도 않습니다.

현대 생활은 인간의 힘의 가능성을 확신하는 점에서 출발하고 있습니다. 사람은 점차로 물질을 이용하여 자연을 정복합니다. 공장의 그을음과 매연도 언젠가는 그것을 제거할 수 있는 시절이 올 것임에 틀림 없습니다.

현대 생활의 용기 있는 선구자가 되려면 공장의 그을음과 매연과 증기와 강철을 회피하지 않고 자욱한 연기 속을 직진하는 방법밖에는 없다고 생각합니다. 그것이 첫걸음이어야 합니다. 실리적, 물리적 생활을 심화하고 철처하게 해나가면 진실과 선과 미를 동경하고 감상하는 생활에 도달하게 될 것입니다. 인간의 생활은 정신적 생활까지 이르러서야 완전한 생활의 만족을 느끼게 됩니다. 정신적 생활에 이를 때까지의 생활은 반쯤 완성된 건물과 같습니다.

그러나 톨스토이처럼 물질적 문명을 배제하고 처음부터 정신적 생활을 오로지 이루려고 하는 것은 기초 없이 집을 지으려는 것과 같은 잘못된 생각이라 생각합니다. 현대의 생활이 전대의 그것과 달리 풍부한 것은 현대의 인간이 창조한 윤택한 물질문명을 바탕으로 한 정신적 생활이 있었기 때문입니다.

이런 의미에서 나는 일본에서의 물질문명의 발흥이 유럽과 미국의 그것에 비해 심하게 아직 부족한 것을 안타깝게 생각합니다. 이 이상의 문명이 일어나지 않는 이유는 물질 문명이 좋은 것을 잘 모르기 때문이며, 그런 일본인을 모조리 비난하기 어렵다고 생각합니다. 그렇게 나는 규슈의 한 지역에서 다른 지방에서 볼 수 없었던 물질 욕구가 왕성한 활동을 목격하였습니다. 그것을 단순히 미쓰이, 미쓰비시, 스즈키 라는 소수의 대자본가 계급의 사업이라고 생각하기보다, 기회와 편의가 허락된다면 발랄한 생활의지로 무언가를 실현해 얻으려는 야생적이고 젊은 일본인이 지방에 다수 존재하고 있고 계속해서 활동하고 있음을 기쁘게 생각합니다.

이를 생각하면 눈앞의 불결함과 비위생은 어쩔 수 없는 한때의 과정으로 보고도 못본 척 할 수 있는 것들입니다. 그들 눈앞에 절박한 필요로 숨 쉴 틈도 없을 정도로 분투하고 있는 사람들에게 공무원이나 흉내 내는 잡배의 오만한 언동도 대단한 일이 아니며 그 을음이나 매연도 하찮은 일이라고 생각됩니다.

그렇다면 규슈의 각 산업도시의 사람들 모두가 물질적 생활에 몰두하고 있는가 하면 물질적 생활 묘판 속에 생활의 우수한 종자가 자라나고 있는 것을 여러 기회로 알았습니다. 사람은 잠시도 정신적 생활로의 욕구 없이 살아갈 수 없습니다. 단지 눈앞의 필요가 그쪽으로 마음을 움직이는 여유가 없을 뿐입니다. 그들 다수는 철망치를 들고 전차를 미는 힘과 전기와 증기에 의한 강철의 기관을 조종하는 세심함과 사상과 예술의 방면을 조금도 구분할 수 없는 사람들입니다. 이런 상황이기 때문에 주색으로 방종한 향락을 추구하고 취미로 열등한 활동사진과 연극을 찾을 뿐입니다. 고상하다고 착각하여 변소 안에 선단을 설치해 서화를 걸고 꽃을 장식하며 자랑합니다. 이렇게 그들 중의 소수는 물질적 문명의 영화를 누리면 누릴 수록 왠지 모르게 그것에만 만족할 수 없고, 불안과 의혹과 애수를 느끼는 신사와 부인들이 있습니다. 우리는 이번 여행에서 그러한 소수의 일부를 각 지역에서 만날 수 있었습니다. 그중에서도 적령기의 자녀를 두고 있는 부모들은 특히 신시대의 교육에 대한 의혹을 실제로 상당히 품고 있었습니다. 나는 그들의 질문에 적절한 답을 할 수 있는 자격이 없는 것이 새삼스레 부끄러웠습니다. 그러나 나와 같은 사회적 지위가 전혀 없는 부인에게조차 부인문제에 관한 의견을 물으려는 그들이 있다는 것을 기쁘게 느꼈습니다.

또 그들에게 도시에서도 많이 발견하기 힘든 학문예술의 조예가 깊어서 경외할 만한 숨은 독학자나 감상가를 드물게 발견하고 놀랐습니다. 지방에 있는 그들 현인식자賢人識者는 주위의 사정 때문에 어쩔 수 없다고는 하나 모두 자기를 지키려 군자의 태도를 취하며 살고 있었습니다. 다른 이가 알지 못하게 독서와 사색과 실험에 의해 현대의 진보한 내외의 사상과 취미에 동감하면서도 지식을 이웃과 나누거나 지역인을 계발하려고는 시도하지 않습니다. 지역에 가까이 그들이 있는 것에 익숙해 그들 현인식자를 존경하지 않고 나서서 가르침을 물으려 하지 않는 것은 안타깝습니다.

전후 모든 문명국은 재래의 물질적 문명을, 선각자의 사상에 따라 발전을 보다 해나가며 과학주의와 인도주의 두 가지 갈래로 통일된 정신적 생활을 실현하려고 노력했습니다. 세계적 흐름에 고립할 수 없는 일본인은 사상의 방면에도 가까운 미래의 세계적 경쟁에 대비하기 위해 오늘날 지방에 있는 숨어 있는 선각자들이 본연의 의무로 밖에 나서서 지역인을 자극하는 것은 당연한 현대적인 사상가로써의 의무가 아닐까요. 지역인의 계발을 지방의 관료적 교육자나 무지한 신문기자나 저속한 종교가 등에 방임해 둘 시대가 아니라고 생각합니다.

(1917년 7월)

가을이 왔다

███████████████████

올해 여름 예외로 더웠던 것에 비해 어제 오늘의 선선함은 가을이 돌연히 빨리 온 것을 느끼게 한다. 옛사람은 바람 소리에 놀란다고 읊었지만 나는 촉각에 의해 먼저 가을을 안다. 오늘밤은 드물게 문과 미닫이를 닫고 서재에 앉아 있다. 얇은 옷을 뚫고 차분히 맑고 차가운 공기의 접촉은 초가을의 기분 좋음이 아니고 무엇이랴.

나는 낮도 좋으나 특히 길고 긴 밤이 좋다. 가을밤의 달빛도 어둠도 등불도 좋다. 사람은 태양 아래 눈이 핑핑 도는 번민을 하고, 그 푸르스름한 달빛 아래, 맑디 맑은 밤공기 아래, 밝고 맑은 등불 아래서 생각에 잠기고 단련하는 것이다. 봄은 정열을, 겨울은 용기를, 여름은 이성과 지혜를, 가을은 우수를 사람을 느끼게 한다. 나는 가을의 기분이 좋다. 나는 가을을 사랑한다.

(1917년 9월)

전통주의에 만족하지 않는 이유

　인생의 과정에는 때때로 '막히는' 상태가 있다. 좋은 의미에서도 나쁜 의미에서도 있다. 하나의 목적으로 필요한 만큼 노력을 해 최고의 성적을 올리면 더 이상 그 목적으로 위해서는 어떤 노력도 하고픈 생각도 생각이 나지 않기 때문에 허무함과 소위 권태기가 발생한다. 이것은 전자이다. 그리고 하나의 목적으로 최선의 노력을 계속해도 이상과 현실이 어긋나 성적이 나오지 않는다면 다시 말해 일이 실패의 결과에 가까우면 번민과 애처로움이 발생한다. 이것은 후자이다.

　사람은 막다른 길에 이를 때마다 방향의 전환을 생각한다. 이때 전후 좌우의 여러 방향을 돌아본다. 사상가, 예술가, 사회개량가라는 사람들이 이러한 경우에 자주 과거의 시대를 뒤돌아보는 것이 있는 것도 의아할 일도 아니다. 이 무렵의 일본의 문단에 전통주의를 노래하는 것도 같은 이유에서 일 것이다.

　사람이 막다른 경우에는 가끔 운이 있어서 자신의 재주가 맹귀부목(만나기 어려운 기회)이 되기도 한다. 전통주의도 그것을 주장하는 사람들 자신을 위해서 우선 어느 정도의 발판이 될 것이다. 그러나 그것이 크게 그들을 계발시키질 지 여부는 의심스럽다. 오히려 전통주의를 극복해야 그들이 추구하는 광명이 발견되는 것이 아닐까 생각된다.

전통의 가치는 그것이 전통이기 때문에 가치가 아니라 현재 생활에 가장 뛰어난 도움이 되기 위한 가치가 되어야 한다. 바꾸어 말하면 일본 고래의 특산이기 때문에 귀한 것이 아니라 현재의 세계의 문화에 새로운 가치를 줄 수 있기 때문에 귀한 것이다. 단순히 고대의 일본산이라고 말하면 가계 존중의 도덕과 함께 골동품으로서의 가치에 지나지 않는다. 그리고 단순히 일본의 특산이라고 한다면 국수 보존과 할복의 찬미와 나라 자랑 따위란 취미에 지나지 않는다.

'고사기로 돌아가라'라 말하나의 수사로써 사람들의 주의를 끈다. 그러나 고사기에서 내가 말하는 의미의 전통의 가치가 발견되고 창조 될 수 있을까? 고사기나 만요집의 연구로 현재의 생활에 도움이 되는, 세계적인 가치를 가진 뛰어난 무언가를 얻으려는 것은 세계의 문화의 영향을 계속 받고 있는 오늘날의 일본인에게 상당히 번거로우며 비경제적인, 역향逆向적인 수단이 아닐까.

국수國粹나 국가적인 자부도 나라에 따라서는 전통의 가치와 일치한다. 그것은 세계적 가치를 오늘날에도 잃지 않는 훌륭한 전통을 가진 국민 사이에서 인정되는 것이다. 프랑스인이 전통주의를 노래하는 것은 그런 의미에서 인정해야 한다.

나는 일본의 전통이 과거의 일본인의 품성과 처지에서 온 소산에 맞게 성적을 올리는 것을 인정하며 선조의 유산을 계승하는 의미에 있어 고사기, 일본기, 만엽집, 겐지모노가타리 등의 고전으로 만들어진 문화를 애중한다. 그렇게 그들 전통에 의해 내가 향유하는 이익도 적지 않다. 그러나 그것들이 얼마나 전대의 일본인의 생활에 높은 가치를 갖고 지금 우리의 생활에도 다소의 가치를 가지고 있다고 해도 그들 가치는 모든 문명국의 전통 안에서도 내재하는 가치이며 특별히 현재의 세계에서 유례를 볼 수 없을 정도로 최고의 가치가 있는 것이 아니다. 마찬가지로 그것을 동경하여 연구한다면 현재의 생활에 가장 뛰어나서 도움이 되는 문명 사상과 양식을 선택하고, 나라 안팎과 고금을 초월하여 선택해야 한다고 생각한다.

일본에서 노래되는 전통주의는 세계적 인류적이어야 할 문화를 일개 국토, 일개 민족 국한해 국민의 생활을 할거적割據的, 보수적, 배타적, 고립적으로 위축시킬 위험이 있다.

오로지 조상의 유산을 계승해 연명하려는 목적으로 고취시키는 전통의 연구라면 향토 연구가 그 향토의 사람에 필요하듯이 어느 정도까지는 국민교육으로써 필요한 것이다. 물론 그것을 주의 등으로 과장하는 것이 아니라 목적의 범위에서 사람은 겸겸허하고 충실한 연구를 시도해야만 한다. 고사기를 끝까지 읽은 그때의 인상에서 과장해 세계의 사상보다 뛰어나다고 일본사상을 노래하는 사람이 있다면 고사기를 빌어 기분을 푸는 청담자류인거나 나라자랑을 하지 않고는 있지 못하는 편협한 섬나라 근성의 사람일 것이라고 생각한다.

　국민의 수양으로서는 고사기의 연구도 좋다. 나는 일본의 전통 문학 속에 의연히 크게 빛나는 겐지모노가카리 사상에 대해 메이지이후 다시 세세한 연구와 비평을 시도해 보는 사람이 없는 것을 유감으로 생각한다다.

(1917년 9월)

무라사키 시키부紫式部의 정조에 대해

　삿사박사가 모잡지에서 무라사키 시키부의 정조를 의심하는
것을 읽고 나는 무라사키 시키부를 위해 억울함을 호소하지 않고
는 있을 수 없었다. 외람되지만 박사의 논의에는 전혀 근거가 없는
것처럼 생각된다. 무라사키 시키부의 전기를 직접적으로 말한것
은 무라카키 시키부가집과 무라사키 시키부일기이다. 박사가 두
책을 정독하셨다면 반대로 무라사키 시키부의 정조를 증언하셨을
것이다. 이유는 이미 내『신역 무라사키 시키부일기新訳紫式部日記』
에 따른 「무라사키 시키부 고찰紫式部考」에서 말해 둔 대로이다.

　박사는 헤이안 시대 부인을 모두 부정하고 윤리가 없는 사람들
로 생각하여 무라사키 시키부도 고고하게 정조를 지킬 리가 없다
고 하는 평범한 이상을 유일한 근거로 내세우고 있습니다. 그것은
엄청난 오해이며 억측입니다. 헤이안 시대 남녀도덕이 도쿠가와
시대처럼 막히지 않다고 해서 부인이 부정하고 윤리가 없는 행위
를 부끄러워 하지 않았다고는 생각할 수 없다. 처녀로서의 정조를
지킨 부인도 아내로서 한평생 남편이외의 남자와 관계를 하지 않
은 부인도 실재로 있었습니다. 가구야히메의 순정을 이상으로 한

부인은 드물다 하더라도 겐지모노가타리에 있는 아사가오의 사이인, 우지의 오히메기미와 같은 성격과 처지에서 처녀로 생을 마친 여자도 적지 않았습니다. 한 남편만 모신 부인이 보통의 부인으로서 겐지모노가카리에서 취급받는 것을 보더라도 당시 실제 사회의 부인의 모습을 추측할 수 있습니다. 뿐만 아니라 역사상에도 부인으로서의 정조를 도쿠가와 시대의 첩과 같이 견고하게 지킨 부인의 실례는 얼마든지 많이 전해지고 있습니다.

세상에는 인간의 생활을 일부러 불결하게 해석하려고 하는 사람이 있다. 예를 들어 도시의 오늘날의 젊은 여자는 모조리 정조적으로 타락해 있다고 몰아 말하지만, 세상의 진실을 철저히 관철한 사람이라면 도시의 젊은 여자 대부분이 반대로 자신의 정조를 현명하게 지키고 있은 것을 알고 있습니다. 헤이안 시대 부인에 대해서도 같은 것을 추정할 수 있을 것이다. 특히 발군의 천재부인 무라사키 시키부의 전기에 대해 일부러 불결하게 해석하기 위해 만연한 상상으로 논의를 진행하는 것은 모독입니다. 학자인 샷사박사를 위해서도 그러한 억측은 안타깝습니다.

(1917년 9월)

가정에서의 반성

가정이라 하는 말이 널리 이용되고 있는데 비해 그것이 무엇을 의미하는가 라는 바른 해석이 명확히 되어 있지 않습니다. 그런데 도 가정의 개량을 논하고 여자는 가정에서 일해야 한다고 논해도 효과가 적을 것입니다.

내 생각으로는 우선 현재의 가정이 어떤 식으로 정신과 양식에 의해 성립해 있는가를 관찰할 필요가 있다고 생각합니다. 그래서 우리는 두 종류의 가정이 일본에 현존하는 것을 알아야 합니다.

하나는 친권주의, 가족주의의 가정입니다. 일본 가정의 대부분 이 이 종류에 속합니다. 이것을 우리는 구식 가정이라 부릅니다. 이 가정은 부친이 전제군주적인 권위로 다른 가족을 복종시키고 있습니다. 가정에는 거의 자유가 없습니다. 아버지의 명령이라면 옳고 그름을 묻지 않고 어쩔 수 없이 복종하게 됩니다. 어머니도 아이에 대해서는 거의 아버지와 유사한 권위를 가지고 있습니다. 효라는 것이 가정도덕의 가장 중요합니다.

또 이 가정에서는 사람보다 집, 집안, 집의 재산, 집의 명예, 집 의 풍습이라는 것이 중요시됩니다. 따라서 집을 상속하는 장남이 가장 중요시 되고 여러 명의 자녀에게 사랑과 재산의 공평한 분배가 이루어지지 않습니다. 차남이하의 자녀는 장남이 이어받고 남은 아주 약간의 재산을 나누어 받고 분가하거나 그렇지 않으면 아무런 분배도 주지 않고 분가하거나 다른 사람의 집으로 데릴사위나 며느리로 가거나 합니다. 원래 남존여비의 도덕이 기초가 되어 있는 가정이기 때문에 같은 부모님으로부터 나온 자식이라도 여자에게는 특이 이른바 자유와 권리와 행복이 폐쇄되어 있습니다. 중요한 교육이 남자와 여자에 따라 상당히 큰 차이가 있습니다. 여자는 마치 남자의 오락을 제공하기 위한 하나의 고기 덩어리, 자손을 낳기 위한 하나의 부란기孵卵器인 것처럼 양육됩니다.

또한 이런 가정에서는 노부부와 신부부가 동거할 뿐 아니라 노부부의 형제자매와 신랑의 형제자매까지 동거하는 것을 정상으로 보기 있기 때문에 신부가 되는 자는 남편이외의 사람들에게도 봉사하고 자신의 혈족인 부모님, 백숙, 형제와 동일하게 또는 그 이상으로 존경하지 않으면 안 되는 의무가 있습니다. 이런 의무에 소홀한 점이 있는 며느리는 가풍에 맞지 않는 자로서 시어머니에게서 인연이 끊기고 며느리는 물론 남편도 부모의 명령인 이상 이혼을 거부할 수 없습니다. 구식 효도는 부부의 사랑을 유린하고 돌아보지 않는 도덕입니다.

이런 가정의 경제적 생활은 그것이 기존의 재산의 상속과, 직업에 의해 지속된다고 하여도 그것은 남자의 권리이내에 속하는 것이며 수입의 계획도 남자의 독단, 지출의 처분도 남자의 독단에 의해 결정됩니다. 여자가 어떤 직업으로 금전을 취득하여도 그것은 모조리 남자에게 공납하고 남자가 그것을 투기, 도박으로 품행이 바르지 못하게 소비하더라도 그것에 대한 항쟁은 부정한 일로 간주 되기때문에 결국은 울며 포기하는 외에는 없으며 그것이 남자에 대한 아내의 희생적 정신의 발로로서 오히려 아름다운 여덕의 하나로 헤아려집니다. 그렇게 아내가 자유로이 할 수 있는 가정의 경제는 아주 적어 부엌과 가족의 사계절 의복에 필요한 소비의 일부에 지나지 않는 것입니다. 더욱이 그런 작은 자유의 범위조차 시어머니와 시어머니의 형제자매와 남편과 남편의 형제자매로부터 거의 인색에 가까운 검약도덕으로 간섭받는 운명 아래에 있습니다.

'좋지 않은 일은 알려서는 안 된다依らしむべし 知らしむべからず'라는 전제주의 아래에 여자를 기계시하고 노예시하는 것이 이런 가정의 도덕이기 때문에 아내에게는 저급하고 고루한 여자수신훈女子修身訓과 어디에나 있는 요리법이상의 독서를 허락하는 않는 것이 일반적 습관이 되어 있습니다. 소설이나 부인잡지를 읽어서 시어머니에게서 인연이 끊긴 며느리조차 있다고 하는 상황입니다.

정신적 수양이라던가 인격의 완성은 남자의 특권이며 아내가 입헌국의 남녀의 당연히 알지 않으면 안 되는 정치, 법률, 경제 등의 문제를 입밖으로라도 내려고 한다면 한마디로 여자답지 않은 건방진 언동이라고 시어머니나 남편 그 외의 가족으로부터 지탄을 받습니다. 학문 예술에 대해서도 마찬가지입니다. 여자 자신에게 가장 적절한 모든 부인문제(여자고등교육문제, 여자직업문제, 결혼문제, 정도문제, 여자참정권문제 등)에 대해서 아내가 조금이라도 진지하게 고찰하려 한다면 즉시 타락할 위험이 있는 신여자로 간주되어 위험인물로 보고 국가가 사회주의자에 하는 박해를 가정의 권력자가 아내에게 가합니다.

그래서 아내가 상식이 떨어지고 또한 아내의 지식도, 정조도, 인생관도, 윤리관도 어떠한 정리됨 없이 단지 저급한 물질적 생활의 범위에서 기계와 같은 날을 보내게 되면 남들처럼 행복한 아내가 되는 것이라고 합니다. 그 조차 얻지 못하는 아내는 시어머니와 시누이에게 학대받으며 남편의 불건전한 행위에 질투의 불을 켜고 생활고를 고민하며 남편의 불건전한 행위에 의해 수입된 화류병(성병) 때문에 사람들 몰래 괴로워합니다. 무학이라는 이유로 자신이 낳은 아이에게 조차 멸시 받는 서글프고 비참한 처지에 있습니다.

이상은 주로 가정의 약자인 여자에게 관찰할 수 있습니다. 남자의 입장에서 생각해도 종래의 남자가 이렇게 말하는 가정의 주권자였다는 것이 반드시 행복은 아니었습니다. 현대의 교육을 받은 남자입장에서 본다면 말할 필요도 없이 반대로 남자의 불행으로 이해되겠지요. 그것은 마치 전제국가의 군주의 불행에 비할 만한 것이라 생각합니다.

이러한 가정은 노부부와 신부부, 가장과 가족이 고집스럽게 반목하고 있어서 도리와 애정으로 바르게 이끌지 않고 불법비리의 권력으로 압제에 복종해야만 되는 가정이기 때문에 우선 진실한 조화가 없습니다. 화목해 보이는 것은 표면적, 타협적인 평화 상태로 그 뒷면에는 울고 싶어도 울지 못하고, 호소하고 싶어도 호소할 곳 없는 비운과 포기 외에는 없는 비참한 피정복자가 존재하는 것입니다. 그러므로 양심과 지식을 가진 남자들이라면 이를 행복한 가정이라고는 생각하지 않겠지요. 예부터 이런 가정에 생긴 무수한 비극과 현재에 계속 발생하고 있는 무수한 비극이 가정의 불합리와 반윤리적을 명백하게 증명하고 있습니다.

가정에 두 개의 종류가 있는 가운데 지금 하나의 가정은 일부일부주의, 남녀평등주의의 가정입니다. 우리는 이를 장래의 일본에 널리 실현시켜야할 합리적 가정이라고 생각합니다.

종래의 가정에서는 아버지 또는 남편이 권위를 가장의 지위로써 절대 권위를 휘둘렀습니다만 이런 가정에는 가장이라고 하는 자도 없고 이러한 불법전제의 폭력을 휘두르는 신성불가침의 주권자도 없습니다. 연애에 의해 결합해 부부라 불리는 한 남자와 한 여자―즉 일부일처―두 사람의 조합원으로 성립해 있는 협동조합이며 모두가 합의제로 결정되기 때문에 남편이 가정의 주인도 아니고 아내가 남편에게 봉사할 예속물도 아닌 것입니다. 이것을 '남녀양본위男女兩本位'의 가정이라 이름 지었습니다.

남녀의 인격이 평등하다는 점을 인정하고 차별하는 것을 근본적으로 배척하는 일남일녀의 협동생활이기 때문에 남편도 아내도 동등한 사랑과 권리와 의미 속에 자유를 사색하고 자유로이 발언하고 자유롭게 행동하면서 남편은 남편자신의 개성을, 아내는 아내자신의 개성을 원만히 발휘하려고 노력합니다. 그리고 부부 생활을 단위로서 사회 생활, 국민 생활, 세계 생활까지 각자의 생활을 연장해 완성하려고 노력합니다. 종래의 가정에서는 이것이 불가능했습니다. 남존여비의 도덕에 지배당하고 있는 이상 종래의 가정에는 동등한 인격을 갖춘 조합원이 없고 부부라 해도 주종관계여서 진실한 의미의 부부생활은 성립하지 않았습니다. 여기에는 남자에게 굴복하는 첩이 아내라는 이름을 빌렸을 뿐 남자와 대등하게 협력해 부부생활을 건설하는 진정한 아내는 없었습니다. 진실로 남편이고 아내라고 부를 수 있는 아름답고 견실한 협동 생활은 남녀양본위의 일부일부—夫—婦주의적 결혼의 가정에서만 볼 수 있는 현상이라 생각합니다.

이런 가정에서는 결혼에 의해 결합한 일부일부를 조합원으로 부부간에 태어나 아직 독립할 자격이 없는 자녀를 피보호자로서 하고 있기에 시부모와 신부부와 동거하는 일이 없습니다. 신부부는 반드시 노부부와 별거하는 것을 원칙으로 합니다. 따라서 효도로 인해 신부부의 연애를 압제하고 학대하는 듯한 잔혹한 사건이 발생하지 않습니다. 그렇게 신부부도 노부부에 대해 정당한 범위에서의 효도—새로운 의미의 효도—로 부모와 자식, 시부모와 며느리의 윤리 생활을 전개할 수 있습니다.

이런 가정에서는 개성과 필요에 따라 자유롭게 행동합니다. 남편도 아내도 개성에 맞는 학문, 예술, 농공상 그 외의 직업을 선택해 그것에 종사합니다. 경제생활의 안전과 독립을 얻기 위해 종사할 뿐이 아니라 자신의 개성을 발휘해 작게는 사회생활에서 크게는 세계인류의 생활에까지 공헌합니다. 이것으로 자기의 인격적 생활을 전개하려는 필요에서 자각적으로 종사하는 것입니다.

이점도 종래의 가정에서는 불가능하였습니다. 남자는 이것이 특권으로 허락되었지만 여자는 교육의 자유도 연구의 자유도 직업의 자유도 금지되었고 단지 불완전한 의미의 현모(실은 우모)양처(실은 첩)으로서 남자에게 예속만 허락되어 있었을 뿐이었습니다. 때문에 여자의 감정은 원시적 감정에 머물렀으며 그렇지 않으면 병적 감정으로 추락했습니다. 여자의 지식은 어른과 아이의 중간에 위치한 기형적 상식에 멈춰 여자의 창조력과 비판력은 오랫동안 남자의 그것의 십 분의 일에도 미치지 않게 되었습니다.

그러나 남녀평등의 가정에는 교육의 자유와 직업의 자유가 있어 아내도 남편도 대등하게 사색하고 연구하며 남편과 대등하게 노동하고 근무하여 개성이 뛰어난 점에 따라 혹은 학자, 교육자, 의사, 공무원, 기술자가 되고 또는 실업가, 농업가, 은행회사원, 공업노동자가 되었습니다. 이렇게 정신적으로 실력이 있는 남편의 협동자가 될 뿐만 아니라 물질적(경제적)으로도 부부생활의 협동조합원의 실력을 갖추려고 합니다.

이러한 가정에서야말로 비로소 자녀에 대해 아버지, 어머니가 진정한 애정과 교육을 시행할 수 있습니다. 종래와 같이 이상이 없이 취생몽사醉生夢死적인 가정, 아버지가 어머니를 대등한 인격으로서 경애하지 않는 가정, 불건전한 아버지와 무지한 어머니와의 싸움이 끊이지 않는 가정, 어머니가 사상적 경제적으로 무력한 가정에서는 반대로 자녀의 정신과 감정을 난폭하게 하고 개성의 타당한 개발을 저해하고 있는지 모릅니다.

그런 가정에서야말로 비로소 가정의 진실한 화락和樂과 행복이 있습니다. 이런 가정을 단위로 해야 사회생활, 국가생활, 나아가서는 세계인류의 생활이 건전과 총명과 융화와 행복을 갖춰 발달 할 수 있다고 있다고 생각합니다.

현재의 일본은 이렇게 신구 2종류의 가정이 존재하고 있습니다. 단 이 두 가지가 확연히 나뉘어 대립하고 있기 않고 구식인 가정 속에도 신식인 가정의 정신과 양식을 존경합니다. 이것이 실행의 기회를 노리고 있는 선각자가 있고 이미 신식인 가정을 건설한 용자로 자인하는 사람들 중에도 오히려 구식인 가정의 불량한 습관에서 벗어나지 않는 모순과 번민과 싸우는 생활을 하는 남녀도 있습니다. 소수지이만 신식의 가정을 건설해 새로운 남녀 도덕 속에 행복한 일부일부의 상애협동 생활을 전개시키고 있는 사람들도 있습니다. 그러나 대부분의 가정은 오늘날에는 아직 구식인 남자본위의 전제주의 가정을 지키고 있습니다.

(1917년 8월)

사랑과 이성

문제 속에 있으면 문제가 잘 풀리지 않는다, 문제 밖에 있는 편이 문제를 잘 이해한다고 누군가는 말했습니다. 그러나 요즘에 와서는 나는 이 이론이 반드시 맞아 떨어지는 것이 않는다는 것을 종종 경험합니다.

어떤 문제를 추상적 이론적으로 취급하고 또는 객관화해 생각하는 경우에는 너무나도 문제 속에 있는 사람보다도 명철한 판단이 내려지는 것 같지만 그러나 사실으로부터 떨어져서 판단과 사실을 비교하면 대개 커다란 오류를 발견합니다. 이런 증거의 하나에는 소설을 들 수 있습니다. 엄격한 사실주의로 사실이 묘사되었다고 하는 소설이라도 그 모델이 된 사람들의 감상을 들어 보면 사실과 소설에는 상당한 거리가 있어 작가에 대해 불만을 느끼지 않은 모델은 없다고 합니다.

그래서 소설의 경우는 작가의 인상을 옮기는 것에 충실하면 좋기 때문에 모델의 그 사실에 대한 실제 내부경험과 달라도 소설의 독립성을 잃지 않는 것입니다. 이 때문에 사회의 실생활에 있어서는 그 사실 속에 잠긴 자의 판단을 존중하지 않으면 사실의 진상을 알 수 없으리라 생각합니다.

불이 뜨겁다는 실험은 불에 닿아본 사람이 잘 이해합니다. 다른 사람은 불에 닿아본 경험에서 감정적으로 추측하던지 또는 불을 잡아 본 적이 없지만 다른 사람이 불을 잡아본 경험을 적은 글을 읽고 이론적으로 추측합니다.

이론적으로 추정하는 것은 전혀 문제 밖에서 상상하는 것이기 때문에 객관적으로 '불은 이처럼 뜨겁다'고 치밀하게 말해도 단지 '안다' 뿐으로 실제로 '느낀다'는 것은 불가능합니다. 불의 뜨거움을 실감한 사람과 같은 직접 실감은 도저히 이론으로는 얻을 수 없는 것입니다.

이것을 생각하면 나는 쓸쓸하고 애잔합니다. 그것은 고독의 비애와 적요입니다. 자신이 어느 정도 이상은 타인에게 음미되지 않고 타인이 어느 정도 이상은 자신에게 음미되지 않는다고 하는 비애와 적요입니다.

이 한恨은 부부, 부모 자식, 형제, 친구 누구나 항상 느끼는 것입니다. 이 방면만을 주시하고 있으면 원만히 조화된 인간의 협동생활 등을 생각하는 것은 바보의 꿈이 아닌가. 모두가 타인이다. 감각적으로도, 정서적으로도, 이지적으로도 사람은 융화하는 것이 불가능한 특이한 음영을 가지고 있습니다. 말하자면 끝까지 파고들어들어보면 고독하다는 말처럼 말세적인 어두운 기분이 듭니다.

그러나 '고독하다'는 것은 편익하고 과장된 감정입니다. 인간은 어디에서 고독하게 살고 있을까요. 독자가 지금 손에 들고 있는 신문지 한 장에도 여러 명의 협력을 거쳐 산에 서 있는 나무가 종이가 되고 마지막에 신문지가 되어 독자의 손에 건네집니다. 다만 신문지 한 장조차 인간은 수 많은 타인과 손을 잡고 있는 것과 같습니다. 성자가 쌀 한 톨로 중생의 대은을 위해서 예배하는 이유가 있다고 생각합니다. 인류가 서로 협동하고 서로 돕는 것을 안다면 병적으로 이기주의인 사람이 없는 한, 이 땅에 고독한 사람은 한 사람도 없다고 느끼겠지요. '고독하다'라고 느끼는 것은 인간의 사치가 아닐까합니다.

이상과 같이 나는 때때로 그렇게 생각했습니다. 하지만 이것으로 결코 만족은 할 수 없습니다. 서로 잘 알지 못 하는 것이 안타깝고 쓸쓸합니다.

남편과 나는 16, 7년간 서로 잘 알려고 했습니다. 그러나 어떤 경우에는 의견, 기분, 감정의 어긋나서 서로 어색한 경우도 있었습니다. 그것을 사랑에 의해 호의를 서로 가지고 이성에 의해 서로 조절했습니다. 살짝 어긋남은 찰나의 잔물결처럼 어슴푸레한 우울과 비애의 그늘을 던지고 사라질 뿐이었습니다. 그러나 만일 사랑과 이성의 지주가 없다면 성냥 한 개에서 큰 화재가 일어나는 듯이 작은 오해가 부부사이의 커다란 파열을 불러일으키는 원인이 될지도 모릅니다.

그래서 나는 사람은 가능한 확실하게 서로 잘 알아야만 한다고 생각합니다. 몸이 서로 다른 이상 어느 정도 마음은 같지는 않을 것이라는 것을 인정하고 동시에 어긋난 부분은 이성과 사랑으로 극복해야한다고 생각합니다.

사랑으로 자타의 생활을 감싼다면 이해를 못하는 점이 있어도 너그러울 수 있기 있기 때문에 이해하지 못한다고 실생활이 파탄이 되지 않습니다.

이성은 경험을 모아 하나의 객관적 정리를 만드는 능력과 동시에 타인이 만든 정리를 비평하는 능력도 있기 때문에 사랑의 시종으로서 이성을 건전하게 하면 사랑은 대단한 과실을 되풀이하지 않고 끝날 것입니다. 정리는 몇 명인가의 실감을 모아 만든 것이기 때문에 실감 그 자체가 아니어도 풍부한 실감 (경험)을 가진 사람들이 만든 정리라면 그것에 귀를 기울이는 것은 사실에 대한 참고가 됩니다. 나의 이성은 그런 의미에서 타인의 경험에 의한 결정된 이론을 존중합니다.

요즘 남편의 친척 중에 연애결혼을 한 청년이 있습니다. 청년의 조부도 아버지도 모두 도덕가로 약간은 세간에 알려져 있는 사람들입니다. 만일 이것이 타인의 자식에 일어난 문제였다면 그들은 구식 도덕사상과 지위에서 결혼을 반대했을 것입니다. 그러나 자신들이 냉정하게 있을 수 없는 문제 안에 있는 사람이고 손자이자 자식인 청년에 대한 사랑이 앞서 있었기 때문에 타인의 자식에 대해서라면 도저히 허락하지 않을 문제를 의외로 쉽게 해결하고 결혼시켜 주었습니다. 그리고 조부와 아버지는 그 문제 이후로 우리가 주장하는 연애결혼이 합리적인 것을 용인하지 않을 수 없기에 이르렀습니다. 두 사람은 결코 자식의 연애를 실감하고 이해한 것은 아닙니다. 사랑과 이성이 이해할 수 없는 인생의 틈을 없앤 것 뿐입니다.

(1918년 1월)

일본인의 상식常食

일반 일본인의 밥상은 문명제국 가운데에서 그 영양가치가 가장 뒤떨어져 있습니다. 따라서 일본인의 건강도 문명제국의 민족에 비해 심하게 우려해야 할 상태에 있습니다. 이것은 결핵과 화류병, 그 외의 병이 원인이지만 체질이 불량해서 그들 병에 걸리기 쉽다고 전문가는 말합니다.

이것에 대해 나는 이전부터 음식의 향상을 주장하고 의복 그 외의 사치품에 소비하는 금전을 절약해 그것으로 영양가가 많은 음식의 비용으로 전환하자고 했습니다. 그러나 습관에 젖어서 일시적 변통의 날을 보내는 일본 가정부인은 물론 여자교육가나 부인잡지의 기자들까지 이 중대한 문제에 대해 아직도 보수적인 사고를 가지고 있으신 것을 나는 답답하게 생각합니다.

도시이외의 일반가정에서는 채소절임만을 부식물로서 아침식사를 마치는 것이 원칙이 되어 있습니다. 게다가 도시와 같이 된장국 또는 두부를 더 먹는다고 해도 그것을 합한 영양가는 아무것도 아닙니다. 한창 크는 초, 중학교 및 여학교의 학생이 이와 같이 빈약한 아침밥으로 섭취한 체력으로 정오까지 교과를 공부합니다.

『어린 벗에게』

다음으로 점심 도시락은 지방에서는 보리밥에 매실장아찌 또는 단무지를 더한 것만으로 마치는 경우가 많습니다. 도시에서 조차 김, 두부, 계란 중의 어느 한 가지에 채소절임을 더한 정도가 보통이라고 한다면 점심 도시락에 아이들이 취하는 영양가도 대단한 것은 아닙니다. 적어도 저녁밥이라도 윤택하면 보충이 되겠지만 지방에서는 어육류를 매일 저녁에 취하는 일은 꿈에도 생각할 수 없습니다. 야식도 대체로 채소중심의 부식물로 먹습니다. 도시에서도 매일 한번 반드시 어류를 약간이라도 가족 모두가 먹는 집은 적다고 생각합니다. 전시의 유럽과 미국과 달리 일본에서는 거의 매일 '고기를 먹지 않습니다'.

요즘은 당치않은 물가폭등 때문에 모든 식료품이 비싸져서 일반적으로 중산층 이하의 가정의 음식은 심하게 퇴화했습니다. 이 상태로는 국민의 건장은 더욱 걱정스러울 정도의 상태로 기울어져 갈 것이라 생각합니다.

그런데도 각 여학교의 기숙사 식비라는 것이 현실적으로 아직 하루 25 전 정도입니다. 그 중에서 식사담당자의 이익을 제외하기 때문에 실제 학생의 몸에 공급되는 것은 20 전이하이겠지요. 오늘날의 물가상태로 20 전이 어느 정도의 영양을 공급하지 않는다는 것은 가정주부가 매일 가정에서의 경험으로 알 것입니다. 물가가 오늘날 정도 폭등하지 않은 3, 4년 전에서도 도쿄의 여학교 기숙사의 식단을 볼 때마다 나는 조악한 음식에 놀랄 정도로 오늘날 각 여학교의 기숙사의 식단이 얼마나 비참한 상태에 있는가는 너무 상상이 됩니다.

　최근에 어느 잡지 현상모집에 당선된 「가계경제」의 예산에 월 70원, 가족 9명의 가정에서 부식물값 10원으로 계산한 것이 있었습니다. 이것으로는 한 사람이 하루에 3 전정도의 부식물밖에 취하지 않는 것을 의미합니다. 일본의 어디에서 하루 3전으로 부식물을 살 수 있을까요? 많은 사람이 음식이 영양에 대해 생각하지 않습니다. 입안자立案者들은 비상적으로 10원 저축하고 있습니다.

(1917년 9월)

신시대의 용기 있는 부인

러시아에는 부인의 군대가 생겨 전선에 나갔습니다. 비슷한 사실이 세르비아 군에도 적인 독일군에도 있다고 보도되었습니다. 나는 이상할 때에는 이상한 일이 당연히 발생한다고 하며 이 일을 바라보고 관용하는 것이 불가능합니다. 원래 나는 이것으로 어느 신문의 사설기자가 칭찬한 것처럼 '용기 있는 부인'의 행위로 보는 것은 당치도 않다고 반대합니다. 전쟁이라는 이름으로 행해지는 살인행위는 이미 오늘날 인도를 알고 있는 남자의 내심에서 야만시대의 유물로 하고 윤리를 배반한 비리의 행위로서 계속 부정되고 있습니다. 현실에서 전쟁을 따르고 있는 세계의 남자는 다만 눈앞의 필요에서 어쩔 수 없이 할 뿐이며 누구라도 전쟁을 인류문화의 원동력이라고는 결코 생각하고 있지 않습니다. 병사는 옛사람이 말한 것 같은 흉기라는 것이 전쟁에 의해 점점 더 명백히 되어 갑니다. 단순히 윤리적으로 반대할 뿐 아니라 경제적으로 생각해도 전쟁이라는 것이 어리석은 낭비인 점이 입증되는 시대가 되었습니다.

이러한 때에 부인까지 오로지 눈앞의 선동 속에 정신을 어지럽혀 남자 뒤에서 흉기를 들고 뛰어 나가서, 남자조차 부끄러워 하는 살인행위를 용납해서는 안 된다고 생각합니다. 적어도 부인만은 부인 스스로를 위해, 인류를 위해, 자손을 위해, 이러할 때에 남자가 현실에서 이루어 가는 일과 비교해서 훌륭한, 보다 높은, 보다 총명한 입장에 머물러 행동하는 것이 필요하지 않습니까. 그렇게 하는 것은 남자가 문명을 거스를 때 여자는 문명을 유유히 파도를 타고 나가는 것이 아닐까요?

남자를 전장으로 보낸 후의 가정과 사회는 협동에 필요한 힘이 반으로 줄어들어 바야흐로 황폐해지는 위험상태에 있습니다. 후방에 있는 부인은 가정과 사회를 유지하기 위해 남자가 잡고 있던 권세를 대신해 평소 활동의 배가 되는 활동을 실현하지 않으면 안 됩니다. 이것이 현대에서의 '용기 있는 부인'이라 생각합니다. 예를 들어 평소라면 아이의 양육과 교육에 대해 아버지와 어머니가 힘을 나누어 함께 하던 부분을 지금은 어머니 혼자서 아버지의 일을 해야할 필요가 발생하였습니다. 이것은 상당히 중요한 문제입니다.

이런 의미에서 나는 전시의 유럽 부인이 교육을 비롯해 전원, 공장, 관가, 철도, 상점 등의 이제까지 남자가 잡고 있던 이른바 모든 직업에 종사를 하고 있는 점을 건강한 행위로서 찬성합니다. 나는 총검을 잡고 군복을 입고 남자와 같이 전장에 분주히 달리는 러시아 부인의 행위를 상당히 불성실한 것이라 생각합니다. 그들의 행위를 여권론과 부인각성운동에 유래하는 필연적 결과라고 해석하는 사람이 있다면 엄청난 오해입니다. 그들은 오히려 그것들을 배신하고 모독하고 있습니다.

　일본에서도 새삼스레 유도와 언월도의 연습을 여학생에게 할 당하는 교육자가 있는 것은 무슨 생각일까요. 부인이 이들 무술에 의해 자신과 가족의 생활을 보호하지 않으면 안 되는 시대가 다시 장래에 있으리라 생각되지 않습니다. 그런 일은 쓸데없는 짓이라 생각합니다.

(1917년 7월)

형식교육의 일폐—弊

오늘날과 같은 형식주의 교육을 오늘날과 같은 관권주의의 교육 제도 하에 오늘날과 같은 비인격적인 교사가 많은 학교에서 시행되고 있는 때에 과연 학생이 교사의 앞에 진실한 감정사상을 자유로이 감히 고백할까요? 학생은 가능한 교사의 안색을 살피고 무서운 눈으로 노려보지 않도록 주의하지 않고는 있을 수 없습니다. 이것은 여학교에서 특히 현저한 사실입니다. 나는 여학교 교사들이 졸업 후의 희망과 숭배하는 인물, 결혼 때의 이상을 학생에게 질문하고 그렇게 얻은 답으로 여학생의 진실을 캐내어 얻은 것처럼 신문잡지에 발표하여 교육상의 참고로 하는 사람들이 있는 것을 볼 때마다 나는 그것들이 학교교육과 가정교육에서 털끝만큼도 참고할 필요 없다고 생각합니다. 뿐만 아니라 내가 이렇게 비판하는 것은 그들의 답이 대부분 허위이며 그 허위인 것을 간파할 정도의 견식을 당연히 갖추고 있어야 할 교사들이 일부러 모르는 척을 하고 여학생의 진실인 것처럼 세간에 발표하는 이중적 허위를 부끄럽게 생각하기 때문입니다.

이것은 내가 종종 말하는 부분이지만 일본의 여자교육이 가장 중요한 감정 교육을 실시하지 않고 결혼이나 육아준비를 가르치는 것은 순서가 전도해 있습니다. 나는 결혼에 있어서 이런저런 교육은 유해무익이라고 생각하는 자입니다. 그렇게 하는 것은 아직 딸로서의 감정이 충분히 꽃을 피우지 않은 때에 일치감치 젊은 여자를 생활에 찌들게 해 늙어 버리게 할 위험이 있습니다. 그것은 현재 가정에 있는 여학교출신의 젊은 아내들의 대부분이 결혼 후 2, 3년동안에 청춘의 원기가 가라앉히고 활기가 사라져 버리는 것을 보면 충분히 짐작이 갑니다.

나는 졸업하기 전의 여학생에 대해 결혼 전의 이상과 남편에 대한 희망 등을 정면에서 노골적으로 묻는 듯한 무례한 교육자를 좋아하지 않습니다. 그것은 교육자가 해야 할 것이 아니라 경조한 저널리즘의 행위입니다. 또 그러한 질문은 야비한 대중문학과 같이 도발적 성질을 갖고 있어 인간의 성정의 견실한 발양을 이상으로 하는 진정한 교육을 방해할 우려가 있다고 생각합니다.

(1917년 7월)

인생의 표준

'만법유전萬法流轉'이라 하는 그리스의 사상은 만고에 빛나고 있습니다. 우주에는 한순간도 같은 것이 존재하지 않는다. 다만 유전이 이완한 때에 어제와 닮은 것이 존재할 뿐이다. 사람은 어제와 닮은 사물의 존재가 계속되는 경우를 상태라고 하며 반대로 급격한 변화를 발생한 때는 변태라고 합니다. 그러나 상태가 바르고 변태가 부정이며 위험하다고 생각하는 것은 세상의 유전을 바르게 이해하지 못하는 근시안적 사람의 오산이라는 것을 잊어서는 안 됩니다. 이른바 상태 속에도 바른 것과 부정하고 위험한 것이 있고 소위 변태 속에도 바른 것과 반대로 부정하고 위험한 것이 있어 이것을 직각적으로 식별하는 것이 중요하다고 생각합니다.

정과 부정, 위험과 위험이 아닌 것에 대한 구별은 인간의 실생활을 가장 풍요롭게 만들며, 이것과 더욱 행복하게 만드는 최고의 이상이 맞는지 아닌지로 결정할 수밖에 없습니다.

(1917년 8월)

『어린 벗에게』

하녀에 대한 나의 고찰

하녀라 하는 직업이 머지않아 천하지 않은 것으로 바뀌겠지요. 적어도 우선 품삯과 노동시간에 대해서 이제까지와 같은 종속적 지위에서 독립해 일개의 인격적 대우를 요구하는데 이르겠지요. 나고야시에서는 이미 9인 이상의 월급을 내더라도 하녀로 고용 되려는 젊은 여자가 없어졌다고 합니다. 하녀의 사라짐과 그 품삯 의 급등이라는 것은 세계의 정당한 대세이고 여자의 정신적 자각 과 경제적 필요는 하녀사이에도 급격한 변동을 주게 합니다. 온정 주의나 상여제도 등으로 주종 관계는 유지되고 호도할 수 있는 동 안은 이제 얼마 남지 않았다고 생각합니다. 2, 30년 앞을 넘겨보고 말하면 가정에 숙식하는 하녀를 고용하는 전통적인 양식조차도 폐멸하기에 이를 것입니다.

(1917년 8월)

활동사진과 미성년자

나는 이제까지 어른들이 보는 활동사진에 미성년자를 입장시키는 것이 좋지 않다는 것을 종종 적었습니다. 최근 정부가 이 점을 주의하기에 이른 것은 좋은 것이라 해도 그 단속방법에 심히 철저하지 못한 점이 있는 것을 유감스럽게 생각합니다. 나는 유럽의 흥행물과 같이 어른들이 입장하는 연극, 음악회, 활동사진 등에는 미성년자의 입장을 일체 금해야한다고 생각하고 있습니다. 여러 유혹에 빠지기 쉬운 위험은 오히려 15세 전후보다 20세 전후가 많음에도 불구하고 정부의 연령제한이 15세로 되어 있는 것은 예상과 다른 것도 대단히 심하다고 말하지 않은 수 없습니다. 그렇다고 생각하면 정부는 한편 남녀자석을 구별해 입장하지 않는 것에는 신경과민에 빠져 있습니다.

내가 단순히 활동사진만이 아니라 어른이 보는 연극이나 무용에 대해서도 미성년자의 입장을 금지해야만 하는 것이라고 생각하는 데에는 이유가 있습니다. 남녀의 정사를 주제로 한 장면을 심리의 미묘한 사정을 이해하지 않고 단지 표면의 장황한 광경에 빠지기 쉬운 미성년자에게 보여주는 것은 좋지 않을 뿐아니라 쥬죠

히메中將姬, 사라야시키皿屋敷, 아다치가하라安達ヶ頭, 이모세야마妹背山, 다이코키太閤記, 스즈가모리鈴ヶ森에 나타난 부모 죽이기, 자식 죽이기, 양자 괴롭히기, 자살, 암살, 학살, 질질 끌고 다니다 죽이기 등의 잔인 비도덕한 장면을 보여주는 것은 한층 더 악영향을 미치는 것이라고 생각합니다. 나는 정부가 이들 연극에 관객의 연령을 제한하지 않는 것을 보고 풍기단속의 불일치를 애석해하지 않을 수 없습니다. 이것은 가정의 부모들에 있어서도 주의해야만 한다고 생각합니다. 활동사진에 두 종류가 있는 것처럼 미성년자를 입장시키는 연극, 무용, 음악회라는 것을 사회가 일으킬 필요가 있습니다.

(1917년 9월)

히로시게広重 모양을 보며

요즘 히로시게모양이라는 것이 유행한다고 듣고 나는 남색과 흑색과 붉은 황토붉은색의 배합을 주로 한 소위 말하는 시로시게 배합의 모양을 새로 만든 것이라고 상상하고 있었는데 실물을 보니 히로시게의 명소 그림을 그대로 하오리의 안감과 소매 모양이나 허리띠용 옷감으로 잘라 끼운 것에 지나지 않습니다. 지금의 옷가게에 접근해 있는 원안가들은 의장에 일을 결여해 뭐라 하기 어려운 무의미한 용답—전대 모방을 굳이 하는 것이겠지요. 메이지 이후의 유행 모양은 겐로쿠 모양, 모모야마 모양, 후지와라 모양이라는 식으로 모두 전대의 전사로 줄곧 하고 있습니다. 일본의 원안가에게는 이 정도로 창조력이 결여되어 있는 것일까요.

창조력이 빈곤한 사람들간에 한해 국수 보존, 조상숭배, 전통주의, 만요집 및 고사기의 동경, 사이교 및 바쇼의 숭배, 난가의 교겐, 두루마리 그림의 부흥, 다도 및 요곡의 뇌동적 도락, 세잔느의 외면모방, 입체파 및 미래파의 맹목적 이식과 같은 복고주의, 유희주의 또는 모방주의가 행해집니다. 근거가 없는 경박한 유행은 의복의 모양만에 국한되지 않습니다.　　　　　　　　　(1917년 10월)

소매상의 단속

이번 풍수해의 기회를 틈타 방대한 폭리를 탐내는 이른바 악덕 상인에 대해 정부가 임기응변의 처벌령을 공포하고 제재와 예방에 힘쓰고 있는 것은 데라우치 내각이 행한 유일한 선행이라고 해도 좋을 듯 합니다. 관료정치도 고래의 전제 정치가와 마찬가지로 이 정도의 선행을 해낼 수 있습니다. 나는 이것을 기쁘게 생각합니다.

그러나 물가의 불법 인상은 전쟁 이후 우연히 이번 풍수해로 인해 갑자기 생긴 것은 아닙니다. 내가 보는 한에서는 이른바 악덕 상인으로 봐야할 자는 이 2주간 이내에 출현한 것이 아니라 멀게는 3년 이내 우리의 부엌문에 출입하는 일용 식료품상을 비롯해 온갖 소매상인의 대부분이 불법적인 폭리의 추구자이며 이른바 악덕 상인의 무리인 것입니다. 그들 상인들은 자신의 행위가 부정한 행위라는 것을 인식하고 있지 않을지도 모릅니다. 아마도 일본의 상행위에 익숙해진 이들 상인들은 기회만 있다면 할 수 있는 한 폭리를 취하는 것을 자신들에게 구비된 특권이라고 생각하고 안심해서—마치 군인이 사람을 죽이는 것을 천직으로 생각하여 안

심하는 것처럼—그것에 대해 아무런 윤리적 고통을 느끼지 않겠지요. 밖의 일의 경우에는 양심적으로 반성하는 사람들도 상행위에는 특별한 도덕이 있는 것처럼 생각하고 반성하지 않고 자신들의 이욕利慾을 긍정합니다. 그 증거로는 점점 물가의 폭들이 있어온 이 3년동안 폭리를 취하고 공중의 재물를 훔치는 부정한 소매상계급에 있는 것을 부끄럽다는 이유에서 폐업하거나 또는 휴업하고 또는 특히 협상이라 칭할 수 있을 정도의 저리로 영업하고 있는 술집도 쌀가게도 채소 가게 하나가 발견되지 않는 것이 아닙니까.

우리 일상생활에서의 제일 필수품—식료품, 용지, 장작, 직물, 약품 등—을 팔아 폭리를 취하는 것은 도매상보다도 소매상이 많고 그들 소매상이 직접적으로 다수의 무산계급을 힘들게 하고 있습니다. 이 의미에서 소매상의 거의 전부는 윤리적 반성이 결여된 인간이며 그런 행위는 의식하는 것에 관계없이 간상배奸商의 행위입니다. 정부는 약간의 풍수해에 관련한 일부의 악덕 상인을 단속할 뿐으로 어째서 일본 전 국토에 가득 차 있는 부정 불륜한 소매상을 계칙하지 않는 것일까요.

(1917년 10월)

우리의 종교

올해가 루터의 400년 기념에 해당한다고 하여 루터의 전기나 비평이 두, 세잡지에 나온 것을 나는 읽었습니다. 루터가 당시에 위대한 개혁자였다는 것은 충분히 존경합니다. 그러나 오늘날 우리의 정신생활을 위해서는 이미 루터는 그다지 작용하는 곳이 없습니다. 이것은 우리가 위인에 대한 감격을 잃었기 때문이 아니라 루터가 제창한 것 같은 기성종교에서 우리가 스스로 해방하였기 때문입니다. 바꾸어 말하자면 루터가 세운 사업이 이미 오늘날의 우리에게 있어 아무런 가치도 가지지 않게 되었기 때문이겠지요.

우리의 종교는 인도적 이상에 따라 인생을 풍요롭게 전개하고 있습니다. 신의 이름으로 뭔가가 되는 사람은 이제 없습니다. 나는 그렇게 믿고 있습니다.

(1917년 10월)

본말경중本末輕重의 전도

　음식조절을 너무 중요하게 생각해 집의 대부분을 부엌으로 만들고 금전의 수지의 기입을 너무 중요하게 여겨 서재를 출납장으로 꽉 채운 사람이 있다면 그 사람은 사물의 가치의 균형을 모르는 어리석은 자로서 비웃음을 살 것이겠지요. 이것은 누구라도 이해하기 쉬울 것입니다.

　지금의 여류교육자와 부인잡지가 가정의 요리나 가정경제의 가계부 적는 법과 하녀를 다루는 법과 물건을 사는 방법에 대해 빈번히 역설하는 것에 비해 그 이상의 중대한 정신적, 사회적, 인류적인 문제에 대해서는 부인을 계발하는 부분이 심하게 적은 것은 부엌이 집의 대부분을 차지하고 다다미방이나 서재는 욕실이나 변소와 동격으로 한쪽 구석에 밀어 넣어 작게 만든 것과 같은 것입니다. 대부분의 부인은 그것을 매우 어리석다고 생각합니다.

(1917년 10월)

우리의 애국심

우리는 국가주의—인간의 생활목적을 국가의 번영과 유지에 제한하고 개인의 권위를 국가의 권위 아래에 압박하고 개인을 국가의 노예로 하는 주의—에는 반대하나 국가를 사랑하는 것에 있어서는 누구에게도 뒤지지 않는다.

우리는 국가를 사랑한다. 다만 국가주의와 다른 점은 국가에 맹종하지 않는 것이다. 우리는 국가의 의의를 개조한다. 국가를 우리의 최고의 이상에 맞추려 한다. 우리는 국가를 건설하고 지지한다. 우리와 국가는 일체한다. 우리가 국가를 사랑하는 것은 우리 자신 생활을 사랑하는 것이다.

국가주의자는 결코 그들이 생각하고 있는 것처럼 국가를 안녕하고 행복하게 하는 자는 아니다. 왜냐하면 국가주의자의 주장은 개인의 권위를 유린한다. 개인을 살리지 않는 국가는—바꾸어 말하면 개인에게 지지받지 않는 국가는 견고한 기초를 가지지 않는 지극히 불안정한 국가이기 때문이다.

우리는 국가를 대반석의 위에 건설한다. 우리의 최고 최선의 이상인 인도주의 및 인류주의의 안에 건설한다. 이렇게 하여 우리는 가장 깊고, 가장 크게 그리고 가장 합리적으로 국가를 사랑하는 것이다.

국가주의의 위에 만들어진 국가는 개인과 충돌하면 동시에 다른 국가와 충돌한다. 즉 전쟁이 예상되는 불안정한 국가이다. 저급한 국가이다. 인도주의 또는 인류주의 속에 세워진 국가는 어떤 부분도 충돌하는 부분이 없다. 국가를 국가주의에 맡기는 것은 우주를 도랑 속에 집어넣는 것과 같은 것으로 반드시 실패하는 것은 말할 필요도 없다. 국가를 인도주의 또는 인류주의 속에 두는 것은 우주를 가지고 우주의 중심에 두려는 것처럼 그 이상의 안전은 없는 것이다.

(1917년 1월)

전후의 일본

인생은 끊임없이 움직이고 끊임없이 변화하고 있다. 아무리 과거의 경험을 방패로 삼아 분발해도 우리는 미래를 정확히 추정하는 것은 불가능하다. 추정할 수 있는 것은 아주 약간의 표면적인 작은 부분에 지나지 않는다. 세상의 일은 대체로 예상을 빗나가 돌발하며 격변한다.

오늘날까지의 틀이나 규칙을 이용해 새로운 시대을 대하는 것은 배 안에 있어 배의 흐름에 있는 것을 모르는 사람이 배에 새겨두어 물속의 잃어버린 물건을 주우려고 했다는 옛날 이야기와 마찬가지로 웃어야 할 것이다.

그렇다면 사람은 완전히 경험에 의해 미래를 지배할 수 없는 것인가? 우리는 항상 새로운 시대의 격류에 번롱되어 확실한 자기 입장을 잃고 괴로워하지 않으면 안되는가? 구체적으로 말하면 우리 일본인은 다가올 전후 세계의 대세에 휩싸여 질질 끌리고 지배당해 자신을 능동적 위치에 두는 것이 불가능한 것인가?

이에 답해 나는 '아니'라고 말하고 싶다. 우리가 오늘날까지의 경험에 의해 인류의 생활이 변화해 마지않는 것이라고 말하는 것을 분명히 자각한다면 그렇게 우리가 스스로 제일먼저 진출해 보다 새롭고 보다 좋게 격변하려고 노력한다면 우리는 세계의 대세에 지배되지 않고 반대로 세계의 대세를 창조하고 지배하는 우승자무리에 들어갈 수 있을 것이다. 적어도 세계의 대세를 유연하게 극복할 수 있을 것이다. 일본인의 오늘날까지의 약점은 뭐든지 풍부한 경험이 있으면서도 과거의 생활방침이 그다지 가치가 없다는 것을 철저히 자각하기에 이르지 않았다는 점이다.

동해인의의 나라로 임명되어 있던 일본이 이번 전쟁에 참가한 이유를 어떻게 중국과 러시아와 싸웠을 때와 같은 국부적인 사상 위에 둘 것인가. 어째서 가장 늦게 전쟁에 참가한 미국 대통령 윌슨에게 세계 평화주의를 철저히 하기 위해라는 당당한 선언을 독점시켜 버린 것인가

일본의 정치가는 세계의 학문예술로부터 들으려고 하지 않는다. 다만 오로지 나라 전래의 무사도와 관료사상에로 판단한다. 무사도에 빌붙고 관료사상에 알랑거리는 진리를 왜곡한 박사 등의 국가주의로 판단한다.

전전부터 전시중인 현재에도 이미 세계의 고급 문화에서 낙오해 있는 일본은 전후 얼마나 한층 더 비참한 위치에 고립되게 될 것인가. 이것은 남자의 문제일 뿐만 아니라 우리 부인에게서도 반성하지 않으면 안 되는 문제이다. 이미 우리는 세계의 선진부인과 이상을 같이 하는데 까지 자각하고 있다. 우리의 귀에는 전후 부인에 대해 언급한 엘렌 케이여사의 경고가 가장 강하게 울리고 있다.

(1917년 1월)

『어린 벗에게』

남녀도덕상의 의문 하나

나는 엄숙히 토의 연구하고 싶은 의문 하나를 여기에 제시한다.

연애는 성욕이 정신화되어 인격적 가치에 의한 것이다. 성욕을 제외하고 연애를 논하는 것은 불가능하다. 연애에 동반하는 다른 여러 조건은 원만히 구비되어 있어도 성욕의 만족에 결여된 부분이 있다면 연애는 결코 안정을 얻지 못한다. 세상에 많이 있는 원인불명의 부부싸움은 당사자들이 의식하고 있는지의 여부에 관계없이 대개 이 점에 비밀의 원인이 잠복하고 있다. 남녀도덕의 새로운 주장자의 논의에는 오늘날까지 이 중요한 사건의 고찰이 등한시되는 것 같다.

성욕을 동물적 욕구인듯이 생각하는 것은 성욕의 편중 또는 과중을 비하한 경우의 비유적 수사에 지나지 않는다. 성욕 그 자체는 인간의 욕망 가운데 가장 중요한 하나이고 원래 비천한 성질의 것이 아니다. 다만 인간의 전인격적인 생활의 욕구 중에 유기적으로 과부급 없이 조절되어 있는지의 여부로 성욕의 가치가 오르내리는 것이다.

일부일부의 생활에 성욕의 만족이 심히 결여되어 있는 것은 식욕의 불만과 같은 고통이며 불행임에 틀림없다. 이것은 법률상에서는 이미 이혼의 이유 중 하나가 되어 있기 때문에 남녀도덕에서도 좋게 이것에 대해 잘 설명하는 점이 없어서는 안된다. 아직 남존여비의 구도덕에 지배되어 있는 부인은 수치와 근신속에 이것을 발언하는 것조차 참고 있다. 같은 경우에도 남녀도덕의 파괴자인 남자는 매춘부, 그 외의 부인을 희롱하는 것으로 그 결함과 불만을 해소하고 있다.

연애 결혼에 의해 성립된 것이 아닌 부부생활에서 남자가 아내에 대한 애정이 부족하기 때문에 다른 부인과 성적 행위를 하고 아내로 하여 성욕 불만의 고통과 불행을 느끼게 하는 경우는 그 원인이 결혼의 불비不備에 있는 것은 말할 필요도 없으며 이것에 대한 명쾌한 해결은 이혼을 단행하는 것 외에는 없다. 그렇지 않으면 종래의 부인이 행한 것같이 무해결인 채로 복종과 번민의 일생을 계속 살아야한다. 이것에 반해 그 원인이 남녀 어느 쪽인가 한쪽의 생리적 또는 병리적 사정에 인한 것이라면는 어떤 방식으로 해결해야만 할 것인가? 그것은 연애결혼이 아닌 경우에는 이혼에 의해 쉽게 해결될 수 있다. 그러나 연애에 의해 결혼이 성립하고 현재도 쌍방의 애정이 계계속 있어도 어느 한쪽의 체질로 인한 성욕의 불능 또는 불만 때문에 그렇다고 명백하게 말하지 못하더라도 일종의 적요와 부조화를 계속 느끼는 부부생활에 있어서는 이것을 어떻게 해결해야 할 것인가? 세상에는 상당히 서로 사랑하는 부부이지만 이러한 숨겨진 원인에 의해 어딘지 모를 기분의 괴리를 생성하고 작은 사건을 빌미로 극렬한 부부 싸움을 종종 반복하는 실례가 적지 않다. 이것은 연애 관계의 부부인 이상 이혼으로 해결하는 것이 불가능한 것을 생각하지 않으면 안 된다. 성적 욕망은 이를 정신적으로 어느 정도까지 자제하고 어느 정도까지 다른 활동으로 전환하는 것이 가능하다고 나는 믿는다. 그러나 어느 정도 이상으로 욕구를 제어하는 능력은 불가능하다. 이 때문에 부부싸움을 하지 않더도 성정이 온화한 부인이 마음 속에 있는 불만과 외로움으로 인해 히스테릭한 발작하게 된다. 완전연애의 융화가 흔들리는 것이다. 같은 연애결혼이라고 하더라도 이러한 고통스러운 지진을 동반하는 결혼은 일종의 불행이다.

연애결혼은 남녀교제의 자유를 전제로 한다. 그러나 남녀교제의 자유가 실현되고 서로 총명한 장래의 남녀가 상대의 인격을 정신적으로 읽어 내기에 이르러도 여기에서 말하는 듯한 생리적 내지 병리적 부분까지 투찰하는 것이 어떻게 가능한가? 이것들에 관한 것도 새로운 남녀도덕에서 보면 남녀쌍방의 인격의 중대 조건이 아니어서는 안 된다.

성교 관계에서도 과불급없이 일치하는 것이 아니어서는 일부일부의 전적융화는 불가능한 것은 아닌가. 성교 관계의 일치를 기다려 연애결혼은 전적으로 완전한 것은 아닐까. 성욕은 인간생 명의 중심요소의 하나이며 가장 세밀하고 가장 우수한 감정과 관계하고 있다. 그것의 불가능은 전인격의 파괴전복―즉 발광, 자살과 같은 결과—를 초래할 지도 모른다. 따라서 성욕의 불만은 인생의 어느 시기에서 의식주와 같은 물질욕의 불만보다도 고통의 대부분을 느끼는 것이다. 성교 관계를 고려하지 않고 남녀도덕과 연애결혼을 말하는 어리석은 이상가는 이미 오늘날에 없겠지만 나는 조금 더 이점을 조사하여 구체적인 지시를 내는 사람이 있어 주었으면 하고 바라는 바이다. 나는 감히 노골적으로 묻고 싶다. 연애결혼의 마지막 완성이 성교 관계의 일치에 있다고 한다면 그 일치여부를 실증하는 것은 성교수행 후가 아니어서는 안된다. 그것은 연애가 아직 정신적 관계에 머물러 있는 시기에서 투찰할 수 없는 절대적으로 불가능한 사항이다. 그렇다면 연애결혼도 또한 이점에서 종래의 중매결혼과 같이 일종의 모험이 아닐까. 일종의 복권을 뽑는 것은 아닐까. 다행히 영육일치의 연애를 완성한 일부일부의 생활은 아름답고 훌륭한 것이겠지만 영의 일치는 있어도 육의 일치가 없는 상태에 있는 경우는 같은 연애결혼이어도 예술의 미완성품과 같은 근심을 벗어나지 못하는 것일 것이다. 이것은 종래의 결혼에 있어서는 물론 새로운 남녀도덕이 주장하는 연애결혼에 있어서도 부식할 수 없는 일종의 위험은 아닐까. 나는 이것에 대한 식자의 진실한 교시를 얻고 싶다.   (1917년 1월)

우메하라 류사부로梅原龍三朗 씨와 프랑스 정신

우메하라 씨를 떠올리면 나는 파리를 연상합니다. 처음 우메하라 씨를 안 것은 파리의 몽마르트의 아틀리에에서였습니다. 1912년 이미 그 때에 우메하라 씨는 프랑스에 6, 7년이나 살고 있었습니다. 남편이 나보다 먼저 파리에 갔을 때 다카무라 고타로씨와 다나카 기사쿠 씨가 남편을 우메하라 씨에게 소개해 주셨습니다. 그 무렵부터 다카무라씨는 우메하라 씨의 사람됨을—물론 합해서— 우메하라 씨의 예술을—상당히 잘 이해하고 칭찬하고 계셨습니다.

내가 5, 6개월 늦게 파리에 도착하니 남편은 우메하라 씨의 아틀리에의 가장 가까운 펜션에 살고 있었습니다. 쾌활하고 친절한 부부를 주인으로 하는 그 펜션도 우메하라 씨가 남편을 위해 알아봐 주셨습니다.

그 무렵의 파리는 일본의 화가들이 가장 많이 유학하고 있던 시기였는데 그 중에서 우메하라 씨의 풍채가 홀로 두드러져 프랑스사람처럼 차분하고 아름답고 고상하고 우아하게 내 눈에 비쳤습니다. 펜션의 주부인 피올레는 우메하라 씨를 말할 때마다 반드시 '아름답고 품위있는 일본인'이라고 덧붙였습니다. 어떤 사람에게 내가 '우메하라씨는 일본인이라고 생각되지 않을 정도로 프랑스와 잘 조화하고 계십니다'라고 말하자 그 사람은 '파리에 와 있는 일본의 화가 중에서 정말로 파리의 생활을 하는 사람은 우메하라 한 사람이다. 하나는 프랑스어에 뛰어나기 때문이다. 그렇게 일본인이 많이 있는 라탄구와 반대인 거리에 살며 가능한 한 프랑스의 에스프리속에 침투해서 살고 있다. 일본화가의 대부분은 모델을 상대로 하고 있을 뿐이고 이 나라의 화가와 조차 교류하는 사람은 적은데 반해 우메하라군은 프랑스의 예술계의 여러 사람들― 화가, 조각가, 문학가, 배우, 비평가―와 끊임없이 교제하고 있다. 특히 우메하라씨는 일본인 중 유일한 프랑스 연구가이다. 오페라에 있어서도 연극에 있어서도 우메하라 군이 안 본 것은 거의 없다. 노배우인 무네 쉬리의 이집트왕 등은 오늘날까지 30여회나 봤다. 물론 무네 쉬리와도 친하게 교제해 이집트왕을 기록한다, 그림 연구도 열심이지만 극의 연구도 열심히 해서 어느 쪽이 본업인지 모를 정도이다. 그런 것은 자신이 입밖에 내어 말하지 않기 때문에 다른 일본인은 우메하라군의 그림 이외의 조예를 모르고 있다. 그의 서가를 보면 그림책보다도 문학책이 많은 것에 놀랄 것이다. 신문도 매일아침 『코메디』를 읽고 있다고 한다. 이 나라의 학계, 문학, 예술계의 소식은 빠짐없이 알고 있고 그런 것은 내색도 하지 않는다' 라고 그를 숭배하듯이 이야기했습니다.

처음으로 파리의 아틀리에에서 우메하 라씨의 그림을 보았을 때 나는 뭐라 말할 수 없는 맑고 투명하고 아름다운 색과 여리할 정도로 순수하고 섬세한 피아노 소리와 같은 녹아 흐르는 육감을 가진 그림이라고 느꼈습니다. 내가 오랜 이전부터 어렴풋이 찾고 있던 예술의 세계를 그 그림에서 발견해서 매우 놀랐습니다. 혹자는 다른 사람은 르누아르를 흉내 낸 그림이라고 평가하였습니다만, 나는 아직 르누아르의 그림이 무엇인지 모르는 때였기 때문에 다만 '그린 화풍인가'라고 생각하며 마음 어딘가에서는 '타인의 감화로 이런 그림을 그릴 수 있을까'라는 의심을 품었습니다. 나는 이후 프랑스를 비롯해 유럽의 화당의 신 구 그림을 돌아보며 다시 우메하라 씨의 아틀리에에 들어섰을 때 이미 나는 우메하라 씨의 그림을 어느 정도는 알고 있었기 때문에 나는 남편을 향해 작게 속삭였습니다. '이것은 우메하라 씨의 본질에서 태어난 그림입니다. 그것을 프랑스의 에스프리가 키웠습니다'라고. 나는 지금도 우메하라 씨의 그림에 대해서는 그 때의 나의 직감이 옳았다고 믿고 있습니다. 나는 이후 6년동안 우메하라 씨에 대해 항상 최대급의 존경을 드리고 있는 한 사람입니다. 우메하라 씨의 그림, 다카무라 고타로 씨의 조각, 아리시마 다케오 씨의 소설 지금의 젊은 일본은 이러한 강한 빛나는 별을 가지고 있습니다. 그것을 생각하면 나와 같은 연약한 자의 노작에도 격려를 느낍니다.

나는 우메하라 씨가 교토 거리의 전통 속에 성장한 사람이라는 것을 떠올릴 때마다 도시인의 예술과 지방인의 예술과의 사적 및 풍토적 인연을 생각하지 않을 수 없습니다. 지방인에게는 노력해 그 거친 가죽과 껍데기를 몇겹을 벗겨 두는 수고가 필요한데 도시인은 전통 문명에 의해 세련된 향정한 미질을 바탕으로 하여 처음부터 시작할 수 있습니다. 우메하라 씨는 그러한 의미의 천혜가 풍부한 순수한 도시인이라고 생각합니다.

가마쿠라시대의 교토인인 후지와라노 노부자네는 화가일 뿐만 아니라 여러 개의 칙선집勅選集에 많은 가작을 실은 가인이었습니다. 노부자네의 두루마리그림은 진중하게 여기는 오늘날의 사람이 노부자네의 문학적 방면을 등한시하는 것을 안타깝습니다. 또한 우메하라 씨의 시인적 방면이 오늘날 일본인에게 이해되지 않고 있는 것을 유감스럽게 생각합니다. 신극의 건설 등에 있어서도 우메하라 씨와 같은 숨겨진 연구가의 힘을 이끌어내야만 한다고 생각합니다.

(1918년 2월)

부인이 글을 쓴다는 것

부인이 글을 쓴다는 것은 대부분 가치가 있는 것이 적다고 하는 것은 무슨 이유에서일까요. 부인의 소질이 남자에 비해 숙명적으로 뒤떨어져 있다고 하는 것을 가장 큰 이유로 하고 싶은 것이 다수 남자의 의향이며 다수 부인 자신도 이것을 인정하고 있습니다. 그러나 그러한 불평등한 남녀관은 이미 오늘날의 학문 지식이 긍정하지 않는 부분이 되었습니다. 그래서 중요한 이유로서는 부인의 소질 개발에 필요한 교육과 처지가 남자의 그것에 비해 상당히 차이가 있는 것으로 돌리는 것이 지당하다고 생각합니다. 바꾸어 말하자면 남존여비주의의 구도덕이 부인과 남자를 대등하게 교육하는 것을 배척하고 대등하게 자유로운 처지에 두는 것을 거부하기 때문이라고 생각합니다.

여기에 일본에서의 부인문학자와 부인종사자의 정신생활의 용렬함과 빈약함을 변호하려는 것은 아닙니다. 나 자신에 있어서도 자신이 적은 것을 다시 읽어볼 때마다 나 자신도 그 가치의 낮음을 부끄러워하지 않는 때는 없습니다.

사실을 말하면 글을 적지 않고 있을 때의 나는 자신이 적은 글

것을 제한하여 모처럼 쓴 서적의 철회조차 요구합니다. 십여년간 나도 글을 쓸 때 이런 고통스런 경험을 매달 반복해서 왔습니다. 다른 신진기예 부인들이 글표현하기 위해서는 외부로부터 압박을 받고 있는지는 상상하기 어렵지 않습니다.

언론의 자유는 일본 남자도 실제로 아직 보장되어 있지 않습니다. 그러나 부인의 언론에 비하면 남자에 의해 운용되는 법률인 만큼 상당히 관대한 부분이 있습니다. 신문, 잡지 내지 필서 상에서 만일 이것을 부인인 우리가 발언한다면 반드시 국법으로 처벌될 것이라고 생각되는 언론이 남자의 서명이 있다는 것만으로 위험시되는 일 없이 간과되고 있는 사실을 다수 발견합니다. 남자의 언론에도 뜻밖의 재난이 있는 일이 빈번해 있고 남자 문필인도 그것에 대해 어떤 대응도 할 수 없습니다. 하물며 문필을 직업으로 하는 우리 부인이 전전긍긍하며 자신이 적은 것을 본인의 뜻과 달리 과도하게 절제하는 것은 공평한 제삼자의 동정을 사기위한 마땅한 행동이라고 생각합니다. 때문에 얼마나 우리의 문필상 표현이 실제 소유하고 있는 사상보다도 그리고 실제 생활보다도 미온적이고 빈약하며 현실미가 희소한 것이 되고 있는지도 모릅니다. 어쨌든 우리의 표현이 추상적인 경향이 있는 이유는 부인들 공통적인 특징인 경험이 별로 없어서이기 때문이라고 생각합니다

이런 태도로 적은 나의 평론을 생생한 발로를 기뻐하는 청년기의 히로쓰 가즈오広津和郎씨에게 '영리함'으로 흡족하지는 않았나 봅니다. 나의 태도에도 고통이란 것이 존재합니다. 그리고 이것은

나 한사람의 생각이지만 그것이 눈앞의 현실에서 출발해 항상 미래에 걸친 현실의 개조를 목적으로 하고 노력과 기회가 일치한다면 쉽게 사실화할 수 있다는 추상론의 언론도 일본의 현재 상황에 입각해 유용하리라 생각합니다. 나는 추상론을 싫어하는 것은 아닙니다. 일본의 추상론이 심화해 순리의 영역에 들어가지 않는 것이 안타깝습니다. 순리를 철저히 지키는 인류개조의 실제운동이 이번의 전쟁에 의해 유럽, 미국 등 모든 나라의 민족간에 일어나고 있습니다. 그러나 일본만 홀로 인도주의적 운동에서 실질적으로 격리되어 모습을 답답하게 생각하고 있습니다.

나는 순리에 따라 지도받지 않은 값싼 실제운동을 선호하지 않습니다. 그것은 반드시 권세에 빌붙은 조악한 편의주의나 눈앞의 무위소안無爲小安을 바라는 고식주의姑息主義나, 충동적인 폭도의 열광을 배우는 파괴주의나 다르지 않습니다. 그러한 실제 운동이라면 일어나지 않는 편이 좋다고 생각합니다.

일본의 현재 상황을 관찰해 어디에 순리의 치열한 추구와 현저한 사실화가 있는 것일까요. 문필에 종사하는 부인들은 이것도 저것도 아닌 사상으로 저회해 있는 걸까요.

일본이 오늘날의 문화에 있는 한 우리 부인은 어쩔 수 없는 수단으로서 또한 그 후도 추상론의 언론을 군이 하겠지요. 추상론을 위한 추상론이 아니라 어느 구상적 사실을 암시한 추상론으로써 해야만 하겠지요. 요즘 다카무라 고타로씨가 '도쿄니치니치'에 쓰고 계신 '예술잡화'속에 도쿄시의 건축물과 조각물을 평론하면서 하나하나 그 작가와 실물의 이름을 거론하는 것을 꺼리고 있습니다. 진실로 다카무라 씨의 준비를 투찰하는 사람이라면 그것으로 추상론을 위한 추상론이라고는 평하지 않겠지요. 우리 부인의 언론에 대해서도 마찬가지로 투찰을 해야합니다.

나카무라 고케쓰中村孤月 씨가 '요미우리' 지상의 비평 속에서 나에 대해 '적을 것도 없는데도 적고 있다'고 말씀하셨습니다만, 이것이 나의 양심을 심하게 자극하여 수치감을 느끼면서도 감동을 느꼈습니다. 나는 고게쓰 씨의 깊은 호의에 감사합니다. 이 이상 여러 가지의 시련과 고통을 견디며 내가 언젠가 진실로 '글을 쓰는' 한 여자가 되는 날이 오겠지요?

(1917년 9월)

부인교풍회의 사람들에게

기독교 부인 교풍회의 사람들이 이번에 이세 우지야마다시에 있는 유곽 폐지운동을 계획하는 것에 대해 회장 야지마 가지코 여사의 이름으로 회원 이외의 우리 부인에게까지 찬부를 물었습니다. 나는 그것에 대해 바로 찬성의 뜻을 나타내어 두었습니다만 실은 그렇게 할 필요가 없는 질문을 하는 교풍회의 몰상식을 괴롭게 생각하지 않을 수 없습니다. 다소의 교육을 받은 오늘 부인에서 공창이든 사창이든 동성인 자가 행하는 그들의 매춘을 부정하지 않는 자가 있을까요.

교풍회의 사람들은 대사당이 있는 성지를 더럽히는 것이라 하여 우지야마다시의 유곽을 우선 폐지하고 싶다고 합니다. 그러나 성지를 특히 대사당의 주소지로만 한하는 것은 무엇인가요. 일본 신민의 경건한 마음가짐으로는 일왕이 통치하는 일본의 영토의 구석구석까지가 성지이며 또 한 면이 세계의 자유인인 우리의 입장에서 말하자면 적어도 인류가 생활해 선을 행하기에 적합한 한 세계의 도처가 성지라고 생각합니다. 유곽은 어떠한 토지에 존재한다고 해도 인도주의의 이상에서 그 폐지를 주장해야만 하는 것이라는 것은 말할 필요도 없습니다. 교풍회의 사람들이 이러한 문제에 일부러 대사당의 주소지를 운운하는 것은 오히려 일본의 전통적 정신에 등돌려 대사당의 신성을 모독할 우려가 있지는 아니한지 생각합니다.

이어 더 적습니다. 교풍회에서 기증을 받은 동회의 기관 「부인신보」 8월호에 구부시로 여사가 히라쓰카 라이쵸 씨의 '신소설'에 쓰신 교풍회에 대한 평론에 대해 적으신 중에 '우리의 입장에서 평하자면 새로운 부인의 근본적 운동은 유감스럽게도 만족하지 못하게 생각하는 부분이 적지 않습니다. 예를 들어 연애문제에서도 새 부인 등의 소설 및 실행에 비추어 보기에 종래의 굴욕적인 부덕을 타파하고 남자와 같이 자유방종'라고 들은 것은 어떠한 착각일까요. 우리는 정말이지 종래의 굴욕적 부덕을 타파하고 『남녀도덕론』의 저자의 소위 '남녀상본위의 연애'를 주장합니다. 그렇지만 어디에 우리가 종래의 남자가 취한 방종(자유와 방종은 정반대의 명사입니다)인 성적 생활을 요구하며 실행하고 있는 것일까요. 구부시로 여사가 과연 한 번이라도 엘렌 케이 여사를 저술하셨던 히라쓰카 여사의 공명한 연애설을 진지하게 읽으신 적이 있으시다면 결코 그러한 유감을 느끼지 않을 것입니다. 히라쓰카 여사를 증인으로 까지 낼 것까지도 없이 적어도 나의 저작만이라도 구부시로 여사가 힐끗이라도 보셨다면 새로운 부인의 근본운동에 대해 그러한 비방의 평은 내리지 않을거라 생각합니다. 그러한 몰상식과 잘못된 착각을 아무렇지 않게 하시기 때문에 일찍이 내가 평한 것 같이 교풍회의 기독교부인은 시대에 뒤쳐진 느낌을 벗어나지 않는 다고 하는 것입니다. 히라쓰카여사가 교풍회의 불철저를 직언하신 것도 이유가 있는 것이라 생각합니다.

구부시로 여사는 또 '우리 인간의 본체는 … 미와 진리의 본원인 되는 신에 구해야 되는 것이 아닐까요?'라고 여사 자신에게도 의문인 것 같은 미결정인 전제를 해 두며 급전직하하여 '그 본원은 인격신, 모두의 인류의 아버지가 되는 신을 제외하고 어디에 구할 것인가. 이 본원에 이르지 않는 자각을 진실한 자각으로 수긍하는 것이 가능할까. 유감스럽지만 새로운 여자의 근본운동에 대해서는 아직도 도달하지 않는다고 보는 것 외에는 없습니다'고 하는 무서운 단정을 내려 주시고 있습니다. 기독교회내의 부인들은 혹은 그렇게 하는 비논리의 전제적 단정에 만족할 수 있을 지도 모릅니다. 우리는 인간으로서의 자기 완성을 목적으로서 계속 정진하고 있는 자입니다. 어디까지나 합리적, 어디까지나 자력적인 인격 완성으로 일관하고 싶다고 생각하고 있습니다.(1917년 9월)

최근에 일어난 교육계의 한심한 일

하계 휴가 전에 산인도山陰道의 하마다 고등 여학교의 생도가 동맹휴업을 한 사건은 지방교육의 어두운 면을 말하는 것으로써 나의 주의를 끌었습니다. 생도들의 상식를 벗어난 행동을 아쉬워 함과 동시에 유순해야 할 여생도들에게 그러한 비상수단을 유치한 교직원의 무능과 불친절이 애석하기만 합니다. 그러나 이 때문에 지금은 그 여학교의 혼탁하고 부패한 다년간의 적폐가 일소되었다고 들은 것은 유쾌합니다. 불길한 동맹휴업도 전화위복의 결과가 되었습니다.

그리고 나의 주의를 끈 것은 지방 교육의 한심한 일은 사가현의 모중학교에서의 생도 200여명 의 들치기사건이었습니다. 이것에 대해서는 신문기자와 교육가의 비난을 생기게 한 것 같습니다. 간단히 말하자면 중학생이 시내 서적상의 점두에서 그러한 악행을 행한 것은 이전부터 있는 사가 지방의 풍습이고 해서 결론짓고 학부모가 배상하는 것으로 해서 다행스럽게도 법률상의 문제가 되지 않고 끝났습니다. 그러나 학교의 당사자가 지방의 풍습으로까지 되어 있는 그 다수의 자제의 악행을 왜 오늘날까지 계칙하지 않았던가 라는 것은 한심한 중대한 문제로서 남아 있습니다. 여기에도 교직원의 무능과 불친절을 안타깝게 생각합니다.

또 후쿠이현의 모 소학교에서 남녀의 생도를 토공대신에 사용하여 위험한 절벽아래에 흙을 치우게 해서 수명의 압사자와 중상자를 발행한 것은 말할 것도 없는 비통과 공분에 휩싸였습니다. 교장 이하의 교직원의 몰상식과 불친절이 폭로되어 있습니다. 혹은 변호하는 자가 있어 이를 예측하기 힘든 재액이라고 할지도 모릅니다. 그러나 내 생각으로는 학부모로부터 위탁받은 귀여운 자녀를 그러한 토공대신에 노동에 사용한다고 하는 것이 우선 잘못한 일입니다. 노동의 취미를 고취하기에도 정도가 있는 것이라고 생각합니다. 여러 자식의 어머니인 나는 그러한 위험이 예상되는 불법 교육을 선호하지 않습니다. 최근 와세다대학의 학생소동이 일어났습니다. 학생 측이 대학의 건축물 전부를 점령해 학교측에 대항한 행동은 신문지에 의해 또 학교 측에 의해 폭도의 행동으로써 전해졌습니다. 세력이 격하다고는 하나 학생측의 행동에 불온의 흔적이 있던 사실은 호감을 가질 수 없는 부분이긴 합니다. 18세기 시대의 광폭한 개혁 운동을 닮은 가벼운 행동은 대학교육을 받고 있는 청년들이 이제 와서 배워야 할 점은 아니겠지요. 인도주의, 평화주의, 민주주의를 창도하는 사람들이 많은 와세다대 학생이 오히려 호전주의자나 군인이 기뻐할 살벌한 비상수단을 취하기에 이른 것은 무슨 슬퍼해야할 모순일까요.

(1917년 9월)

학교에서의 병식체조

군벌의 세력이 교육계에도 미치고 있습니다. 재향군인과 청년회의 종래의 관계를 아는 자는 이것을 인정하고 있을 것입니다. 지금은 소학교의 체조를 모두 병식으로 개정하고 현역장교로 하여 교사로 임명하려는 논의가 군벌에 아부해 그 뜻을 맞이하려는 교육가 사이에 행해지는데 이르렀습니다. 이것은 시대사상과 어긋나고 어리석은 논의입니다. 그러나 교육회의 등에서 이 논의가 가결될지도 모릅니다. 나는 소, 중학의 생도를 아이로 가진 한 사람의 어머니의 입장에서 이에 불찬성을 주장해야만 합니다.

나는 군인으로 키우기 위해서 아이를 소학교나 중학교에 배우게 하고 있지 않습니다. 나는 감정과 지식과 덕성과 의지와 체력이 어느 것도 원만하게 발달을 이루고 한 사람의 독립된 인격자, 한 사람의 충량한 국민, 한 사람의 쾌활한 세계인답게 하기 위한 훈련을 소, 중학교의 교육에 요구하고 있습니다. 이것이 보통교육의 근본정신이라고 믿고 있습니다.

나는 소, 중학교에서 전문적이고 특수적인 교육을 시행하는 것을 거부합니다. 가능한 한 일반적인 교육을 시행하여 아동이 가진 모든 능력을 과불급없이 공평하게 이끌어내기를 바랍니다. 우선 먼저 개인으로서의 기초를 만드는 것이 소, 중학교의 교육의 임무가 아니면 안 됩니다. 소, 중학교에서 목수를 만들거나 의사, 회사원, 변호사, 상인을 만들려고 한다면 그것은 보통교육과 전문교육을 혼동한 것이 됩니다.

소, 중학교 생도에게 병식체조를 교육하는 제도를 폐지해야 합니다. 이런 육군의 기풍과 정신을 철저히 하려고 하는 것은 의심할 바 없이 전문교육을 시행하는 것이며 내가 요구하고 있는 소, 중학교의 교육의 근본정신을 파괴하는 것이라 생각합니다. 소, 중학교의 생도로 하여 일찌감치 육군 군인답게 키우려는 어리석음은 같은 생도를 향해 의사, 변호사, 상공업자가 해야 할 전문교육을 시행하는 아둔함과 동일합니다.

소, 중학교는 전문교육을 받고 혹은 특수직업을 가지려는 자의 예비교육으로서 도움이 된다면 충분합니다. 소, 중학교의 교육부터 개발된 모든 능력에 따라 어느 전문교육으로 임해야 할지를 스스로 규정할 수 있는 데까지 우리의 아이를 이끌어 주면 그것으로 충분합니다. 말을 바꾸어 말하면 소, 중학교를 졸업하고 아이 자신이 군인이 되려고 생각하면 군인으로 가고 목수가 되려고 생각하면 목수로 갈 수 있을 만큼의 상식과 덕성과 건강의 훈련이 되어 있다면 그것으로 소, 중학교의 목적은 완성된 것입니다.

병식체조라 하는 것은 특히 근골도 의지도 일정 발육을 이루고 있는 성년자에 대해 또 특히 군인으로서 전공적이고 특수적으로 양성되어야 할 경우에 있는 사람이 해야 할 체조입니다. 거기에는 일반인에 대해 강제적으로 해서는 안 되는 '무리'가 포함되어 있습니다. 그것을 근골도 의지도 약한 소년기의 아이들 특히 체질의 차이가 많은 소, 중학교 학생에게 모조리 시키려 하는 것은 교육의 의의를 조금도 모르는 무지한 사람들의 의견이라고 생각합니다.

한 논자는 '학교에서의 병식 체조의 목적은 순종, 민첩, 충실, 정확 등의 모든 덕을 기르는 것에 있다'(잡지 「태양」 11월호 참조)라고 합니다. 이 논의만큼 학교 교육의 능력을 모욕한 것은 없습니다. 논자는 병식체조만이 모든 덕을 기를 수 있는 것과 같이 믿고 있는 것입니다. 나는 논자에게 고하고 싶습니다. 이것들의 모든 덕은 다른 사람이 강요하는 것이 아니라 아이 스스로 구비되는 것입니다. 그리고 아이의 성격과 교사 그리고 주의가 적합하기만 한다면 어느 교육을 시행해도—특히 수신과의 교육에 한한 것은 아니라 수학교육에서도 이과 교육에서도—그들 모든 덕을 자극해 이끌어 낼 수 있는 것이 가능한 것입니다.

병식체조의 교육에서는 반드시 이렇게는 행하지 않습니다. 육군의 교육은 명령적, 강제적, 주입적, 간섭적인 것을 원칙으로 하고 있습니다. 이것이 일반교육과 근본적 정신이 다른 점입니다. 오늘날의 교육은 자기 본위이며 개인주의적이고 그렇게 할 수 있는 한 아동의 자발적인 창조를 주로 하여 교사는 도우미 역할 이상의 간섭을 해서는 안 됩니다. 이 자유사상적인 학교 교육과 가장 전제주의적인 병식체조—특히 일본의 육군 정신에 의해 통일된 병식체조와 어떻게 하나의 학교 안에서 조화할 수 있을까요. 이것을 생각하지 않는 것은 논자의 식견이 없는 것입니다.

내가 기탄없이 말하자면 병식체조에서 순종 그 외의 모든 덕이 길러질 수 있다고 생각하는 것도 심하게 의심스럽다고 생각합니다. 논자의 순종은 굴종 외에는 아닌 것입니다. 그렇게 민첩과 충실과 정확히 '굴종 속에 길러진다'는 것과 '자유로운 교육 속에 자동적으로 발로한다'는 것은 인격의 표현상 어떠한 강약, 명암, 유쾌와 불쾌, 진실과 무진실의 차이가 있는 것이겠지요.

병식체조는 병영에서 완수해야 합니다. 학교에서의 보통교육은 쓸데없는 전문교육의 옆길로 발을 들여 아동의 정력을 쓸모없이 소비해서는 안 됩니다. 보통교육은 여러 인간의 소지를 배양하는 곳입니다. 단 하나의 군사교육의 편협한 정신에 의해 다른 수만의 유용한 인격의 훈련을 유린되는 것을 참을 수 없습니다. 나는 한 사람의 어머니로서 분명하게 이에 반대합니다.

나는 대학교수와 대학생 사이에 유행하는 군사적 교련도 그 사람들의 본분를 잊은 동시에 군벌의 세력에 아부하는 경솔한 행동이라고 비판하는 한 사람입니다.

(1917년 1월)

부인의 경제적 독립

이달 「육합잡지六合雜志」에서 소학교 교원대회의 비평이 있는 중에 회의에 있던 여교사 모 씨가 남편이 있는 교원에 대한 특혜에 대해 반대해 '정신조차 확고해 있다면 운운'이라고 한 것을 평하고 '이것은 정신의 문제가 아닌 경제와 체격의 문제이다. 아무리 정신이 확고해 있다고 해서 아이가 젖을 먹지 않으면 배가 고픈 것을 뭐라 할 수 있는 것은 아니다'라고 말한 것은 동감합니다. 우리 부인은 자주 이렇게 천박한 것을 아무렇지 않게 합니다. 남자가 보고 여자는 이성이 없다, 여자와 의논은 할 수 없다고 말하며 경시되는 것은 이러한 경솔한 점이 오늘날의 여자에게 아직 다분히 남아 있기 때문입니다.

이 발언자는 불쌍하게도 '정신'이 어떠한 것인가를 모르는 것입니다. 정신생활(윤리적 생활)과 물질생활(경제적 생활)이 각각 대립해 존재하고 있는 것처럼 생각하고 있는 것입니다. 그리스의 철학자가 '사람은 이상적으로 생활하기 전에 먼저 현실적으로 생활하는 것이 필요하다'고 한 것이 진리라는 것은 이탈리아의 현대철학자 크로체가 '도덕성은 구체적인 것 속에 살고 공명과 이득으로 살고 있다…따라서 경제적 형식과 도덕적 형식을 완전히 분리해서 구별하는 것은 좋지 않다'고 하기에 이르러 더욱 현대적으로 증명되어 있습니다. 정신생활과 물질생활은 동일한 생활의 두 개의 단계에 있어 물질생활에 의해 지지되지 않는 정신생활ㅡ배는 고파도 굶주리지 않는다고 하는 듯한 공상적 생활ㅡ은 실제로 존재하지 않습니다. 확고한 정신생활을 하고 싶다면 풍부한 물질생활을 제외하는 것은 불가능합니다. 정신과 물질, 도덕과 경제, 영과 육체가 일체로 합치한 생활이 우리의 앞으로의 이상으로 할 생활입니다.

일본의 남자는 소극적이지만 이 이상을 알고 있습니다. '의식衣食에 맞게 예절을 안다'라는 지위에 도달하려고 하여 도중의 '의식'에 구애받고 정체되어 있지만 일본 여자의 대다수가 의식의 독립을 등한시하고 공허한 인습적 도덕의 울타리 안에 정체되고 남자에게 학대를 받고 조악한 음식과 다산에 의해 체질이 퇴폐하고 무교육에 의해 상식을 결여하고 시세에 통하지 못하고 개인의 권리를 모르며 저급한 소아적 감정에 해 합니다. 그것을 반성하는 사람이 있다면 거드름부리며 '정신조차 확고하다면'이라 답하는 남자는 깊게 문명적인 생활을 하는 것입니다.

나는 우리 부인이 이제까지 꿈꾸어 왔던 공허한 잘못된 정신생활을 배척합니다. 그렇게 나는 진실한 정신생활, 가장 견실한 정신생활의 중요한 하나의 조건으로써 여자의 직업적 독립을 주장합니다. 이 일의 필요를 이론적으로 알려고 하는 사람에게 나는 올리브 슈라이너 여사의 「여자와 노동」을 읽는 것을 권합니다. 이것은 가미치카 이치코 씨가 요즘 『여자와 기생寄生』이란 제목으로 번역했습니다.

(1917년 12월)

부인에게 필요한 것

현재 우리 부인들에게 있어 필요한 것은 무한히 있습니다만 우선 가장 먼저 세계의 많은 바닥을 흐르는 근본 사상을 아는 것입니다. 다음으로 뒤집어 일본의 현재 상태를 내부적으로 바로 보는 것입니다. 세 번째는 세계의 사람으로서 자기 생활방침—이상을—확정하고 일본인으로서의 자기 생활방침을 그것과 일치시키기 위해 노력하는 것입니다. 네 번째로는 이 세계적이고 인류적임과 동시에 국민적, 일본적인 생활방침을 표준으로 하여 우리의 의식주를 비롯해 교육, 노동, 경제, 학문, 예술, 연애, 가정, 사회 등의 실제 생활을 개조해 가는 것입니다. 그렇게 하여 다섯 번째는 우리의 생활이 합리적임과 동시에 실리적이고 정신적이라는 것과 동시에 과학적이어야 하는 것을 철저히 하고 또 실현하는 것이라고 생각합니다.

(1917년 12월)

남녀평등주의의 신경향

　　남녀의 성별에 따라 노동, 교육, 정치상에 부자연한 차등을 나
누지 않게 되는 것은 인간 평등의 이상에 일치하는 사실입니다.
영, 프 및 미국 사회에 있어서는 이번 전쟁에 의해 한층 더 이런 사
실이 현저히 행해지고 있습니다. 이것에 대해 작은 반동적 경향은
또한 장래에도 일어나겠지만 정의는 반동의 자극에 의해 지나치
게 비약하는 것이 순당한 추이의 법칙이기 때문에 오래도록 부인
이 소유하지 않았던 그들 권리가 점점 더 남녀의 능률에 따라 평등
하게 분배되도록 보급해 가는 것은 있어도 다시 우리 부인의 손에
서 노동과 지식과 참정의 자유를 빼앗아가는 듯한 잔인한 야만적
남자가 세계에 날뛴다고는 생각되지 않습니다. 그러나 세계는 실
력 있는 인간의 세계입니다. 일본의 부인에게 만일 그 실력이 없다
면 당연히 밖으로는 세계의 부인의 문화적 진보에서 낙오되고 안
으로는 일본의 남자에게 종래와 같이 제2차적인 인간으로서 경시
되고 혹사 되는 자업자득의 운명에 몰락하는 것 외에는 없겠지요.
　　요즘 자주 여자의 체육을 말하고 여자의 음식 향상을 논하는
사람이 있는 것은 여자의 고등교육 장려와 함께 일본에도 또 세계

의 근황에 민감한 식자들이 있어 일본 문화의 불평등을 부인의 개조에 의해 교정하려고 기획하는 것을 나는 기쁘게 생각합니다. 일본의 부인은 결코 소질적으로 무력하지 않습니다. 사회의 제제도와 관습이 바뀌어 남녀평등의 분위기 속에 놓여져 있다면 이미 현대 문화에 부인들은 다소라도 눈을 떴을 것입니다. 우리 부인들은 자발적 성장을 빠르게 하여 그들의 공명한 식자들의 기대를 저버리지 않을 것이라 생각합니다. 그 믿음직스러운 징후를 11월에 도쿄에서 개최된 전국소학교원대회의 성적에서도 확인할 수 있습니다. 도쿄여자고등사범학교와 제국교육회의 진보한 남자들이 사소한 아량과 친절을 보인 것 만으로도, 로 초등교육에 종사하고 있는 부인들의 총명한 대표자 그들인 만큼 현대적인 사상과 기분과 태도를 발휘한 것을 떠올리면 일본 각 방면의 부인이 아직 소수이지만 남자의 생각에 미치지 않을 정도의 현대사상에 대한 수양과 각오를 준비하고 있는 것을 어림할 수 있습니다.

부인계의 이 급진적 경향에 반대한 보수적인 언론이 존재하는 것을 나는 슬퍼하지 않습니다. 우리는 그것들의 장해를 넘어서 전진하기 위해 한층 용기를 가해가겠지요. 반근착절盤根錯節로 뒤얽혀 해결하기 어려운 상태에서 날카로움과 빛을 더하는 것이 우리 자신 안에 있다고 생각합니다.

(1917년 12월)

풍수해가 지난 어느날

도쿄에 10월 1일의 막대한 풍수해가 있던 수일 후 가메이도의 부근까지 친구의 집의 피해를 위로하러 가기 위해 고토바시에서 전철을 내려 아직 흙탕물이 마르지 않고 남아있는 하수구 냄새가 나는 혼죠거리를 차로 갈 때 운전수가 '저희들은 이런 개천의 바닥과 같은 땅에서 이렇게 고생하다 죽어 갑니다. 손자의 대까지 기다린들 이 땅이 훌륭한 게 될 거라고는 생각하지 않습니다.'라고 말하여 '관청의 구조활동도 대충대충입니다. 30전에 폭등한 쌀을 25전으로 나누어 줄 뿐입니다'라고 말하며 깊은 탄식을 듣고 나는 조금이지만 감동했습니다. 운전수가 이렇게 말하는 불평을 늘어놓는 마음의 바닥에는 인간으로서 좀더 고도한 생활이 실현되는 것을 사회조직이 통일되지 않았기 때문에 저지되고 있는 것과 관광서의 구제활동이 형식에 치우쳐 철저하지 않은 것을 배우지 않았지만 자연스레 직감하고 있기 때문입니다. 운전수도 우리도 말하자면 같은 비통을 가지고 있는 인간이라는 것을 알고 말로 할 수 없는 친절함과 마음따스함을 운전수에게 느꼈습니다.

(1917년 12월)

자신을 아는 방법

거울에 비친 얼굴은 자신의 왼쪽이 오른쪽이 되어 보입니다. 거울로 자신의 바른 얼굴을 알 수 있다고는 할 수 없다. 거울에 비춘 모습을 그린 화가의 자화상은 '거울에 비춘'이라고 하는 조건 하에 진실이지만 다른 이가 보았을 때의 자신의 모습은 타인이 그리지 않아서는 진실을 얻을 수 없습니다. 그래서 거울에 의해 아는 것이 불가능한 점을 사람은 사진 또는 초상화에 의해 알려고 합니다. 얼굴형만이 아니라 자신의 생활도 자신이 알고 있는 만으로는 불완전합니다. 여기에 자신에 대한 타인의 비평이라는 것이 도움이 되는 이유가 있다고 생각합니다. 자기비평은 어디까지나 주관적인 자기를 보는 것이지만 타인이 하는 비평으로 객관화된 자기를 보는 것이 가능합니다. 주객 양면의 자기를 보는 것이 아니라면 자기를 완전히 안다고는 말할 수 없습니다. 나는 사람과 사람이 서로 비평하는 것을 환영합니다.

(1917년 12월)

부인계의 신추세

1917년이 이제 지려고 하고 있습니다. 나는 이 1년간에서의 일본 부인계의 추이를 되돌아보고 대체로 진보주의적 기운이 현저히 우세라는 것을 기쁘게 생각합니다. 10월에 개최된 소학교 여교원대회와 11월에 개최된 고등 여학교장회의의 성적이 모조리 진보주의자의 승리였던 점을 봐도 이제까지 보수주의자의 집단이었던 여자 교육계의 사람들까지 전시의 세계적 대세에 자극되어 오랫동안 폐쇄해 있던 내심본연의 요구를 대담하게 개방하기에 이른 점을 이해합니다.

또한 신문잡지 그 외의 출판물에 게재된 평론을 보아도 이제 구식인 현모양처주의를 고수하는 자는 극히 드물게 줄어 있습니다. 그렇게 내가 오랫동안 주장해 온 고등 여학교의 교육을 남자의 중학교육과 같은 정도로 충실히 하는 것, 여자의 체육장려와 그것에 동반되는 음식의 개량, 여자에게 대한 대학교육의 공개, 여자의 과학적 교육장려, 직업부인의 양성, 보급, 여자에 대한 사랑의 교육, 남녀의 인격적 평등의 시인과 같은 문제에 지금은 다수의 마음 있는 자가 진실한 성찰을 취하고 점차로 그것을 긍정하는 경향이

번성했습니다. 내가 수 년 전에 예언한 일본부인의 부흥기가 발소리를 울리며 다가오고 있는 기분이 듭니다.

남자의 청년단의 통일이 기획된 것에 대해 처녀회의 통일이 기획되어 전자가 관료식이라는 폐해에 반성하고 후자는 가능한 한 자치적이려고 하는 등 그들에 관한 것을 기획하는 사람들의 두뇌가 조금 진보한 증거라고 할 수 있겠지요. 그러나 이들 사람들 뿐만 아니라 각지의 처녀회를 운영하는 사람들의 두뇌가 좀더 진보했다면 현재와 같은 인정미가 빈약하고 혹은 비현대사상적인 처녀회의 개조를 외치지 않을 수 없겠지요. 처녀회의 현재 상황은 남자 청년회보다도 압제를 받고 있습니다. 그들의 열정은 인정할 수 있지만 무지한 사람이 많기 때문에 열정이 예상이 어긋나는 곳에 이용되어져 처녀회의 목적을 배반하고 있는 사실이 눈에 거슬립니다.

일례를 말하자면 지난 사가현 기시마군 아리아케무라의 처녀회 대회에서 각 지부의 보고가 있던 중 '회원인 여자가 밤늦게 외출하면 벌로서 수일간의 금족을 가한다. 또 주야를 불문하고 젊은 남자와 말하면 금족을 가한다'라는 합의를 실행하고 있는 마을이 있다고 합니다. 수년전 도쿄의 유명한 여류교육가 사이에서 약속되어 이미 실행되지 않았던 '여학생이 해서는 안되는 십훈'이상으로 가혹한 합의가 아닙니까. 그렇게 그 처녀회의 운영자는 연설하고 이 합의가 실행되고 있는 것을 상당히 자랑스러워했습니다. 그리고 우스운 것은 처녀회의 사업으로서 한편으로는 청년단의 남자와의 동거작전을 장려하고 있는 것입니다.

아동지呀同志가 아닌 한 무언의 공동작전이라 하는 것이 과연 가능한 것일까요. 만일 남녀 사이에 말의 교환을 금지하고 인정미의 유통을 방해하고 양자를 기계적으로 작용하게 해서 공동작업의 능률을 높이고 남녀의 윤리를 유지하려고 하는 운영자들의 얕은 소치로 밖에 애석해 하지 않을 수 없습니다. 그만큼 극단적이 아니어도 다수의 처녀회는 무지한 남녀의 운영자에 의해 어느 쪽이나 매한가지인 부자연스러운 상태에 놓여 있습니다. 이것은 오히려 젊은 지방여자를 그 반동으로서 의외의 타락에 빠지게 하는 위험을 포함하고 있다고 생각합니다. 그러나 올해에 들어 처녀회가 증가있다고 하는 것은 어쨌든 지방 부인계의 하나의 진보임에 상이함은 없습니다. 나는 그들이 눈뜨는 것을 바랍니다.

이전이라면 일괄적으로 말괄량이의 행위, 건방진 지망으로서 벌 받아야할 여자의 등산, 여자의 체육적 유의, 여자의 자동차 운전수, 여자의 옥외적 직업, 여자의 이화학연구, 여자의 문학 수업, 여자의 견학 여행, 여자의 변론 등이 신문지 상에서 상찬되며 정당하게 보도된 것도 기뻐해야 할 현상이라 생각합니다. 전반적으로 신문잡지가 여자의 신운동에 대해 유력한 아군인 것은 내가 특히 감사하고 있는 점입니다. 유럽, 미국의 온갖 여자의 활동을 호의로 보도하고 일본부인을 격려하는 자료로 하는 경향이 있는 것도 신문, 잡지의 현저한 현상입니다.

부인과 관련한 저서는 전쟁의 영향으로 일반적으로 출판물이 감소하고 있던 것에 비하면 많이 나왔습니다. 내가 읽은 그들 저서 중에 가장 도움을 받은 것은 이치죠 다다에 씨의 「남녀도덕론」과 가미치카 이치코 씨의 「부인과 기생寄生」입니다. 이치죠 씨의 저서가 부인해방을 위해 정열적이고 합리적인 선도에 힘쓰신 점은 메이지에서의 후쿠자와 옹의 「신여대학」, 가와타시로교수의 「부인문제」의 2권에 필적하며 일부일부 상호본위의 연애를 기초로 한 협동체를 사회생활의 단위로서 고조하신 점에서 2권이상의 좋은 서적인 것을 감사하고 싶습니다. 가미치카 이치코 씨의 「부인과 기생」은 엘렌 케이와 쌍벽을 이루고 있는 부인사상가 올리브 슈라이너여사의 「부인과 노동」의 번역입니다. 부인론의 성서로 불리는 이 책은 다카노 슈죠 씨의 단편적 소개 외에 그 전역이 빨리 출판되어 있지 않으면 안될 것인데도 상당히 늦어 지금은 이 번역서가 처음의 전역입니다.

부인이 오랫동안 독립 지위를 던져버리고 오로니 성적봉사로써 비열하게도 남자의 재력에 기생해 오늘날에까지 이른 이유, 그렇게 태만한 기생생활에서 벗어나기 위해서는 직업의 권리를 회복하기 위한 이유를 가장 명석하게 논단한 이 책은 우리 부인의 진로에 커다란 등불을 비춰주는 것이라고 기쁘게 생각합니다. 특히 내가 이 책에 감사하는 바는 남녀의 성별에 의해 직업의 분배를 인위적으로 규정하는 것에 대한 불합리를 통쾌하게 설파한 점에 있습니다. 이것은 일찍이 내가 말해왔던 것입니다만 슈라이너 여사가 저보다도 훨씬 먼저 투명한 두뇌와 정교하고 치밀한 언어로 가장 합리적으로 논단하시고 있는 것을 보고 새삼스럽게 나의 마음을 강하게 하였습니다. 가미치카 씨에게는 이외에 「이끌린 자의 노래」라고 하는 사랑과 뜨거운 눈물과 피와 분노로 쓴 저작이 있습니다. 이것은 작년 지금 무렵 가미치카 씨와 오스키 씨와의 사이에 일어난 애정 관계의 지극히 비통한 경험을 가미치카 씨 자신의 입장에서 적나라하게 솔직하게 묘사하려고 하셨던 것입니다. 이것을 읽고 나는 도모치카 씨 안에 있는 가장 존귀한 진실의 생명이 폭발하는 소리를 들었습니다. 사미치카 씨의 본질에 있는 가장 아름다운 것은 그런 비통한 사건으로 인해 아무런 손상도 받지 않았던 것뿐이지 그 사건을 기회로 고가의 희생에 보답하는 이상의 훌륭한 표현을 이 책으로 한 것을 알고 나는 숭배적인 엄숙한 감동에 충격받았습니다. 토모치카 씨에 대한 이전부터의 나의 신뢰가 틀리지 않았던 것이 기뻤습니다. 가미차카 씨는 어둠 속에 놓여도 빛나는 구슬이었습니다. 보통 범용한 부인이라면 그러한 파괴적인 불행한 처지에 스스로 떨어졌을 때 헛되이 추하게 발버둥치려고 할 뿐입니다. 소리도 내지않고 그대로 사회적 습관의 중압과 성욕 때문에 힘들어할 것이다. 그렇다면 남자가 제2의 부인에게는 성욕의 만족만 채우고 사랑은 없는 것인가? 그러나 물질주의자가 아닌 유력한 기독교도에게 사랑이 없는 결혼이 가능하리라고는 생각되지 않습니다. 그렇게 된다면 제2의 부인에 대한 사랑이 생기자마자 첫 부인에 대한 사랑은 사라져 버리는 것인가? 몇 번이나 맺어지고 더구나 쉽게 사라져 버리는 듯한 사랑이 소위 기독교도의 신성한 연애인가요. 그렇게 기독교도의 일부 일부주의는 아내의 무덤 저편까지 지속되지 않을 정도 싱거운 것인 것인가?

나는 가미치카 씨와 같은 지식인의 실증에 의해 새로운 남녀도덕에서의 재혼의 심리적 기초를 좀 더 확실히 알고 싶다고 생각합니다.

(1917년 12월)

자본가 계급의 자각

오사카에서 기슈紀州로 가는 난카이철도의 전철이 충돌해 다수의 사상자를 낸 때 철도회사가 몇 사람의 불행한 사상자에게 1인 5천원씩의 조의금을 준 것은 어쨌든 말하는 흉변이 있던 경우에 책임자 측의 자본가 계급이 물질적으로 인색한 종래의 악례를 깨고 더욱 훌륭한 모범적인 새로운 일례를 연 것으로서 회사의 영단을 감사하고 싶습니다. 경우는 다릅니다만 소장 미술품을 입찰에 붙인 아카보시赤星 씨가 매상의 반액인 백만 원을 공공사업에 제공하는 것을 공약하신 것도 부호의 사회적 공헌을 격려하는 모범적 새로운 일례라고 생각합니다. 아카보시 씨가 제공하신 금액의 사용처는 아직 정해지지 않은 것 같습니다만 저는 이렇게 기대합니다. 그것으로 향후 10년간 사회의 우수한 젊은 부인을 매년 50인씩 선발해 유럽, 미국으로 견학을 보내는 것으 파격적인 공헌을 해 보는 것은 어떨까 합니다.

(1917년 12월)

여자교육가의 영합주의

요즘 사람을 압박하는 하나의 상식적 논법이 있습니다. 새로운 문제에 대해서 두서없이 '세계의 대세'라고 말을 내뱉는 것이 그것입니다. 이 단어에 과연 우리가 절대로 신뢰를 하거나 복종을 하거나 해야하는 최고의 권위가 있을까요.

'대세'라는 것은 인간 생활의 경향의 큰 장치인 것입니다. 그것에는 훌륭한 가치를 갖추고 있는 세계 인류의 생활을 바야흐로 유익하게 지배하려고 하고 혹은 실제로 유익하게 지배하고 있는 것도 있을 것입니다. 반대로 가치가 없고 게다가 세계 인류의 생활을 유해하게 지배하려고 하며 혹은 유해하게 계속 지배하고 있는 것도 적지 않을 것입니다. 또 독으로도 약으로도 되지 않는다고 하는 종류의 대세도 있는 것입니다. 사람은 어디까지나 자주적, 능동적으로 살아가지 않으면 안 됩니다. 바꾸어 말하면 개인이 서로 침범되지 않는 협동생활을 하지 않으면 안됩니다. 대세라고 해서 하나하나 복종할 필요는 없습니다. 그 대세의 시비를 판단하고 선택해 좋은 대세에는 순응해야한 것이 합리적이라고 생각합니다.

순응한다고 해도 완전히 순응해서는 좋지 않습니다. 대세에 순응하며 아울러 대세를 선용하고 지배하는 것이 필요합니다. 그렇지 않으면 사람은 대세라고 하는 주위의 사정 때문에 지배받아 자기 의사의 독립과 자유를 마비시켜 버리게 됩니다.

대세에 대해 무비판으로 순응하는 것은 대세의 파동이 기복하는 대로 움직이는 쪽배와 같이 표류하는 것입니다. 그것은 항상 대세의 뒤에서 쫓는 것일뿐이고 자신으로부터 대세를 창조하는 신인간의 생활로 살아갈 수 없습니다.

대세의 가치를 일찌감치 간파하고 그것을 선용하는 것도 하나의 새로운 생활이지만 항상 솔선해서 가치 있는 새로운 대세의 창조와 진전 사업에 참가하는 것은 가장 바람직한 하나의 새로운 생활입니다. 학자, 예술가, 교육자의 생활은 특히 후자의 생활을 이상으로 하지 않으면 안됩니다.

일본의 여자교육가는 일찍이 사상계에서의 자연주의에 반대하였습니다. 그렇다면 그들은 순연한 이상주의자인가 하면 그들이 세계의 대세에 대한 태도는 일종의 자연주의자의 태도를 취합니다. 그들은 항상 태연한 모습으로 부끄러워하는 기색도 없이 '세계의 대세'라고 하는 것에 무조건으로 순응하는 경박한 성정을 가지고 있습니다. 그들은 세계의 대세라고 말하면 모조리 정당한 가치를 가지고 있고 논의로는 어쨌든 실제로는 항쟁이 불가능한 것, 일괄적으로 신뢰하고 복종하지 않으면 안되는 것과 같이 생각하고 있는 것입니다. 그들은 환경을 중요시 하는 자연주의자의 기계적 인생관에 어느 사이엔가 무의식으로 빠져 있습니다

나는 그것에 대해 최근의 「도쿄니치니치東京日日」 지상에 실렸던 미와다 모토미치씨의 「다망한 부인문제」라고 하는 한 글을 실례로 들 수 있습니다.

미와다씨는 글 속에서 이번에 있는 유럽의 전란으로 인해 '가장 양호한 결과를 초래한 것은 부인문제이다'라고 단정하고 우선 첫 번째로 직업문제에 대해 관찰하면 고래 금지옥엽처럼 받들어온 '부인은 안에 있어 집을 지키는 법이다'라는 생각이 전연 뒤집혀 진 것으로 이후는 부인의 직업은 경제상으로부터 영향을 받아 점점 바뀌어 갈 것이다. 재래는 '일종의 편견'에서 멸시받고 있던 여자의 부업이 인정받는 것이 될 뿐 아니라 나서서 남자의 영역을 한층 격렬하게 들어갈 것이라고 생각한다. 직업상의 남녀의 구별은 완전하게 군인이 되는 이외에는 무의미하게 될 것이다. 그렇게 됨에 따라 여자에 대한 직업교육도 또한 바뀌어 남자와 같이 대학과 고등공업학교에 들어가는 자가 있을 것이며 보통교육에서도 그들에 따른 교육을 여자에게 하지 않으면 안 되게도 될 라고 했습니다.

나는 이것을 읽고 미와다 씨의 의외의 변설에 놀람과 동시에 보수적인 현모양처주의자였던 미와다 씨가 어째서 전란에 의해 세차게 일어난 '세계의 대세'에 그렇게 쉽게 맹종할 수 있는 것인지를 이상히 여기지 않을 수 없습니다. 그분은 일찍이 여자에 대해 부창부화夫唱婦和의 복종도덕을 고취하고 여학생에게 대한 극단적인 압제주의의 '해서는 안되는 순 10조'를 긍정할 정도의 보주적인 여자교육가입니다. 10년 전 그분의 말을 당시의 인쇄물에서 보면 그분은 조금도 오늘날과 같은 자유사상적인 교육의견은 말하지 않았습니다. 그분이 여기에 타인의 일과 같이 하고 말하신 '부인은 안에 있어 집을 지키는 법이다'로서 여자의 직업적 자립을 거부한 '일종의 편견'은 실로 그분 자신의 교육주의였던 것입니다.

또 미와다씨는 같은 글속에서 '여자의 사회적 지위의 향상'을 긍정하고 여자가 앞으로 일정한 직업을 얻어 독립생계를 영위할 수 있게 되면 남자에게 대해서도 굴종하는 의무도 없어지고 남존여비라든지, 여존남비라든지 하는 좁은 소견에서 초월해 평등자연의 위치에 돌아가겠지요. 뿐만 아니라 재래의 습관상 여자는 사회의 죄악에서 떨어져 있어서 남자보다는 보다 도덕적이다. 여자가 남자와 함께 평등한 관계를 만들면 보다 도덕적인 강인함으로 더욱 높은 장소에서 남자의 소행을 감시하는 위치로 나아갈 것이다. 말하자면 동물의 암컷이 수컷보다도 우세한 것처럼 인간계도 또한 그 원칙에 되돌아가는 것이라고까지 극론하고 계십니다. 이것은 흡사 유럽과 미국 말과 같습니다. 나는 금년의 '부창부수'주장자였던 그분이 어째서 워드의 여성중심설과 공통하는 이러한 극단적인 신설을 말씀하시기까지 바뀌셨는지 의아하게 생각합니다.

미와다 씨의 대담한 변설은 이것에 끝나지 않습니다. 여자의 정치상의 위치를 인정하고 '일본과 같이 진취적인 나라에서는 여자의 참정권과 같은 반드시 큰 분쟁 없이 획득할 것이라고 믿는다'

라고 말하며 결혼난이 어쩔 수 없이 대세인 점을 인정하고 '여자가 결혼해서 가정을 만들고 소위 현모양처가 되어 마치는 것도 또한 머지않아 허락되지 않게 된다'고 말하며 가족제도의 변경을 인정하고 있습니다. '부부가 경제를 별도로 하거나 가족이 재정을 달리 한다고 하는 것이 되면 호주를 중심으로 하는 가족제도가 파괴되어 버리지 않으면 안 된다. 가장의 권리란 명의뿐으로 반대로 폐해가 되는 것이기 때문에 점점 사람은 그런 귀찮은 호주 등이 되지 않으려고 할 것입니다. 또 가문을 계속 이어가려고 하는 자도 없어지게 될 것이다. 가명家名을 말하는 것은 봉건시대에 상당히 중시되어졌지만 오늘날과 같은 실력주의의 세상이 되어서는 이것 또한 아무런 쓸모가 없는 것이다'라고 하며 그렇게 '어느 쪽이든 세계의 대세에 역행하는 것은 불가능하다'라고 말합니다. 사람은 마와다씨의 말을 군자의 표본으로 삼아서 시세를 따르는 그분의 사상의 진보를 칭찬할 지도 모릅니다. 나는 그분의 말을 일본여자교육가의 대표적인 말로 보고 이것에 나타난 세계의 대세에 대한 그들의 영합, 줏대없음, 모방, 망동의 태도를 얄팍하다고 생각하는 한사람입니다.

위에서 발췌한 미와다 씨의 말을 평온하게 읽은 사람은 소위 세계의 대세가 얼마나 무비판적으로 그분의 뇌에 수용되어 있는지를 알겠지요. 동시에 이들 말이 얼마나 세계의 급진적 부인론자의 말투 그 자체인지를 알겠지요. 이들 말의 토대가 되는 자유 사상은 일본의 여성 교육가들이 미와다 씨를 비롯해 종래 고집하던 현모양처주의, 가족주의, 복종주의, 윤리 사상과 도저히 양립하지 않는 것이어서, 일본에서는 고 후쿠자와 옹의 『신여대학新女大學』으로 싹터서 최근 10여 년간에 유럽, 미국풍의 교육으로 촉진된 일부 청년과 부인 사이에서 제창이 되던 부분입니다. 저도 마찬가지로 사상을 도전적으로 말해 왔습니다.

그러나 나는 미와다 씨 등의 이러한 경박한 변화를 기뻐할 수 없습니다. 그들은 어느 틈엔가 자연주의자의 태도를 취하고 세계의 대세를 감수하려고 하는데 이르렀습니다. 그렇지만 원래 약삭빠른 모방인 만큼 자연주의자의 정신을 조금도 철저하지 않고 있습니다. 그들은 모든 자연주의자가 경험한 것 같은 고단한 '환멸스런 비애'를 맛보지 못했습니다. 왜 그런가 하면 그들이 가지고 있는 이제까지의 구 사상으로 도저히 용납되지 않는 사상을 근거로 한 세계 대세에 동화하기에는 그들 속에 두 개의 사상이 비장하게 경쟁하고 있고, 그에 근거한 번민을 이해하고 과거의 과오를 인정하지 않기 때문입니다. 우리는 여자교육가들 몇 명으로부터 그들의 '환멸스러운 비애'에 대한 질문을 받았습니다.

회개가 없는 곳에 신앙은 없는 것처럼 미와다 씨 등의 전대 미문의 자기 혁명이라 할 만한 담화에는 진중한 고민이 없으며, 또한 스스로 교육주의에 대한 과오를 명확하게 고민하지 않습니다. 단지 정반대의 자유 사상을 주장하는 사람들을 흉내나 내며 앵무새처럼 경박하게 말하고 있습니다.

그들은 일단 구사상을 죽이고 신사상으로 살아온 사람들이 아닙니다. 성실하고 참다운 정신 생활을 하여 인격의 심화를 거친 사람도 아닙니다. 나에게 그들은 부당하게 취한 교육자라는 직업적 지위를 물질적 생활의 방편으로서 얄팍하게 지속해 가는 눈앞의 이익적 타산으로 살고 있으며 항상 사회의 대세를 쫓고 있는 사람처럼 보입니다.

그 하나의 증거로써 그들은 한 번도 신시대의 대세를 창조하는 선창자가 된 사례가 없습니다. 일본의 여자교육가에게서 우리는 어떤 신사상의 암시를 받은 적이 있습니까? 우리는 오히려 정반대의 일들을 무수히 보았습니다. 관료와 교육가가 신사상의 싹에 대해 비판도 없이 항상 먼저 압박하고 조롱하며 어린 싹을 말라 죽이려고 했습니다. 그렇게 신사상이 사회의 대세가 되어 보급된 때, 늦게나마 이것에 영합해 줏대없기는 하나 동조하는 이도 교육자입니다.

미와다 씨가 이제 와서 훌륭한 신사상가와 같은 태도로 말씀하신 부인문제는 이미 일본에서 20년 전 부터 그 싹이 자라고 있었습니다. 이 문제에는 근대 문명에 자극되어 인간 본질로부터 깨달은 미래의 인간 생활의 이상으로써 할만한 좋은 의의와 높은 가치가 내포된 것이 있었습니다.

그것이 몇 번의 전란으로 인해 세계 대세가 될 수 있는 기운을 빠르게 했습니다. 하지만 전란이 없었어도 언젠가 세계 대세가 될 자질을 갖추고 있었기 때문에 우리 부인이 개인적 선견과 요구에서 주장하는 것이 아니라 항상 인류를 위해 미래의 신생활을 창조하는 일을 일생의 사업에 있어서 역점으로 두어야 합니다. 교육가 미와다 씨는 서둘러 이런 바람직한 부인 문제를 간파하고 정당히 해결하고 문제의 싹을 배양하는 것을 노력해야만 합니다.

하지만 일본의 여자교육가들은 당시 우리가 청년 부인의 순수한 발전을 저해하는 고루한 반대자로 간주하고 오늘날도 그렇게 생각할 정도이며, 세계와 일본의 부인문제에 대해서는 털끝만큼도 호의가 있는 아군이 아니었습니다. 만일 이번의 전란이 일어나지 않았다면 영미와 그 외 세계의 부인문제가 세계의 대세를 각성하는 일은 없었을 것입니다. 바꾸어 말해 그런 대세가 세계의 구석구석까지 파급되어 일본의 교육가인 그들마저도 위협하는 일이 없었다면, 미와다 모토미치 씨 등 여자교육가들은 무지한 늙은 여류교육가들과 함께 유럽, 미국의 부인운동에 호응하는 일본의 부인문제를 늘 위압했을 것이고 우리의 진실된 각성과 요구를 능욕했을 것임에 틀림이 없습니다.

그것을 생각하면 여자교육가들의 최근의 담화는 기뻐하지 않을 수 없습니다. 그러나 나는 앞에서 말한 것과 같이 통절한 경험을 거치지 않은 그들의 경박하고 표면적인 변화를 미덥지게 생각합니다. 그들은 대세의 힘을 두려워해 단지 겉으로는 순순히 영합하고 순응하고 있을 뿐입니다. 세계적 대세라고 말해도 그중에는 선택해야 할 것이 있습니다. 그런데 그들은 가치 있는 비평을 하지 않고 단지 '대세'라고 하니까 순응하는 것입니다. 실제로 미와다 씨가 '오늘날과 같은 실력주의 세상이 되어서는……' 또 '어찌 되었든 세계적 대세를 역행하는 것은 불가능하다'고 하는 것에서도 알 수 있습니다.

세계적 대세라고 해서 아닌 것에 대해서는 아연히 비판하는 자가 인류의 지도자인 교육가의 모습이 아닙니까? 실력주의라고 반드시 좋은 의미 만을 가지고 있지 않습니다. '이기면 관군'이라고 하는 프러시아의 강권주의가 포함되어 있는 것 같습니다. 교육자의 천직이란 도도한 세계적 대세가 실력주의로 다가오더라도 그 대세를 꺾고 더욱 훌륭한 이상에 뿌리를 둔 새로운 대세를 창조하는 것이라고 생각합니다.

미와다 씨는 여자의 직업문제를 긍정한 글에서 '남녀의 구별은 완전한 군인이 되는 것 이외에는 없을 것이다'라고 적었습니다. 또한 '게다가 군인조차도 후방근무는 훌륭하게 해낼 수 있으며 무기를 발명하고 사용하는 것도 가능합니다.'고 하였습니다. 러시아의 부인 군인 조차도 경우에 따라서는 인정하는 듯한 어투를 보였습니다. 그러나 그들은 결코 세계적 대세가 아니라 이번 전란에 의해 생긴 불쾌한 일시적 현상일 뿐입니다. 설령 세계적 대세라고 하더라도 여자의 직업을 비인도적인 살상행위의 전방 내지 후방 근무로 확대 생각하는 일은 제가 작년 모 잡지에서 반대한 것과 같이 배척해야만 합니다. 저는 세계의 생활에 대한 이상이 하나로 귀착되는 것을 바라는 사람이지만 이와 같이 자유의사가 미약하고 반성도 없는 위험한 세계적인 순응을 선호하지 않습니다.

여자교육계의 변설적 자유사상가인 미와다 씨는 세계적 대세인 부인문제에 대해 다만 영합하고 교육가인 입장과 의무에서 그것에 순응하고 잘 이용하고 개조하려는 준비와 실행이 결여되었습니다. 이러한 증거는 오늘까지 그들 사이에서 아무런 새로운 의견도 발표되지 않고 어떠한 새로운 운동도 일어나고 있지 않기 때문입니다. 예를 들어 오늘날 실력주의에 반항해서 여자에게 사랑과 인도와 권리에 관한 사상을 가르칠 필요가 있음에도 불구하고, 그들은 그것에 대해 아무 노력도 여자교육에서 보이고 있지 않습니다.

작년 겨울 전국고등여자학교 교장회의에서는 그러한 작은 제목을 달아서 다소는 진보주의적인 형식을 취하여 세상 사람들에게 갈채를 받았습니다. 매우 중요한 근본적인 문제에 대해서는 구태의연한 타협적 정신에 지배되어 있었습니다. 조금도 앞으로의 여자교육의 근본정신이 되어야 할 사랑과 인도와 권리의 사상 등을 주장하는 소리를 들을 수 없었습니다. 그것도 그러합니다. 오늘 또 미와다 씨는 '실력주의'를 무조건 긍정하고 있으니까요.

그들 여자교육가가 세계적 대세를 택하여 그것을 선용해 유리한 쪽으로 이끌어야 하지만 아무런 의견을 없는 것은 그들 자신이 의견의 제출자여야 하는 위치를 잊고 있는 것을 증명합니다. 실제로 미와다 씨는 부인 독신자가 증가하는 세계적 대세에 대해 단순히 한심하다고 하며 '이것들은 가장 음침한 전쟁의 악영향의 하나이므로 선각자는 지금부터 어떻게든 구제의 길을 강구하지 않으면 안 된다'고 할 뿐입니다. 실제 그분 자신은 구제의 길을 강구하는 선각자가 아닌 듯한 같은 태도를 보이고 있습니다. 도저히 구제에 대한 어떤 의견을 미와다 씨에게서 들을 수 없었습니다. 이것이 과연 우리가 신뢰해야 할 현대의 여자교육자의 모습일까요?

저는 지금 한 가지 더 여자교육가에 대한 불신을 입증하고 싶습니다. 앞에서 말한 것과 같이 그들은 자신의 환멸을 거치지 않은 사이비 자연주의자이기 때문에 낡은 옷을 벗고 새 옷을 입고 있듯이 신구사상의 커다란 모순을 그들의 말고 행동에 끊임없이 보이고 있습니다. 그들이 세계적 대세를 줏대 없이 따르며 인도주의란 말조차 꺼내며 왜장도나 유도와 같은 살벌한 무술을 여학생에게 계속 강요하는 것은 그 하나의 예입니다. 그들이 같이 줏대 없이 여자의 고등교육을 주장하며 전국 고등학교장 회의에서 영어를 선택과목으로 가결한 것은 그 하나의 예입니다.

미와다 씨의 논문을 보아도 전에 예를 든 것과 같이 세계의 부인문제를 긍정하면서 아무리 해도 그곳에 도달할 수 없다는 이상한 논리를 펴고 논리에 맞지 않은 경지로 돌연히 독자를 이끌어 갑니다. '일본에는 고유의 풍속, 습관, 생활이 존재하기 때문에 갑자기 그것을 파괴해 신생활을 만들어가는 것은 경솔한 일이다'라고 하며 '이상과 같이 설명한 부분은 전후 변화해야 할 여자의 위치이지만 이들은 주로 물질적 자극에 의해 만들어집니다. 가족 제도의 파괴를 비롯해 일본의 아름다운 점을 잊고 있는 부분이 적지 않습니다. 이들이 사회정책과 관계하는 것은 가장 주의해야 할 점입니다. 어떻게 해서라도 적당한 표준을 만들어 도달점을 명확하게 해 가지 않으면 사회 질서가 유지되지 않게 될 우려가 있습니다'라고 말하였습니다. 이 문장에 20년간 그분의 구사상이 본질이 드러나고 완전히 전에 했던 말을 뒤짚고 있습니다.

일본 부인이 신생활을 하는 것이 '경솔'하다면 세계적 대세가 적당한 때가 올 때까지 거부하지 않으면 안 됩니다. 어째서 그분은 '어떻게든 세계적 대세에 역행하는 것은 불가능하다'고 하는 걸까요? 미와다 씨 뿐만 아니라 지금의 여자교육가의 말은 모두 신구사상의 보기도 민망한 딜레마에 빠져 있습니다.

일본 고유의 풍속, 습관, 생활법이라는 것이 과연 현존하고 있을까요? '고유'라고 하는 단어는 어쨌든 모호하게 사람을 매혹시킵니다. 우주에는 진화하지 않는 사물은 하나도 없습니다. 사람은 '고유'란 말에 머물지 않고 동적인 '변화'와 '진화'로 살아갑니다. 유사 이래 일본의 풍속, 습관, 생활법은 각 시대의 일본인의 필요에 의해서 무수히 변천해 왔습니다. 현대의 일본인도 메이지 유신 이래로 생활에 상당하게 변용하며 수정하며 살아왔습니다. '유신'이라는 것은 그런 변용을 의미합니다.

'고유'라고 하는 말은 엄정히 말하자면 '진화' 속에 녹아 원형을 만들지 않습니다. 때문에 우리가 '진화'로 산다는 것은 말이 안 됩니다. 적어도 그 말이 좋은 것이라면 어떤 새로운 풍속, 습관, 생활에도 채용하여 내 것으로 만드는 것이 좋겠습니다. 최근 일본 왕실과 영국의 왕실 사이에 보물을 서로 증정한 일은 일본 고유한 관습에는 없는 일이지만 그것은 축하할 만한 새로운 예를 만든 것이라고 생각합니다.

구 사상가가 관용스런 말투로 '파괴'라고 하는 문자를 이용해 소박한 사람의 마음을 협박하기도 합니다.. 그러나 신생활이 생겨서 구생활이 소용없게 되는 일은 새로운 전환이고 창조적 진화이기 때문에 결코 '파괴'로 볼 일이 아닙니다. 독일군이 프랑스의 성당에 포격을 집중한다면 포학한 짓이며 이야말로 '파괴'에 해당합니다. 인간의 요구와 이상에서 정당한 추이를 '파괴'로 속단해서는 안 됩니다. 만일 신생활이 인간 생활에 존귀한 가치를 가지고 있는 풍속, 관습, 생활법 등을 거침없이 파괴한다면 그것은 결코 올바른 세계적 대세라고 할 수 없을 것입니다.

그런 일은 변태變態적인 일로 한때는 번성해도 영구히 일생에 공헌할 일이 없으며 즉시 사라져 갈 것입니다. 그런 유해한 생활이 세계적 대세라고 해도 그것이 유해하다는 것과 그에 대한 이유를 우리가 수긍하도록, 미와다 씨와 같은 교육가가 취사 선택의 방침을 보일 의무가 있다고 생각합니다. 게다가 이에 대해 다수의 여자 교육가들이 어떠한 적극적이고 일관된 정대한 의견을 보이지 않는 점은 태만하고 불친절하다고 해야합니다. 미와다 씨와 같이 오히려 이것을 타인의 일처럼 생각하고 세간의 지식인에게 의견과 지도를 바라는 것은 냉담하다고 해야 좋을지, 교활하다고 해야 좋을지 모르겠습니다. 저는 현대 여자교육가의 대표적 문장으로 보고 유감을 금하지 않을 수 없습니다. 한 쪽에서는 영미의 의원에서 여자의 참정권이 통과했다고 하는 시대에 우리 일본 부인은 너무나도 정견이 없는 여자교육가들을 떠받들고 있다는 생각이 듭니다.

(1918년 2월)

1917년 연말에

연말의 바쁜 마음은 선향 불꽃과 같이 파직파직 타 들어가는 것같습니다. 아니 훨씬 강한 긴장감으로 전선에서 불꽃이 튀는 것처럼 제 마음은 계속해서 바들바들 떨리고 있습니다. 아, 살기 위해서 행하는 비통함이 젖은 노동, 그러나 저는 이것을 피하려고 생각하지 않습니다. 제 안에 있는 힘이 어느 만큼 있는지 힘이 되는 한 끌어내고 싶다고 생각합니다. 제 이상이 높은 것에 비해 제 능력은 너무나 없습니다. 저는 그것을 부끄러워하고 있지만 지금은 남편과 힘을 협력해 사랑하는 아이들의 인생을 서로 지지하며 교육하기 위해 현재의 빈약한 능력을 사회에 제공해 보수를 구하는 것이 급합니다. 특별히 올해 하반기의 지나친 물가는 밖에서 나를 위협해 한 달 5, 6회이상 철야를 하지 않으면 안될 정도로 과도한 노동을 하고 있습니다. 그래서 저에게 수양 시간이 없습니다.

때때로 저는 이런 일을 공상할 때가 있습니다. 저에게 만 3년 정도 휴양하며 독서할 수 있는 여유를 제공할 미지의 벗은 없을까라고...... 만약 그러한 독지가인 벗을 얻을 수 있다면 저는 현재의 매달 하는 노동을 3분의 1로 줄이고 한 달의 12 일간을 특히 교수들에게 부탁하여 제국대학의 문과강의를 청강하고 도서관에서 독서에 잠기고 싶습니다. 그리고 여유롭게 저는 도쿄와 지방에 있는 각종 공장 등을 견학해 돌아보겠습니다. 저는 뭐든지 욕심이 많습니다. 사학, 문학, 사회문제, 교육문제, 부인문제 등에 대해 거침없이 다룬 저서를 만나고 싶습니다. 특히 정진하고 싶은 학문은 철학, 심리학, 사회학, 경제학입니다.

요컨대 이것은 바보 스런 공상일지 모릅니다. 이러한 일을 평생 공상속에서 할지도 모릅니다. 이런 공상을 할 시간조차 지금 없습니다. 저는 현재에 최선을 다해서 조금이라도 이상에 맞춘 생활을 하고 싶습니다. 남편과 제가 빈약한 글로 10명의 아이들을 양육하는 일은 매우 커다란 사업의 하나입니다. 저는 우리처럼 문필 노동으로 보수를 받고 직접 이런 사업을 조성하는 사람들이 존재하는 현재에 감사하고 있습니다. 이 이상의 특권을 기대할 자격은 우리에게는 없습니다.

(1917년 12월)

부인과 전후의 이상理想

새로운 해가 왔습니다. 세계의 커다란 재앙인 전쟁은 아직 5년이나 넘게 계속되고 있습니다. 저는 어떠한 의미에서 '새해 복 많이 받으세요'라고 말해야 할지 모르겠습니다. 보통사람처럼 신년을 축하하는 마음 속에는 모순과 비통함이 있습니다.

우리 부인들도 지금은 좁은 이해에 편중된 이기주의적 생활을 만족하고 있지 않습니다. 사람은 주위—자연과 인류—와 함께 살아갑니다. 누구나 주위와 고립해 살아가는 것은 불가능하다는 것을 우리도 알았습니다. 우리는 시시각각, 좁은 범위에서 가족, 교우, 친척, 한 동네, 한 마을, 하나의 시市, 국가의 영향을 받으며, 넓은 범위에서는 일본이란 국가와 일본인이란 민족의 영향을 받고 더욱 커다란 범위에서는 세계와 우주, 자연으로부터 영향을 받고 있습니다. 우주와 자연은 잠시 두고 지금은 교통기관의 진보한 결과 세계적 영향이 신속하고 격심한 것은 우리 부모 시대의 사람들은 상상도 못한 부분이라고 생각합니다.

그런 영향은 경제적, 정치적, 논리적, 학술적, 농공상적, 교육적, 예술적, 사회적 등 이른바 모든 생활에까지 끼치고 있습니다.

개인으로서 국민으로서의 생활은 이 때문에 끊임없이 동요되고 있으며 벗어나지 못합니다. 그렇게 이번 전쟁은 세계적 영향이 매우 큰 사례를 일본인에게 보여주었습니다.

메이지 천황은 일찍이 인류문화의 방향을 보여주고, 국민을 위해 널리 지식을 세계에 구해야 하는 것을 5개조의 선언문으로 장려했습니다. 그 의미를 고의로 천박하게 해석하고 전제주의와 자기의 부귀영화를 옹호하려고 힘을 쓴 메이지 족벌 정치가와 군인 정치가들에게 아부하는 공무원과 학자, 교육자는 세계의 지식 성과인 물질문명만을 전하고 세계적 지식의 본질인 정신문명의 유입을 방해하고 있습니다.

유럽, 미국의 사상에도 물론 좋지 않은 것이 섞여 있을 것입니다. 그러나 그만큼 찬연한 물질적 문명을 만들어 낸 동력으로써는 그것에 필적할 만큼 정대하고 웅장한 사상이 기초가 있어야 합니다. 그런 사상은 훌륭한 정신문명 그 자체입니다. 일본인은 지식을 근대의 세계에서 추구하며 보다 빼어난 지식의 본질인 정신문명을 거절하려고 노력해왔습니다.

세계로부터 가장 좋은 영향을 피하고 있던 것입니다. 그런 증거로는 우리는 일찍이 소학교과 여학교에서 마쓰시타 젠니, 미쓰히데의 아내, 호소가와 다다오키의 아내, 게사 고젠, 도키와 고젠이라는 사람들의 이름과 행실은 들었습니다. 그러나 근대문명의 조상인 루소, 칸트, 괴테, 다윈이란 세계적 위인에 대해서는 이름조차 배운 적이 없었습니다. 유럽과 미국의 문명을 배우는 이상 기독교적 사랑의 정신까지 거슬러 갈 필요가 있지만, 우리는 학교에서 세계의 지리나 유럽, 미국식의 수학, 물리학, 화학, 박물학, 회화, 체조, 재봉, 요리 등을 배웠을 뿐 그들의 정신문명에 관해서는 배우지 않았습니다. 메이지, 다이쇼의 보통교육은 심하게 양이사상을 내세우고 있습니다. 현재의 소학독본에 일찍이 있던 유럽, 미국의 이름이 다수 고의로 제외되어 있는 것을 보더라도 양이사상이 학교에서의 가장 중요한 수신과에서 얼마나 중요한 것인가를 알 수 있습니다.

이와 같이 세계의 좋은 지식을 배척한 결과는 어떤가요? 국민은 정치에도 교육에도 공업에도 일상의 의식주에도 유럽, 미국의 물질문명을 주로 채용하면서. 가장 고가인 유럽, 미국의 문명에 대해서는 너무나 희박한 영향만 받고 있습니다. 시골의 어느 구석에서나 서양옷을 보고 전등을 보고 영어글자의 간판을 볼 정도로 보급된 유럽과 미국의 형식적인 문명에 비해, 일본인은 둔함과 태만으로 그들의 정신문명을 이해하지 않으려합니다.

한편으로는 역대 지도자는 '국가는 국민을 기반으로 한다'고 민주주의를 정의하였습니다. 실제로 연합국인 영국과 미국, 프랑스란 제국은 민주주의의 보급과 철저함을 이번 전쟁의 목적으로 하고 있습니다. 이런 사실을 종종 성명하고 있는데, 아마도 '민주'라고 하는 역어를 몰라서 위험시하는 총리장관도 있습니다. 그 밖에 오늘날 아직 데모크라시의 해설을 헷갈려서 다양한 의미로 주장하는 학자들도 있습니다. 최근 50년간 일본의 문화는 세계적으로 우량한 영향에서 고립하는 듯하고 보기에도 흉한 기형적인 발육을 하고 있습니다 그리고 가장 중요한 정신적 방면이 너무나 위축해 발전이 이루어지지 않고 있습니다 이런 사실은 타인의 주의를 받을 것 까지도 없이 누구나 스스로 반성하면 바로 알아차릴 수 있는 일입니다. 우리 자신의 실제생활이 어떤 사상에 끌리고 어떤 윤리를 배경으로 하여 영위되고 있는 것일까? 그런 생활이 세의 어느 철학사상, 어느 윤리사상, 어느 예술사상과 공명하는 점이 있을까? 우리의 생활을 어떠한 이상이 비추고 어떠한 회의가 어둡게 하고 있을까?

이렇게 반성해 보면 누구나 마음으로 부끄럽고 창피한 일이 있습니다. 평생 어떤 독립된 사상이나 견식을 가진 사람도 실은 세계의 진보한 국민 사이에서는 통용되기 힘든 일본재래의 의리(도덕)이나 습관을 반성 없이 답습하고 있는 점이 많습니다. 일본의 어느 정당에도 눈에 띄는 독특한 정견이 없는 것처럼, 개인에게도 합리적인 의견이나 주의는 확립해 있지 않습니다.

누구나 줏대 없이 반사적, 타협적, 편의주의적으로 눈앞의 생활을 이어가려고 하고 있습니다. 의심을 끝까지 밝히려는 열의도 없으며 갖고 싶은 것에 대해서 최선을 다하려는 끈기도 없습니다. 자신의 생활을 사상적으로 깊게 하고 윤리적으로 바르게 하고 예술적으로 유연하게 하려는욕구도 거의 없습니다. 정신도 없는 염세가인 동시에 머리를 굴리면 언제든지 값싼 낙천가가 될 수 있는 것이 일본인의 모습입니다. 이런 모습을 일본 문학이 가장 잘 표현하고 있습니다. 일본에도 사상가나 학자나 사회개량가라고 자처하는 사람들은 얼마든지 있습니다. 그들은 세계적 정신문명을 다소라도 알고 있으며 그것들에 대한 사상을 빈번하게 거론하기도 합니다만 아직 스스로 행동하기까지의 절박함과 용기를 가지고 있는 사람들은 거의 없으며 그들의 일상생활은 대체로 말과는 배반하고 있습니다.

그와 같은 증거로 일본의 사상계를 비롯한 그 밖의 사회에서는 사상과 실생활에서 야기된 모순으로 싸우는 비극은 발생하지 않고 있습니다. 신사상가를 자처하는 학자까지 그런 사상을 도저히 용납할 수 없는 학풍이나 기풍을 가진 학교나 관청에 평온하게 취직해 있습니다. 몸을 내던져 실증을 해 본 적이 없는 사상가의 말로만 논의되는 일은 말하자면 권위가 없고 미적지근한 의지도 안되는 것이지만, 세상 사람들에게 받아들여지고 있는 것은 어쩔 수 없다고 생각합니다.

이상은 오늘날까지 세계적 정신문명을 가능한 배척하였기 때문에 일어난 일본인의 손해들입니다. 그러나 다행인지 불행인지 지금은 족벌과 군인, 그리고 어용학자의 힘으로는 전쟁이후의 맹렬한 세계적 영향을 더 이상 방해할 수 없게 되었습니다. 가장 기적적인 사례로서는 작년 겨울에 공표된 미일신협약에서 군벌의 가장 우두머리인 데라우치 씨를 수상으로 한 현 내각이 중국에 대해서 터럭만큼의 침략주의적인 야심을 가지고 있지 않다고 하는 것을 성명한 하나의 사건을 들고 싶습니다. 이것은 군벌정치가의 입장에서 말하면 바라지 않던 성명이었을 지도 모릅니다. 그러나 데라우치 내각이 괴로운 평화협약을 미국과의 사이에서 체결하기에 이르렀다고 하는 것은 세계의 인도사상이 얼마나 강하게 일본 국민에게 작용하기 시작했으며, 데라우치 씨와 같은 군벌정치가 조차 양심적으로 반성을 하지 않을 수 없게 만들었다는 것입니까?

전쟁이 가져온 세계적 영향은 물질과 선박의 부족, 물가의 폭등, 벼락부자의 배출과 같은 물질적 방면에만 한정되어 있지 않습니다. 정치적으로도 그와 같은 영향이 있으며 또 다년간의 숙제였던 학제 개혁이 임시교육회의에서 어찌되었건 얼마간의 구체적 시설에 대한 단서를 가지고 열려고 하고 있습니다. 작년에 개최된 전국소학교 교원대회나 고등여학교장 회의에서 여자 교육에 대한 진보주의의 의견이 우세했던 것도 하나의 예입니다. 올 봄 도쿄에서 개최될 전국 소학교장 회의에서 소학교교과의 영단한 폐합이 논의되려는 것과, 교토부의 1, 2 소학이 지사인 기우치씨의 노력에 의해 특히 영재교육을 실행하기 시작한 것을 보면 교육적으로도 세계의 자극으로 각성하려고 하는 점입니다.

지난해 섣달 『요미우리신문』에 실린 여자교육가들의 부인 사상의 추이에 대한 감상을 읽어도 그들의 두뇌에 전쟁 이후의 세계 사조가 마치 하나의 위협으로 다가온 것을 알 수 있습니다. 7, 8년 전을 회고하면 지극히 애매한 보수적 교육가였던 미와다 모토미치 씨마저 지금은 보통 사람 정도로 교육 의견을 자유사상적으로 말씀하도록 변화하였습니다. 같은 무렵 가정에 있어 여학생이 선조 숭배의 정조를 기르기 위해 반드시 불단佛壇을 준비하라는 고루한 교육의견을 말씀하셨던 시모다 지로씨도 지금은 여성에게 고등교육을 장려하는 유력한 한 사람으로까지 진화하고 계십니다.

저는 일본인을 자극하는 세계적 영향을 스스로 수용하고 더불어 이에 대응해야하며, 일본인은 현재 입장을 고집하는 것을 그만두고 세계와 유기적으로 조화할 수 있는 새로운 입장을 만들기를 바랍니다. 그리고 일본인의 생활을 가장 합리적으로 발전시켜 가는 것을 바라는 한 사람입니다. 일찍이 우리들의 조부시대에 우라가 해안에 모습을 드러낸 서양의 선박으로 시작한 세계적 영향 때문에 일본인의 생활이 흔들리고 오늘날의 문화의 시초를 열게 되었다고 생각합니다. 그와 같이 이번 전쟁으로 일본인의 생활의 동요와 불안은 깊어지고 클 것이라고 생각합니다. 비관적으로 생각한다면 전후에 닥칠 경제적 격변은 매우 두려우며 일본인이 가장 비참하고 치명적 궁지로 떨어지질 않을까 걱정이 됩니다.

그러나 일본인은 이러한 위기 상황을 가능한 훌륭하게 극복할 것입니다. 유럽의 교전 국민은 전쟁의 가장 직접적인 영향으로 이미 전대미문의 개조를 각자의 생활에서 실천하고 있습니다. 일본인은 지리적 위치로 인해 조금 늦게 이러한 위급한 시기로 들어선 것 뿐입니다.

우리가 앞일 무사하기를 이 예상하는 의미에서 '새해 복 많이 받으세요'라고 말하는 것은 불가능합니다. 우리는 가까이 닥쳐오고 있는 다사다난한 일대 전기에 대해서 일본인의 역량이 얼마나 미증유의 왕성한 발동을 보여줄 수 있을지, 전후세계에서 일본인이 문명인으로서 오늘날의 배가되는 독립 지위를 차지할 수 있는지, 그것들을 훈련으로 생각하고 비장하게 각오하는 의미에서 1918년의 새로운 날을 축하하고 싶습니다. 평안의 해가 아니라 대난의 해입니다. 대동요의 해이자 대부침大浮沈의 해입니다. 일본인이 세계와 같이 움직이는 신생활을 위해 '잉태하는 고통'을 경험하는 해입니다.

이것을 생각하면 제 마음은 팽팽해지고 제 몸은 싸울 준비합니다. 만일 이것을 공상이라고 생각하는 사람이 있다면 그의 생활은 얼마나 평범하고 얼마나 느긋한 것일까요. 그는 자신의 생활을 조금도 정시할 수 없는 맹목 둔감한 사람이기조차 할 것입니다. 그야말로 실로 공상가의 이름에 걸 맞는 사람일 것입니다. '일본인의 장래는 어떻게든 대충 하면 된다'는 식의 분별력 없는 낙천가의 태도가 얼마큼이나 여기까지 일본인의 생활을 공허하게 하고 정체시켰던 것일까요.

지금처럼 위급한 때에 한 걸음 나아가야 합니다. 저는 무기로 싸우는 전쟁의 종결을 기다리지 않으며, 이미 평화의 새로운 전쟁이 세계의 구석구석까지 시작되고 있는 폭음을 들었습니다. 그렇게 무기로 싸우는 전쟁의 종결은 올해로 볼 수는 없을 것입니다. 이것을 계기로 평화의 전쟁—세계의 사상, 지식, 윤리, 경제, 산업, 노동의 균형을 잡고 세계를 하나의 공동체로 친화하고 발전시키며, 인도주의적 생활을 실현하기 위한 온갖 투쟁—이 격렬하고 도래하는 해가 올해일 것입니다.

가장 필요한 것은 현재의 무기 전쟁의 뒷면에 존재하는 미래의 평화 전쟁의 저변이 되는 인도주의적 이상을 어느 누구나 간파하는 일입니다. 이것이 앞으로의 인간생활의 항로를 규정하는 나침반입니다. 우리들의 생활을—개인적으로나 국가적으로나 세계인류적으로나—이 나침반에 의해 조절하지 않으면 평화 전쟁에서 패자의 위치로 추락할 수밖에 없을 것이라고 추측합니다.

자신은 의식주가 부족하지 않으면 괜찮은 독선주의, 자신이 행복하면 타인에게 폐를 끼쳐도 된다는 이기주의, 침략주의라도 권력을 으면 안전하다는 맹종주의, 이상과 목적도 없이 단지 슬픔 속에 살아가는 것 외에는 아무것도 없다는 자연주의, 먼저 자신을 챙기는 것을 잊고 타인의 구제에만 최선을 다하는 희생주의, 단순히 눈앞에 놓은 하루를 아름답고 즐겁게 보내는 쾌락주의, 이들 모두 앞으로의 세계에서 우리 생활의 나침반이 되어서는 안됩니다.

일본인은 지금 무엇을 목표로 생활의 안정과 조절을 꾀하려고 하고 있는 것일까요? 우리는 전쟁 이후의 세계적 자극에 의해 조금씩 눈뜨고 있습니다. 재래 이기적이고 목적이 없었던 생활을 부끄러워하고 있습니다. 그렇게 무언가 확실한 이상을 가지고 자신의 생활방침을 삼고 싶다는 욕구를 희미하게나마 느낄 수 있습니다. 엄청난 벼락부자의 기분에 물들어 있는 어느 계급의 사람들이라 할지라도 십억이나 15, 6억의 전시 이득을 유일하게 의지해서는 안 될 것입니다.

그것은 영국의 전쟁비용의 반 달치에도 해당하지 않을 정도의 금액이며 영쇄한 황금으로 불면 날아갈 정도의 물건입니다. 설령 미국 정도의 부가 있다 하더라도 경제적 위력만을 의지하고 있어서는 오히려 인간이 추락하는 원인이 될 뿐으로 인간의 행복이 될 수는 없습니다. 경제적 충실도 속일 수 없는 생활의 요소입니다만 그것과 병행해 수많은 요소, 소위 정신적으로 물질적으로도 완비되어야만 합니다. 또한 그것을 운용할 수 있는 확실한 생활방침—이상—이 그들의 기초가 되어 있어야만 비로소 통일감이 있는 생활을 건설할 수 있습니다.

　　이런 생활방침은 세계의 어디에나 시행되어도 차이가 없어야 하며, 그리고 세계의 모든 세계의 생활방침 속에 인도주의를 채용하는 외에는 없다고 믿습니다. 오늘날 세계에서 가장 좋은 영향을 주는 것은 인도주의라고 저는 주장합니다. 특별히 고를 필요도 없이 현재 세계에서는 전쟁이 격해져 인도주의의 물결이 넘치고 있습니다. 일본인이 하루 빨리 그것을 지켜보고 물결이 다가오는 일을 거부하는 우를 범하지 않으면 좋을 것입니다. 우리는 인도주의를 기치로 해서 평화의 전쟁으로 더욱더 전진하고 싶습니다.

　　생각건대 일본의 남성은 총명하다고 자처하지만, 이에 비해 아직 완고한 야성을 다분히 가지고 있습니다. 실제로 세력 있는 정치가와 군인은 세계의 대세를 지켜보는 통찰력이 없고 자신의 세력과 사욕을 채우기 위해 힘껏 인도주의의 수입을 거부하고 있습니다. 그들은 전제주의의 구 도덕과 위력으로 일본인의 생활을 지지

하려고 합니다. 이는 너무나 슬픈 사실입니다. 일본인의 생활을 세계에서 고립시키고 오늘날의 독일인이나 터키인처럼 세계의 증오 속에 일본인을 묶어두려는 것입니다. 인도주의가 자유, 평등, 평화, 공동책임을 내용으로 하고 있는 이상, 전제주의와 군국주의에 대해서 조금의 관용도 가지지 않습니다. 우리 부인들도 인류 사이에서 팽배한 야만사상을 배제하는 것을 노력하고 싶습니다.

(1918년 1월)

여자의 직업적 독립을 원칙으로 하자

추운 나라의 봄에는 '매화, 벚꽃, 복숭아, 배꽃이 한 번에 핀다' 라는 문장이 있다. 일본 여자는 추운나라에 피는 식물과 같이 오랫 동안 음지에란 처지에 있어서 어떤 발육도 방해받아 살아왔다. 지 금은 세계의 봄바람과 봄비를 맞아 여자 자신의 개조를 꾀하고 동 시에 여러 방면의 개조를 도모하지 않으면 안 된다고 생각한다.

일본 여자가 정신적으로도 노동적으로도 능률이 낮은 이유 중 하나가 체질의 불량하기 때문이다. 이것은 유럽과 미국의 부인에 비교하면 명백한 사실이다. 그래서 체질 개선을 꾀하려면 우선 여성이 먹는 음식의 개선이 급무이다. 이것을 생각하지 않고 체조 나 옥외의 운동을 먼저 장려하는 지금의 교육은 너무나 순서가 잘 못되어 있다.

그럼 음식 개조를 도모하려고 하면 여자가 남자의 재력을 따라 의식하려는 기생상태에서 벗어나 경제적으로 독립할 필요가 있 다. 즉 남자를 어렵게 여기지 않고 일반 여자가 남자와 대등한 영 양을 취할 수 있는 실력을 쥐는 것이 필요하다. 여기서 문제는 여 자의 직업문제로 연결된다.

체질의 불량과 함께 아직 여자가 위축해 있는 중요한 원인은 지식이 심하게 결여해 있기 때문이다. 여자가 이것을 알아차리고 스스로 개조하면 남자의 노예에서 벗어나 남자를 어려워하지 않고 남자와 대등한 교육을 자유로이 요구할 수 있는 실력을 쥐게 될 것이다. 즉 남자의 재력에 따르지 않고 자신의 노동에 의해 만든 재력을 이용해 스스로 깊고 넓게 교육받아야한다.

지금은 남자도 여자도 노동에 의해 의식의 자급을 도모하고 물질적 생활의 확립하여 안전을 얻는 것이 우선 급무이다. 이것은 결국 정신적 생활의 단단한 기초가 될 것이다. 타인의 노력을 무시하고 사회에 민폐를 끼치며 일신을 양육하는 자에게 정신상의 독립이 있으리라고는 생각되지 않는다. 여자가 자활할 수 있는 만큼 직업적인 기술을 갖는 일은 여자 인격의 독립과 자유를 스스로 보증하는 제일 기초이다. 스스로 직업적 자활을 생각하지 않은 채 남녀의 동권을 요구하고 학문 예술을 다지고 부인문제를 입에 담는 여자가 있다면 그녀는 가장 절박한 현대생활의 진실을 알지 못하는 공상가라고 생각한다.

세계 전쟁은 2년이나 계속될 리가 없다. 이 전쟁이 공전의 세계적 진동이라는 것을 안다면 전후의 생활은 반드시 세계의 구석구석까지 이제까지 들어본 적 없는 엄청난 변화를 가지고 올 것이다. 지금부터 예상되는 격변 속에서 세계 인류가 일제히 눈을 떠서 이 기적 분쟁이 얼마나 어리석은 짓인지 알게 될 것이고, 자기와 타인의 생활의 존귀한 것을 서로 깨닫게 될 것이다. 차츰차츰 지리적,

인종적, 역사적, 국가적 차별을 초월해 세계에서 윤리적, 예술적, 학문적, 경제적으로 연대하고 협동하는 박애평등주의의 신생활을 실현할 수 있는 단서가 될 것이라고 생각하는 것은 즐거운 일이다.

그러나 격변 속에서 처음으로 일본이 입을 경제상의 일대부진이 치명적일 것이며, 다수의 중산계급과 무산계급에게 비참하게 미칠 것이라고 추측하면 우리는 지금부터 불안과 공포에 잡히지 않을 수 없다. 한 나라로써도, 한 가정에서도 그리고 개인으로서도 이른바 '전후의 경제'의 중대한 문제는 매우 어려운 경제 문제를 얼마큼 다치지 않고 해결할 수 있는가에 달려있다. 생각건대 때가 오면 이제까지보다 곤란한 남자의 경제적 생활은 더욱 힘들어질 것이다. 1918년의 법과대학과 공과대학의 우수한 졸업생이 작년 겨울부터 모든 회사에서 취업되었다고 하는 재계의 호황은 반드시 그것에 비례하는 만큼 거꾸로 비운을 초래할 것이다. 남자가 지금부터 이에 준비하지 않으면 안 되는 이상으로, 경제상의 무능력자인 여자는 열 배, 스무 배 그것을 준비하지 않으면 안 된다.

이런 경고는, 부모형제 및 남편의 능력이 적령기의 여자를 기식寄食시키는 계급에 여자와, 다수의 영세계급에 있는 여자에게 대해서는 쓸모가 없다. 왜냐하면 그들 여자는 이미 먼 옛날부터 가정과 자신의 실제생활의 필요에 따라서 자발적으로 자농자활의 이상을 불완전하게나마 실현해 왔기 때문이다. 누구나 아는 대로 각종 섬유공업을 비롯해 광업 등의 공장노동에서 일하는 일본 여자는 60만 명을 넘었다. 게다가 농업, 어업, 하녀, 막노동 인부, 행상

인, 점원, 사무원 등에 종사하는 여자를 더한다면 노동계급의 부인
은 상당한 숫자이다. 그녀들의 숫자는 남자 노동자의 배에 해당할
것이라고 생각한다. 건강한 그녀들에 대해서는 나는 진심에서 감
동하고 동정한다. 그리고 그녀들에 대한 자본가 계급의 대우가 하
루빨리 이상적으로 개선될 것을 바란다.

특히 이러한 것을 각성하게 싶은 사람은, 중산계급과 무산계급
가운데 실제 형제 및 남편의 재력의 의해 어쨌든 의식 생활을 계속
해 온 여성들이다. 오늘날은 기생적으로 하루하루 살아온 여자들
의 안위함이─근본없이 보기 흉하고 비겁한 안위함이─안으로는
여자자신의 독립적 정신을 마비시키고 여전히 여자를 무능력한
위치로 만들고 있다. 반첩 반노비의 처지로 썩게 하고 밖으로는 남
자로 하여금 변함없이 여자를 멸시하게 하고 그 이유를 여자에게
뒤짚어 씌우는 전제적인 태도를 거부한다.

장래에는 기생적으로 여자를 양육하는 일이 경제적으로도 정
신적으로도 현저히 남자의 손발을 휘감게 되어 고통이 될 것이다.
예를 들어 오늘날조차 어떤 남자는 아내를 부양할 자력이 없는 없
다는 이유에서, 어떤 남자는 사랑과 지식이 풍부한 아내를 얻기 힘
들다는 이유에서 결혼을 하지 않는 일이 일어나고 있다. 하물며 많
은 남자가 전후의 경제적 파탄과 혁명에 당면했을 때에 종래와 같
이 반성도 없이 결혼을 서두르지는 않을 것이다. 매우 나태한 습관
에 길들여진 무능한 여자가 결혼하여 남자에 기생하려 해도 이미
결혼을 할 수 없는 시대가 눈앞에 다가와 있다.

근본적인 문제는 여자의 직업문제이다. 그녀들이 스스로 노동하고 자활하는 능력을 갖추기 위해서 어떤 직업을 고르면 좋을 것인가? 여교원, 여자가정교사, 여자판사, 여의사, 간호사, 여자사무원, 여자전도사, 여류음악가, 여배우, 부인기자, 여류문학자, 헤아려 보면 일본 여자에게 개방된 직업에는 제한이 있다. 게다가 그들 직업에 모든 여자가 다 취임할 수 있는 것이 아니다. 그 밖에 가야 할 곳은 정해져 있다. 건장한 많은 영세민 계급의 노동 부인이 활동하고 있는 육체적 노동의 영역—공장에서의 노동—까지 일할 수 있는 성의와 용기가 우리들에게 필요하다.

육체적 노동이 하찮으며 정신적 노동을 고상하다고 생각하는 것은 앞으로의 생활에 있어 옳지 못한 것이다. 삶에 도움이 되는 것은 모조리 존귀한 것을 절실히 깨치는 시기가 오고 있다. 앞으로의 사회에서 직업이 없는 인간만큼—즉 자신의 실력에 의식하지 않은 인간일수록—쓸쓸하고 비참한 자는 없다. 올리브 슈라이너 여사에 의하면 태고에 여자는 결코 노동을 꺼려하지 않았을 뿐 아니라 스스로 심고, 스스로 베고, 스스로 따고, 스스로 짜고, 스스로 키우고, 스스로 밥을 짓는 것을 영광으로 생각했다고 한다. 다시 한번 우리 여자들에게 진실하고 강건한 노동정신이 부활하는 것을 기대한다.

(1918년 1월)

검은 색

검정색은 머리에 떠올리면 음기를 띤 싫은 색이지만 실제 색은 그렇게 일괄적으로 고정해서 생각할 수 없는 색이다. 색 중에서 가장 유동하는 색, 자유로운 색, 깊이가 있는 색이다. 흙, 검은 머리, 먹, 흑단, 자단, 감색종이, 철, 검은 기모노, 검정 견직물, 옻, 숯, 어두운 밤, 목탄화...... 이 색은 언제 보아도 사람을 질리게 하지 않는 점에서 마음을 가라앉히는 색이라고 한다. 만일 마음을 가라앉힌다는 것을 부동 정지의 의미로 생각한다면 그렇지 않다. 나는 마음이 가라앉는다는 것을 다른 의미로 생각한다. 검은 색은 어떤 때 보아도 그 마음과 일치하기 때문에 질리지가 않는다. 즉 일방적으로 편의에 따라 고정되는 색이 아니라 끊임없이 유동하고 변화한다. 따라서 자연스럽게 사람의 마음과 맺어진다. 또한 단조롭지 않아서 포용하는 부분이 무진장하다. 이런 식으로 어떠한 경우에나 마음과 대체로 일치하여 받아들이지 못하는 점이 적은 것을 '마음이 가라앉는다'고 하는 것이다.

글자로 쓸 때 노랑, 주황, 보라, 파랑 등의 화사한 색을 쓰면 어느 하나의 심정을 강하게 나타내기에 적당할 뿐으로 다른 심성에도 적합할 수 없고 정화와 천박한 감정을 동반하는 경향이 있어 마음이 가라앉지 않는다. 그러나 '흑黑'이라고 쓰면 그것을 보는 사람들이 어느 경우나 그들의 마음과도 일치한다.

유럽의 남녀가 검은색 의복을 많이 입는 것도 내가 말하는 안정감이 있기 때문이다.

색은 단순해서 고립되기 쉽다. 다른 색과 관련하기도 하고 반영하고 교착하기도 한다. 주요한 색이 되는 것, 단조로움을 피하기 위해 대조를 하는 색이 검은색이다. 이러한 경우에 색으로써 가장 안정감을 이룬다. 이에 반대로 밝은 색으로만 되어 있다면 그림도 의복도 방의 장식도 모두 오래가지는 못 한다.

검은색만큼 농후한 맛은 없다. 묘열적妙悅적인 것은 없다. 비애적인 것은 없다. 심통한 것은 없다. 검은색 안에는 모든 감정과 이지가 담겨 있다. 절대 상징을 문자로 적은 것이 '무無'라면 색으로 표현한 것이 '흑黑'이다. 장례식 상복과 장례식을 상징하는 색을 검은색으로 한 것은 옛날 사람이 단순히 비애를 표현하는 것만 아니라 단적인 직각直覺에서 얻은 '절대'적이고 신비한 상징으로써 사용하기 시작한 것이 아닌가한다. 검은색에 대해서 명상하면 나는 생과 사를 초월한 안락과 자유, 긴장이 여기에 융화되어 있다고 생각한다.

검은색은 예지의 집인 두뇌을 감싼 머리색, 모든 차별을 안고 있는 평등한 밤의 색, 만물의 기본이 된 무덤의 색, 열정을 담고 있는 눈동자의 색. 검은색은 주색이 되기도 하고 배색이 되는 곳에는

깊고 강한 인생이 음계가 있다. 곡절이 있다. 비애와 환락이 있다. 가치가 있다.(1918년 2월)

전쟁에 대한 잡다한 감상

이번 전쟁을 접해 보고 나는 곰곰이 생각하게 됩니다. 전쟁은 어느 세상에서도 남자가 저지르며 아울러 당사자입니다. 그러나 재앙을 뒤집어쓰는 것은 남자 뿐만 아니라 여자도입니다.

전쟁은 어느 세상에서도 총명하다고 자임하고 있는 남자가 시작하는 것입니다. 그래서 남자의 성정이 가장 흉한, 가장 잔인한, 가장 야만적인 부분을 노골적으로 실현한 것이 전쟁입니다.

남자의 지능은 교육에 비례해 옛날에도 지금도 확실히 여자보다 뛰어납니다. 그렇지만 남자의 애정이 여자에 비해 순수하지 않고 열렬하지 않기 때문에, 그의 지능이 선에 대해 적게 이용되고 악에 대해 많이 이용되는 결과가 되어 있습니다. 실제로 과학을 최대한으로 응용한 이번 전쟁만큼 광폭한 재해를 인류에게 가한 예는 없다고 생각합니다.

남자가 단체와 무기의 폭력으로 하는 전쟁을 생각하면, 여자가 유사 이래 개인적으로 범한 어떠한 중대한 죄악과도 비교가 되지 않습니다.

여자가 예부터 얼마만큼 인내를 갖고 많은 인간을 낳고 키웠는지, 반대로 남자가 제멋대로 전쟁을 일으켜 예부터 얼마만큼 쉽사리 많은 인간을 상처 입히고 또한 죽였는지...... 남자의 죄악은 이런 대조만으로도 분명하게 알 수 있습니다.

이제까지 전쟁 때 어머니들이 아마도 그렇게 느낀 것처럼 1914년 이후의 전쟁으로 상복을 입고 있는 유럽의 어머니들도 대포의 희생물이 될 고기 덩어리로써 자기 자식을 낳고 길렀던 결과가 그렇게 된 일을 어찌 위로로 할 수 있으며 비통하지 않을 수 있을까요? 올리브 슈라이너 여사가 말한 것처럼 남자는 조각이나 회화의 파괴를 슬퍼하면서도, 여자가 피로 제작한 인간의 예술품이 전쟁에 의해 파괴되는 것을 의외로 슬퍼하지 않고 오히려 당연한 듯이 생각하고 있습니다.

5년 넘게 광폭한 전쟁을 계속하고 있는 유럽의 남자는 이미 전쟁이 절대의 죄악이라는 것을 깨닫기 시작했지만 아마도 그전에 그들의 이성으로는 전쟁의 죄를 알고 있었을 것입니다. 그러나 철저히 감정적으로 그것을 깨치는 못한 듯합니다. 저는 남자의 이성이라는 것이 남자 자신의 야만적인 감정보다는 의외로 미력하다는 점에 놀랍니다. 만일 철저히 전쟁의 그릇됨을 깨닫고 있다면 남자는 하루라도 잔인한 전의를 지속하고 있을 수 없을 것입니다.

적의 남자도 아군의 남자도 전쟁이 비인도적 행위라는 것을 절실히 실감하고 일제히 사람을 적으로서 살상하는 일이 잔인하다고 믿지 않는 이상, 세계는 쉽사리 평화를 회복하지 않을 것입니다.

나는 미국이 전쟁에 참가한 것을 보고 평화의 기운이 빨라질 것이라고 상상했습니다. 윌슨 대통령의 '영원한 평화'와 민주주의 의 승리를 목적으로 전쟁에 참가한다는 선언문을 읽고 그의 의견 이 위대한 것에 감탄했습니다. 그러나 지금은 제 생각이 조금 잘못 되어 있었음을 알았습니다.

　　폭력의 보복을 폭력으로 하는 것은 폭력을 배가하는 것 외에는 아무 의의도 없습니다. 살인 행위를 방해하기 위해 살인 행위로 하 는 것은 아무리 정의란 구실을 빌린다고 해도 결국에는 살인행위 를 빈번히 할 뿐입니다. 강한 것이 남자 사이에서 최상의 윤리로 판단하던 시대에는 폭력으로 이기는 자가 정의가 되었습니다. 하 지만 지금은 여자가 이미 옛날부터 그렇게 느꼈던 듯이, 남자도 사 랑이 최상의 윤리이며 순수한 사랑의 범위가 넓다는 것을 느껴야 만 하는 시대라고 생각합니다. 평화주의와 인도주의를 표방하고 있는 미국의 남자는 어째서 사랑과 정의를 행하기 위해 반대의 폭 력을 수단으로써 이용하는 것인가요? 제게는 이러한 모순이 상당 히 보기 흉하게 느껴집니다. 이 모순은 영국과 프랑스의 남자의 평 화주의, 인도주의에 대해서도 똑같이 보입니다.

　　이것은 유럽과 미국의 남자들이 사랑에는 불철저함을 보여주 는 것이라고 생각합니다. 유럽과 미국의 여자가 남자의 냉혹한 성 정을 교정하려고 하지 않고 오히려 남자의 악을 조장하고 있으니 그것이 기괴합니다. 사랑을 찬양하고 총명함을 자랑삼는 그들 유 럽과 미국의 여자도 전쟁의 광풍에 휩싸여 고유한 사랑을 불순하게 만들고 있습니다.

저는 작년 러시아에 조직된 부인 군대에 대해 반대의 의견을
모 잡지상에서 말했습니다. 그들 나라의 과격파 정부가 부인 군대
를 해산시켰다는 것을 듣고 러시아 남자가 적어도 이 점에 있어서
영, 프, 미국의 남자보다도 인도주의적 의의를 깊이 알고 있는 것
을 기쁘게 생각했습니다. 러시아 부인은 다행스럽게도 그때문에
사랑의 옹호자인 여자의 입장으로 되돌아와 남자의 살인 행위에
서 멀어지게 되었습니다.

과격한 미래파의 예술가는 일찍이 아직 전쟁이 일어나지 않았
던 2, 3년 전에 '전쟁은 인류의 위생학이다'라고 하며 전쟁을 찬미
하였습니다. 저는 어떤 관점에서라도 전쟁을 긍정하지 않는 자이
지만, 큰불이 우연히 악성 유행병의 세균을 박멸하는 데에 도움이
되는 경우가 있는 것처럼, 이번 전쟁의 막대한 재해로 인해서 언젠
가는 인류에게 나타나야할 한층 깊은 바른 사상이나 보다 가치 높
고 아름다운 사실이 의외로 빨리 일어나는 것을 보고 재앙이 오히
려 인간의 정신을 건강하게 하기도 하는구나라고 생각했습니다.
전쟁도 인간의 위생학이 될 수 있는 일면에 미소 짓지 않을 수 없
습니다.

전쟁을 종결하려면 이제까지의 예로는 패배한 나라가 영토와
상금을 승리자에게 받쳐왔습니다. 그러나 이번 전쟁은 '병합하지
않으며 배상하지 않는다'고 합니다. 또 이제까지는 점령된 땅의

주권은 승리자에게 귀속되는 것이 통상적이었습니다만 이번에는 어느 영토에 귀속될지 아니면 독립될지는 영토의 주민의 희망에 따라 결정한다고 합니다. 약탈하고 빼앗는 강도적인 습성은 군부의 모습을 학습한 것이었으며 당연한 것이라고 생각해온 야만국의 인간이 보면 이와 같은 제의는 아마도 미치광이의 짓이라고 생각할지도 모르겠습니다. 인간의 자유를 어디까지나 존중하고 영토가 소수의 권력자들이 점유해야할 것이 아니라는 것을 철저히 알고 있는 사람들은 그와 같은 과거의 습관이나 규칙에 구속되지 않는 선에서 맺은 강화조건이 현대의 생활이상의 표현으로써 받아들일 것입니다.

내가 기쁘게 생각하는 것은 이들 강화조건이 세계에서 오늘날까지 심한 반대를 받지 않을 뿐 아니라 오히려 일반적으로 이를 받아들이는 경향이 있는 부분입니다. 적어도 이 강화조건의 기초가 되어 있는 인류평등주의란 관점에서 설파할 만한 정대한 사상을 세계가 가지고 있지 않은 것이 분명해진 듯합니다. 평등주의란 사상에 어느 교전국의 남자도 순응해 가지 않을 수 없다는 것을 양심적으로 느끼고 있는 듯합니다. 새로운 사상이 어디까지 실제의 강화에 닿아 실현될 것인지 어떤 식으로 변용이 더해질 것인지를 예측하는 것은 불가능합니다만 무 병합 무 배상의 평화라 하며 주민의 자결주의에 의한 영토의 처분이라는 것 같은 사상이 나타나 이미 세계의 세력이 되어 있다고 하는 것만으로도 인류의 생활상에 유유한 개조의 자극을 불러 온 것이라고 생각합니다. 이 사상이 바로 실현되는 시대가 이른다고 해도 아니면 이대로 실현되어야할 성질의 것이 아니라고 해도 사상 속에는 의심할 바 없는 정대한 진리가 포함되어 있고 이것이 세상 사람에게 미래의 생활에 대한 무언가의 이상을 암시하고 있다고 생각합니다.

예를 들어 이제까지의 예술사상에 구속되어 있는 예술가는 입체파, 미래파와 같은 새로운 예술을 광인의 행태라고 공격합니다. 그러나 과거의 유해한 구속을 가능한 벗어나려는 자유사상의 인간이 보면 그들이 행하는 예술이 새로운 사상에 의해 촉진되고 암시된 예술의 신시대를 읽을 수 있다고 합니다. 이것은 과거의 생활을 무의미하게 파괴하는 것이 아니라 과거의 사람들도 희망하여 빈번하게 모색해온 이상의 생활이며 과거로부터의 생활을 한층 발전시킬 것이기도 합니다. 때문에 과거에 쓸데없는 집착을 가지지 않은 인간이라면 새로운 예술에서 좋은 부분만을 꺼내어 취하지 않을 이유는 없는 것입니다. 저는 마찬가지로 전쟁에 의해 촉발된 신사상에서 생각할 만한 것이 있다고 생각합니다. 일본인이 이러한 무배상문제 등이 일어나기 전에 중국에게 빨리 아오시마를 돌려달라고 요청한 것은 선견지명이 있었다고 말할 수 있습니다.

부인참정권의 법안이 대다수의 찬성으로 영국의 상하 양원을 통과한 것과 전후하여 같은 법안이 미국의 하원을 통과했습니다. 미국 상원도 무사히 이 법안을 통과시킬 것을 의심하지 않습니다.

그러한 사실도 전쟁에 의해 촉진된 좋은 사실의 하나라고 생각합니다. 부인이 정치상의 권리를 가장 온건하게 행사할 수 있을지에 대한 여부는 미래에 사람들 사이의 정착하기 위한 훈련이 필요한 부분입니다. 참정권을 얻었다고 하는 사실이 얼마나 세상 부인을 자기를 아끼고 격려시킬지 모르겠습니다. 세상의 남자로 하여금 남녀의 평등을 인정하게 할 지는 알 수 없습니다. 18세기 이래 숙제이고 이상이었던 여권의 회복이 수많은 선각자의 각고를 거쳐 10년 전에 이르러 약간이 서광을 받았음에도 아직 쉽게 세계적 대세가 되지 않았습니다. 그렇지만 의외로 갑작스런 전란으로 영미 남자의 승인을 받을 기회가 앞당겨졌습니다. 우리 부인에게 있어 동쪽에서 떠오르는 태양 외에 또 하나 서쪽에서 떠오르는 태양이 더 생겼다고 할 정도로 이 땅에서의 삶이 환하게 된 것은 유쾌하기까지 합니다.

이것이 좋은 의미에서 세계적 대세의 중요한 하나인 이상, 일본 남자도 이런 대세를 향해 생활 이상의 조준을 조절하지 않을 수 없는 시대에 들어선 것입니다. 여권의 확장이란 문제에 대해서 일본 남자는 영미 남자들이 행한 것처럼 쓸데없는 반감을 배척하고 정대한 평등주의의 순리적 입장에서 고찰하기를 바랍니다. 여권의 확장은 단순히 참정권의 문제만이 아닙니다. 여자의 생활에 필요한 모든 준비와 여자의 생활에 바람직한 내용을 남자와 평등하게 행할 수 있는 것을 요구하는 문제입니다.

저는 필요한 준비의 하나로써 남녀 교육의 평등을 오랫동안 바라는 한 사람입니다. 그러나 일본의 정치가와 교육가가 전후의 준비를 위해 마련한 임시교육회의에서 조금도 이 점이 고려되지 않은 학제개혁안이 가결된 것을 유감으로 생각합니다. 여기에는 단지 남자 교육에 편중한 학제만 토의되었습니다. 여자 교육의 기회를 남자와 같이 주려고 해야한다고 일본 남자들도 생각한다면 소학에서부터 대학에 이르기까지 남녀 공학의 제도를 채용하는 것을 이상으로 해야 할 것입니다.

저는 여자교육에 대해 진보주의를 가지고 있는 사와야나기 박사마저 소, 중학의 남녀공학을 거부하신다는 것을 듣고 남자들이 부인관을 어느 정도 이상은 쉽게 바꾸기 힘든 것임을 실감했습니다. 미국 교육이 남녀 공학제인 것은 말할 필요도 없고 역사적 전통에 구애받는 많은 영, 프, 이 등에서도 소, 중학교에서 남녀 공학을 취하는 학교가 증가하고 있다고 들었습니다. 유럽, 미국의 선례를 모방하지 않더라도 우리는 교육의 평등주의를 듣고 남녀의 교육에서부터 무용유해한 차별을 철폐하는 것이 정당하다고 생각합니다. 중학교 이외에 여자고등학교라고 하는 낮은 교육기관을 존치시켜 여자의 지능을 둔화시키는 데에 힘쓰고 남녀 사상을 불평등하게 발달시키려고 하는 것이라고 생각합니다. 이는 시대에 뒤처진 지극히 불친절한 교육제도라고 말하지 않을 수 없습니다. 나는 세계적 추이를 고려해서 이와 같은 고식적인 학제개혁에 불만을 이야기하고 싶습니다.

○

현재 전쟁에 의해 세계에서 세차게 일어난 좋은 사실의 하나로, 과거의 전쟁이 완전히 민중의 생활을 희생하고 있음에도 불구하고, 이번의 전쟁을 기회로 선진국의 정치가가 민중을 존중하는 사상을 현저히 사실화하고 있는 것을 들고 싶습니다. 실제로 미국은 개전 이래 석탄과 설탕의 결핍에 극심히 고통스러워하고 있습니다. 그러나 정부는 '석탄소비령'을 새로이 제정하여 가정, 철도, 병원 등에서 일반 민중이 직접적인 필요를 채워주기 위해 무엇보다 먼저 석탄을 제공할 것을 석탄업자에게 단행하라고 하고, 자본가의 이익을 위해 모든공장에서 석탄의 공급을 뒤로 빼돌리게 하고 있기 때문에 그들의 공장은 일주일에 이틀이나 휴업하는 상태에 있다고 들었습니다.

설탕에 대해서도 미국의 식량관리국은 최고의 소매상장을 일척 20전으로 하고 그 이상의 가격으로 가정에 제공하는 것을 엄격하게 금지하고 있습니다. 가정에 따라서는 일척이 40전이 되어도 50전이 되어도 사고 싶습니다만 그것을 허락하지 않는 점에 일반민중의 이익이 충분히 고려되어 있습니다.

일본의 이번 의회에 제출된 정부의 증세안에서는 통행세 폐지 이외에 이러한 일반민중의 직접이익—특히 가정을 가진 중류계급 이하의 가정의 이익을 위해 친절한 배려가 조금도 나타나지 않았습니다. 전시 중에 물가폭등으로 극심한 생활난을 겪고 있는 일반민중의 실생활에 대해서 일체의 사랑도 없는 일본 정치가의 인격에 화가 납니다. 작년 미국으로 간 특사 이시이 기쿠지로 씨가 일본 남자는 연합국의 인도주의를 크게 칭찬하고 있는데, 그들의 아름다운 윤리주의를 일본 국내 정치에서는 어디에서 시행하고 있는가를 전혀 모르겠습니다.

(1918년 1월)

여자의 얼굴

―당신은 어떠한 얼굴을 좋아하십니까? 여자의 얼굴에서……

―싫어요. 얼굴 이야기를 하는 것은. 재미없는 얼굴을 비교해서 떠올리지 않으면 정말 좋아하는 고운 얼굴을 떠올릴 수가 없어요. 재미없는 얼굴이라고 하면 바로 자신의 얼굴이 마음에 그려져요.

―정직한 곳, 여자는 누구라도 자신의 얼굴을 내심 변호하고 있습니다. 어딘가에 아름다운 점을 발견해 다른 나쁜 곳을 숨기려 합니다. 자신의 얼굴에 다소의 자신감이 없는 여자는 없습니다. 어떤 비난보다도 얼굴을 비난받은 것을 여자는 언제까지라도 기억하며 비난한 사람을 마음으로 증오합니다. 그 정도로 자신의 용모에 집착하는 반면에 타인의 용모에는 호의보다도 반감으로 대합니다. 상당한 미인에게도 어딘가 나무랄 곳을 찾아내 안심하는 무서운 면을 의식적으로든 무의식적으로든 가지고 있습니다.

―여자가 여자의 용모를 비판하는 것은 당신이 말씀하는 것과 같은 의미에서 조금도 공평하지 않을지도 모릅니다. 그러나 남녀 사이에는 어느 정도 진지하여 서로 조심하기 때문에 남자가 여자

에 대한 용모 비판보다도, 여자끼리가 심각한 관찰을 합니다. 왜냐하면 미의 표준이 높고 상세하여 비평이 상당한 맞을 가능성이 높기 때문입니다.

—남자는 대체적으로 일부만 봅니다. 여자는 전체를 봅니다. 아무래도 남자는 다음과 같이 생각합니다. 당신의 부인미의 표준을 먼저 들려주시죠.

—추상적으로는 말하기 어렵지 않습니까? 아무개의 얼굴을 어떻게 떠올리는지 묻는 편이 확실히 편합니다만, 그것도 또 당사자에게 배려가 있어 공개적으로는 말할 수 없을지도 모릅니다. 일곱 개의 어려움을 숨긴다고 합니다. 어느 정도 아니어도 색이 흰 것은 확실히 미의 하나의 강점입니다. 그렇지만 그것보다도 더욱 강점인 것은 '젊음'이겠지요. 17, 8살부터 25, 6세까지의 적령기 여자에게는 불가사의한 태양이 타들어가는 것 같은 훌륭하고 번창한 활력을 넘칩니다. 그런 활력의 미가 무엇보다도 사람을 매료해 그 외의 미의 부족한 부분을 잘 보충해줍니다. 그래서 저는 안에서부터 용솟음치는 '젊음'의 미를 최고로 생각하지 않을 수 없습니다. 젊은 여자에게는 어떤 색의 기모노라도 '젊음'의 힘으로 정복해 입을 수 있고 그것을 조화시킬 수 있을 만큼 강점을 지니고 있습니다.

—그러면 제일 먼저 '젊음', 두 번째는 '색이 하얀 것' 그리고 …

—다만 색이 하얀 것보다도 동시에 피부가 매끄러운 점을 동시에 제 2 의 조건으로 하고 싶습니다. 다음으로는 윤곽이 부드럽고 확실할 것. 눈, 코, 입이 정돈되어 있고 험상궂음이 없을 것, 이런 점을 추상적으로 늘어놓으면 진부해 져 버릴 우려가 있습니다. 여기서 그만 두지요.

—미는 연령에 따라 성장하지 않는 것일까요?

—일찍 쇠퇴하는 미는 절세의 미는 아니겠지요. 빼어난 미인의 아름다움은 물론 성장합니다. 티치아노의 『화신花神』은 '육체의 젊음'을 이긴 미입니다만 미로의 '이브'는 사랑과 이성이 풍부하게 서로 안고 성장한 '젊은 마음'의 미라고 생각합니다.

(1918년 2월)

육식과 전쟁

요즘 집으로 모인 사람들의 좌담회에서 '인간이 육식을 좋아하는 성정을 버리지 않는 한, 동물의 생명을 죽여서 고기를 먹고 피를 빨고 입맛을 다시는 동안에는 전쟁이라는 살인 행위를 철저히 폐지하는 것은 불가능하겠다'는 이야기가 나왔습니다. 다음으로 도살장의 이야기로 옮겨져 '군자는 주방을 멀리한다는 중국의 속담은 이유가 있다. 소가 도살되는 광경을 본다면 당분간은 소고기가 목에 넘어가지 않는다'고 하는 어느 사람의 경험담이 있습니다.

그 때 잠자코 듣고 있던 저는 생각했습니다. '모두에게 도살장을 보여준다면 소고기를 먹지 않겠지'라고.

그리고 다음과 같이 생각했습니다.

'소고기를 먹지 않는 것은 소를 죽이는 참혹한 광경이 인간의 마음에 남아있기 때문이지만 그것에 대한 측은한 마음이 생생하게 유지되는 시간은 짧다. 사람에게는 동물을 학살하고도 아무렇지 않게 생각하는 잔인한 성정이 본능적으로 있다. 또 음식의 깊은

맛과 감칠맛을 취해야 하는 필요가 한편에 있다. 사람은 필요하면 자기 위주의 이유를 멋대로 붙여 스스로 속이며 잔인함을 감히 저지른다.

소위 동물은 인간에게 희생이 되기 위해 만들어졌다는 이유가 양심을 마비시킵니다. 그리하여 두려운 점은 사람은 잔인한 행위도 종종하면 익숙해져 버리면 측은한 마음이 엷어진다는 부분이다. 그러나 인간의 잔인한 성정은 교육에 의해 훨씬 좋은 성정으로 바꿀 수 있을 것이다. 다만 육식의 요구는 밖으로는 육식과 같은 깊은 맛과 감칠맛을 가진 음식이 발견되지 않는 한 없애기는 어려울 것이다. 기독교가 희생을 금하지 않는 것에 비해, 불교는 육식을 금지하고 있다. 후자의 사랑이 완벽한 것에는 탄복한다. 똑같은 의미에서 탄복해야 할 톨스토이의 채식주의가 불교의 그것처럼 행해지기 어려운 이유는 채색에 의해 육식을 대신하는 감칠맛과 깊은맛을 얻을 수 없었기 때문이 아닌지....'

그리고 사람들의 화제는 다른 것으로 옮겨 가 버렸습니다만 저는 아직 혼자 조용히 인간의 안에 있는 잔인한 본능에 대해서 생각을 계속하였습니다.

마지막으로 '육식과 전쟁을 연결해 생각하는 것은 이유가 있다고 하더라도, 육식을 그만둔다면 전쟁을 그만둘 것이라고 말을 돌려서 한다. 현대 전쟁의 주요한 원인은 소수의 대자본가가 불합리한 살인행위를 해서라도 불의의 이익을 도모하려고 하는 물질주의가 존재하기 때문이다'고 생각했습니다. 그렇게 손님이 돌아간 후에 단가 10수 정도를 적었습니다.

(1918년2월)

여자의 철저한 독립

저는 유럽과 미국의 부인운동에 의해 촉진하기 시작한 임신과 분만기에 있는 부인이 국가에게 경제적인 특수한 보호를 요구하는 주장에 찬성할 수 없습니다. 이미 생식적 봉사에 의해 부인이 남자에게 기생하는 것을 노예 도덕이라고 하는 우리가, 같은 이유를 들어 국가에 기식하는 것도 그만두지 않으면 안 됩니다. 부인은 어떠한 경우에도 의뢰주의를 이용해서는 안 됩니다. 앞으로의 생활의 원칙으로서는 남자도 여자도 자신들 부부의 물질적 생활은 물론 미래에 살아가야할 자식의 보육과 교육을 지속할 수 있을 만큼 경제적 보장이 서로의 노동에 의해 얻어지는 확신이 있고 그만큼의 재력이 이미 남녀 모두에게 축적되어 있다면 결혼하고 출산할 수 있습니다.

설령 남자에게 경제적 보장이 있어도 여자에게 아직 경제적 보장이 없으면 결혼 과 출산은 피해야 하는 법이라고 생각합니다. 남자의 재력에 의지해 결혼 및 출산을 하는 여자는 연애관계가 성립해 있는 남녀 사이에 있어도 경제적으로는 의뢰주의를 띠게 됩니다. 그녀는 남자의 노예가 되어 남자의 노동의 성과를 침해하고 도용하고 있는 자라고 생각합니다. 남자처럼 경제상의 독립을 고려하지 않는 연애결혼은 준비가 안 된 결혼이고 미래의 결혼의 이상으로 삼을 수는 없습니다.

그렇기 때문에 임신과 출산을 미리 준비하는 재력의 축적이 없는 무력한 부인이 임신 및 육아라고 하는 생식적 봉사에 의해 국가의 보호를 요구하는 것은 노동할 능력이 없는 노인이나 폐인 등이 양육원의 신세를 지는 것과 같은 것이라고 생각합니다.

생식의 책임은 철저하게 부부 서로가 다하지 않으면 안 됩니다. 사망에 의해 부부의 한 쪽이 결여한 때는 생존해 있는 한 쪽이 모든 책임을 다 할 각오와 실력을 사전에 준비해야 합니다. 일본의 교육에서는 아직 이런 커다란 실제적 문제를 등한시 하고 있습니다. 그러나 전쟁이 끝난 후에는 세계가 모두 닥칠 물질생활의 곤란함이 일본의 남녀도 뼈저리게 경험할 것이고 이것에 대한 어쩔 수 없는 반성을 촉구할지도 모릅니다.

(1918년 2월)

가정개량의 요구

가정 개량은 논의로써 아주 오랜 문제일 뿐 아니라 형이하形而下의 개량은 필요에 따라 실제로 실행되고 있습니다. 그중에는 개량이 아니라 개악이라고 해야 할 반대의 결과를 낳는 경우도 있습니다. 하지만 어쨌든 실용이라는 점에서 자극되는 눈에 보이는 개량은 대체적으로 끊임없이 좋은 경향으로 움직이고 있습니다.

그것에 비하면 가정에서의 형이하의 개량은 완만한 상태를 지속하고 형이하의 개량의 추이와 어울리지 않는 모순을 보이고 있습니다. 일본의 살롱에는 세계 어디에 가도 똑같은 가치를 가진 피아노를 두면서도, 그들의 가정을 유지하는 제도는 문명국에 통용되지 않는 전통 유물인 가족제도를 고수하고 있어서 안팎이 통일되지 않는 생활이 오늘날 일본의 생활입니다.

형이하의 개량이 도시와 지방의 지리적, 경제적 사정에서는 물론 같은 도시에서도 빈부의 관계로부터 특별함과 차이점이 발생하는 것은 당연한 일입니다. 형이상의 개량에는 그들의 사정이나 관계를 초월해 평등하게 통일되게 이뤄져야할 성질이 있기 때문에 누구나 사양과 배려 없이 현재에 있어서 최상의 표준—즉 최상의 이상—으로 개량할 수 있습니다.

예를 들어 악기를 살 때 개인의 경제적 사정으로 인해 비교적 조악한 피아노으로 대신하더라도 음악적 취미는 누구에게나 최상의 것을 배우는 것이 가능한 것과 같습니다. 그렇게 형이상의 개량은 항상 최상의 표준으로 철저하게 해야합니다. 어중간한 구식 개량은 인간의 생활을 불안함과 의혹으로 위축시키고 나아가서 퇴폐를 시킵니다. 메이지 이래의 일본의 병폐는 물질적 문명의 과다한 이식이 아니라 물질적 문명을 육성하여 정신적 문명은 상당히 부족한 점에 있습니다. 바꾸어 말하자면 형이상의 개량은 각 방면에서 실시되고 있었으나 철저히 실행하지 않았기 때문에 오히려 주객이 전도되어 물질적 문명의 세력이 정신적 문명을 위압하고 있는 점입니다. 이것은 국가로 보나 가정으로 보나 현저한 병폐라고 생각합니다.

그렇다면 이른바 형이상의 개량을 철저히 하려면 어떻게 하면 좋은가?

이에 대해 저는 우선 집보다도 사람을 존중하는 사상을 보급시킬 필요가 있다고 생각합니다. 종래에는 집이 주이고 사람이 집의 부속이어서, 집을 위하는 일은 절대적 권위로 사람의 개성과 자유를 유린하는 수많은 불쾌한 습관을 만들고 수많은 참혹한 사실을 낳았습니다. 그러나 오늘날의 상식에서 인간이 고귀한지 집이 고귀한지는 이미 모두 알려진 점이기 때문에 집에 사람을 속하게 하지 않고 인간의 기관으로서 집이 어떻게 개조되는 것이라고 하는 인간본위의 사상으로 만사를 정리해야만 합니다.

이런 사상 아래에서는 종래의 중요하게 여겨지던 가풍은 없어집니다. 인간이 가정을 만들면 자연히 가풍이 새롭게 생기기 때문에, 인간보다 앞에 가풍이 있어 그것에 사람이 굴종되지 않으면 안되는 것은 앞뒤가 잘못된 말입니다. 사람은 그러한 가풍에서 해방되어야 비로소 자유와 독립생활을 영위할 수 있습니다

또한 사람이 주이고 집이 종이라 하여 보면 종래와 같이 장남은 반드시 조상의 집에 머물러야하며, 기질에 맞지 않는 가업을 강요당해 이어받아야한다는 속박이 없을 것입니다. 교통이 자유로운 현대에 사람들은 세계를 무대로 하여 자신의 장점을 적당한 무대에 가서 발휘해야 합니다. 옛사람의 '인간도처유청산人間到處有靑山'이란 시의 의미는 가족제도의 속박에서 벗어나야 비로소 실현됩니다.

또 이런 사상을 철저히 하면 장남을 너무 존중하여 그에게 조상의 재산의 대부분을 양도하는 사랑과 경제의 편파한 분배가 없어집니다. 형과 아우라는 장유의 질서나 남과 여라는 성의 구별로 모든 종種의 대우를 불평등하게 하는 습관도 없어져야합니다. 부모와 신 부부는 총명하고 평화로운 별거를 원칙으로 하기 때문에 노인과 젊은이와 시어머니와 며느리가 한 가정 안에서 종래와 같이 반목하거나 거북한 감정을 가지거나 하는 일도 없어집니다.

두 번째로 가장의 전제사상을 타파해 가정의 민주사상화를 도모하는 것이 필요하다고 생각합니다. 전제사상은 인격의 평등을

인정하지 않고 강자와 약자 사이에 인격의 우열을 정하고 강자가 자신의 이익을 위해 비리와 폭력으로 약자를 기세 좋게 제압하고 능욕하고 구사하는 사상입니다. 이것이 국가적으로는 봉건사상이나 군국주의이며 가정적으로는 친권주의나 주종사상이 되어 인간의 개성을 누르고 자연스러운 인문학의 발달을 방해합니다.

이에 반해 민주사상은 각자의 자유를 인정하며 옹호하고 각 개인의 자유 의지하에 개인 및 단체의 일원으로서 생활을 전개시키는 사상입니다. 민주사상 아래에 어떠한 법칙이 설치된다고 하더라도 모두 사상의 운용과 실현에 필요한 범위를 넘지 않는 법칙이기 때문에 국가의 법칙인 헌법에도 국민의 자치에 필요한 법칙이며 가정의 법칙인 가헌도 가족의 자치에 필요한 법칙입니다. 여기에 '필요'한 것은 가족 중 어느 한사람의 방자함을 통하게 하기 위한 불법비리가 아니라 가족전체의 행복을 위한 것을 가족전체의 지혜(사랑과 이성이 일치한 것)로 인정하는 것입니다. 그리고 가족전체의 자유의지에 의해 합의적으로 결정한 합리적인 필요이기 때문에 이러한 필요에서 각자가 만든 법칙에는 각자가 이 법칙을 운용할 권리가 있음과 동시에 이 법칙에 순응할 의무가 있습니다. 이것이 가정의 민주사상화이자 입헌사상화라고 말하고 싶습니다.

이런 사상을 철저히 행한다면 남편이 부인을 비인격적으로 취급하는 듯한 횡포도 일어나지 않고 부모가 친권 불가침을 휘두르며 자기 자식을 종속물 부리는 듯한 불법도 완전히 사라질 것입니다. 가족이 가정의 조력자인 고용인에게 대해 종래와 같은 개인의 자유를 빼앗고 노예의 학대를 가하는 일도 없어질 것이며 그러한 천하고 옹졸한 노예의 대우에 굴종하고 있는 남녀의 고용인도 없어지겠지요.

이에 '가족'이라는 것은 부부와 그 부부를 부모로 하여 태어나 이미 상식을 갖추고 있는 자녀를 말하는 것입니다. 미성년자는 가족이어도 또 가족의 협동조합원인 자격을 결여하기 때문에 그의 양친에 의해 보호되고 양친의 지혜에서 나온 입헌적 합리적 명령에 따르지 않으면 안 됩니다. 그러나 미성년자라 하더라도 양친이 불법 전제적 명령을 내린 경우에는 도리에 따라 양친에게 항쟁하고 반성을 촉구하는 만큼의 자유는 어디까지나 가져야한다고 봅니다. 그것이야말로 철저한 가정의 민주사상화입니다.

다음으로 철저한 경제사상이 가정의 개량에 필요한 조건이라 생각합니다. 이 문제를 특히 현대의 윤리적 의식과 함께 고찰할 필요가 있습니다. 사람이 의식주의 물질적 생활보다 정신적 생활을 개인적 및 단체적으로 세우기 위해 필요한 만큼의 금전을 자기 노동에 의해 얻고 그것의 결여로 인해 스스로 괴로워하지 말아야합니다. 동시에 사회에 폐를 끼치지 않으려고 하는 것—소위 경제상의 독립을 얻는 것—은 현대에 필요한 윤리적 행위입니다. 이

이것에 반해 사람이 비약한 경제상로 인해 나약한 것은 하나의 윤리적 결함입니다. 실제로 부인마저 직업을 요구하는 상황이 만들어진 것은 아무 일도 하지 않으려는 무위의 각성에 의한 것이었습니다. 그리고 중대한 이유 중 하나가 경제상의 무력함이 인격의

독립과 완성에 크게 장해가 된다는 것을 절실히 알았기 때문입니다. 경제적 수입을 기획하는 것은 사회의 대세가 그러한 좋은 경향에 있기 때문에 보다 경제를 깊고 넓게 알아가면 좋겠으나 다른 면인 지출에 대해서 일본 가정은 아직도 물정이 어둡고 칠칠맞아서 막대한 손해를 입고 있습니다.

요즘 도쿄시에서는 경시청의 검사에 의해 2천여 채의 미곡소매상 중에서 약 600육백 채 소매상에서 부정한 되를 사용한 자를 발견하였습니다. 이 일을 보아도 일본의 가정이 얼마나 멍청하여 소매상의 탐욕대로 막대한 손실을 그들로부터 당하게 되었는지 상상이 됩니다. 부정한 되를 사용한 상인만이 탐욕한 사람이 아니라 일본에서는 2, 30% 이상 내지 50%의 폭리를 취하지 않으면 만족하지 못하는 온갖 비인도적인 인간으로 넘쳐 있습니다.

이것이 전시 중 오늘날은 통화의 팽창, 공급의 부족이라는 이유로 자연적인 폭등이상으로 인위적인 악질수단에 의해 7, 80%의 폭등를 보이는 물가조차 있습니다. 일반 생활에서 제일 필요품을 파는 소매상인이 탐욕의 정도가 특히 심한 것은 무서워해야 합니다. 누구나 입으로는 물가의 폭등으로 괴로워한다면서 그것에 대항하지 않고 그것을 피하기만 하는 것은 가정의 당사자들이 경제적 생활에 둔감하며 방탕하기 때문이라고 생각합니다.

소매상을 이용하는 사람이 필요하다며 사러가서, 소매상이 제멋대로 매긴 폭리적 가격을 맹종하고 일상의 필요품을 구입하는 현대의 매매법은 결코 경제적으로 총명하다고는 할 수 없습니다.

이것을 보다 진지하게 고찰하면 생산자와 매매자 사이에 부과되는 수많은 관세를 가능한 적게 한 공급법과 매매법이 있다는 것을 알게 될 것입니다.

가정에서의 경제사상이 통절하고 주밀하게 행해진다면 형이하의 개량도 지금보다 몇 배 이상의 성적이 오를 것이라고 봅니다. 그 가운데에도 가옥의 개량은 우선 필요하지만 의복의 개량도 그것에 뒤처지지 않는 급선무입니다. 오늘날의 의복의 개량은 주로 재료의 질과 길이의 검약에 일관된 것이었습니다. 하지만 경제는 일면에는 힘의 절제가 있으며 일면에는 힘의 자유가 있습니다. 금전도 인간의 힘의 일종입니다만 금전 외에도 경제사상에 의해 조절되어야 할 인간의 힘이 있다는 것을 알아야합니다.

일본의 의복 특히 일본의 부인의 의복은 서양옷과 달리 형태가 잡혀있지 않기 때문에 그것을 입을 때마다 한 번 한 번 그 자태를 바로잡아 만들지 않으면 안 되며 그것이 얼마나 인간의 힘의 범용인지 모릅니다. 옷이 끈으로 묶어 매듭지었을 뿐이기 때문에 바로 무너지기 쉬워서 어쩔 수 없이 활발한 행동은 피해야만 합니다. 때문에 의복으로 인해 자유로운 표현에 제한이 생깁니다. 어느 쪽이라 해도 생활에 필요한 힘의 경제적 조절이 결여됩니다. 이리사와 박사의 부인과 같이 열심히 의복의 개량에 하는 분이 이러한 의미의 개량을 도모하게 되어 주시기를 바라고 있습니다.

이상의 요구는 보다 상세히 적지 않으면 안 되겠지만 예정 지면수를 넘었기 때문에 제가 희망하는 대략의 개요를 적어보았습니다.   (1917년 7월)

■ 요사노 아키코

요사노 아키코는 일본의 가인이자 작가, 사상가이다. 잡지 『명성明星』에 단가를 발표하고 낭만주의의 중심적인 인물이 되었다.

요사노 아키코는 1878년 12월 7일 사카이현(현 오사카 부 사카이시) 에 자리한 노포 일본과자점 '駿河屋'을 운영하는 아버지 호 무네나나鳳宗七와 어머니 스루나津祢 사이에서 3녀로 태어났다. 9살에 한학을 배웠고 샤미센 등의 악기도 배웠다. 사카이시 사카이여학교에 입학하여 『겐지모노가타리』 등의 고전문학을 즐겨 읽었다. 12살 무렵에는 오자키 코요나 히구치 이치요, 고다 로한의 소설을 읽는 것이 제일 즐거웠다고 한다. 20살 부터는 와카를 잡지에 투고하기 시작하여 나니와청년문학회(후 "간사이 청년 문학회") 사카이 지회에 메이지 32년에 가입하면서 새로운 단가를 짓기 시작했다.

당시에는 유럽시의 영향으로 단가혁신운동이 시작되고 혁신을 주창하던 한 명인 요사노 히로시를 만나 사랑에 빠지게 된다. 요사노 히로시는 유부남으로 불륜관례를 지속하다 1년후 아내와 헤어지고 아키코와 결혼을 하기에 이른다.

이후 두 사람 사이에는 12명의 자녀가 태어났다.

히로시는 1899년 문학 결사 신시사新詩社를 창설하고 기관지 『명성明星』을 창간하였는데 아키코는 여기에 단가를 발표했다. 특히 가집 『흐트러진 머리みだれ髮』는 여성의 관능미를 노래한 노래로써 낭만파 시인으로써의 지위를 얻는다. 1904년 9월에는 장시 「님이여 죽지 말지어라君死にたまふことなかれ」를 『명성』에 발표하여 전쟁에 대한 비판을 노래했다고 하여 남성지식인들에게 비난을 받는 등 커다란 반향을 이르켰다. 1911년에는 일본최초 여성문예지 『세이토青鞜』가 창간되었다. 여기에 아키코는 서「두서없는 말そぞろごと」를 적었다.

다이쇼 시대에는 아키코는 사회문제에 대해 매우 관심이 많았다. 세이토사의 여성들을 위시한 히라츠카 라이초 등과 대치한 모성보호논쟁은 유명하다. 여성의 경제적 독립과 모성의 문제를 다루고 있던 모성보호논쟁은 일본여성사에 있어서 중요한 의의를 가지고 있다.

1912년에는 남편 히로시를 따라서 파리로 건너가게 되고 영국, 독일, 네덜란드, 벨기에을 방문했다. 그때의 기행문을 「파리에서巴里より」로 남편과 함께 남기고 있다. 1921년에는 일본최초의 남녀

공학인 '문화학원'을 설립하여 남녀평등교육 이상을 실현하려고
하였다.

아키코는 11명의 아이를 키우고 미약한 집안 경제적인 부분을
글을 써서 유지하려고 노력했다. 1942년 5월 협심증과 뇨독증의
합병증으로 서거하기까지 그녀가 남긴 노래는 약 5만 수나 된다.
그리고 고전문학의 새로운 번역을 시도하여 『겐지모노가타리』
의 현대어역 『新新源氏』 등을 남겼다. 그 외에 남녀평등에 입각한
여성 교육, 연애에 맺어진 일부일처주의, 여성정치참여에 대한 요
구 등에 대한 글을 당당하게 피력하였다. 이렇듯 여성해방운동가
로서의 그녀의 다양한 업적은 지대하다고 할 수 있다.

　본서는 요사노 아키코의 평론서 가운데 제5권 평론 감상집『사랑, 이성 그리고 용기愛, 理性及び勇気』와 제6권 평론감상집『어린 친구에게若き友へ』에 수록된 글 가운데서 엄선한 글로써 구성하였다.

　아키코는 러일전쟁 이후부터 신문이나 잡지에 평론을 발표하기 시작했다. 여성 교육, 여성의 자립, 결혼 문제, 여성참정권 문제 등 다양한 주제를 담고 있다.

　제5권 평론 감상집『사랑, 이성 그리고 용기』天弦堂은 1917년 10월에 발간했다. 여기에 게재된 글은「요코하마무역신보橫浜貿易新報」「여학세계女学世界」「태양太陽」등에 발표된 문장들이 대부분이다. 제6권 평론감상집『어린 친구에게』白水社은 1918년 발간되었는데 여기에 게재된 글들은 제5권 마찬가지로「요코하마무역신보」「여학세계」「태양」등에 발표되었고 대부분 1917년에서 18년 사이에 발표한 글이다.

　제5권을 발표할 무렵 아키코는 그해 여름에 간사이 츄고쿠 큐슈 여행을 했다. 그리고 가을에는 아들을 낳았지만 2일 만에 세상을 떠났다. 서序에는 출산에 관한 이야기와 2 일만에 세상을 등진 아이의 이야기가 담겨있다. 『사랑, 이성 그리고 용기』라고 제목을 붙인 이유는 '사랑, 이성, 용기 3가지고 조화로운 생활을 추구하고 실현하는 것이 우리를 개인적이고 인류적으로 행복을 만드는 것이라고 믿기' 때문이라고 설명하고 있다.

『사랑, 이성 그리고 용기』에는 총 81편의 글이 수록되어 있는데 대부분이 여성 문제에 관한 것이 대부분이며 다음으로 교육 문제와 시사 문제들을 다루고 있다. 인도주의적 자유 사상의 시점에서의 남녀의 인격의 평등을 주장하거나 부인의 고등교육을 장려하고 연애에 기초한 일부일부주의를 주장하고 있다. 여성의 직업 문제에 대해서도 적극적으로 고민하고 해결해보고자 노력하였다. 시사적인 문제로써는 일본 정치에서의 여성의 위치, 부인참정권 요구 등 부인의 정치 활동의 자유를 도모하는 글을 써서 지금에도 귀중한 자료가 되고 있다.

『어린 친구에게』의 서에는 '일반인 젊은 부인들, 학교를 다니고 있는 여학생, 가정주부'가 이 글을 읽기 바란다고 청중을 의식하여 적었다. 어린 사람들을 의식하며 적은 글이라서 평범한 문장으로 이루어졌다. 여기에는 결혼의 현대적 의의를 제시하거나 여성의 직업관의 변화, 여성의 경제적 독립, 남녀평등주의 등 다양한 소재를 다루고 있다. 특히 전쟁 이후라는 시대배경이 있어서 전쟁에 관련한 의견을 이야기 하고 있는 것이 제법 있어서 흥미롭다.

| 작가 연보 |

1878년(1세)

　12월 7일 오사카 사카이시堺市에서 태어남. 아버지 호 쇼시치鳳

宗七, 어머니 쓰네의 삼녀. 본명은 쇼しょう. 본가는 화과자점

스루가야駿河屋를 운영. 이복 언니 두 명과 동복의 오빠인 히

데타로秀太郎가 있었다. 생후 얼마 안 되어 이모에게 맡겨짐.

1880년(2세)

　8월 남동생 주사부로壽三郎 태어남.

1883년(5세)

　5월 여동생 사토 태어남.

1884년(6세)

　4월 슈쿠인심상소학교宿院尋常小学校 입학

1888년(10세)

　슈쿠인심상소학교 졸업. 사카이여학교堺女学校 입학.

1892년(13세)

　사카이여학교 졸업, 동교 보습과 입학.

1894년(16세)

　사카이여학교 보습과 졸업.

1895년(17세)

9월 『문예구락부文芸倶楽部』에 호 아키코鳳晶子 이름으로 단카 게재.

1896년(18세)

사카이 시키시마회堺敷島会 입회. 동회 가집에 단카 게재.

1897년(19세)

사카이 시키시마회 탈퇴.

1898년(20세)

요사노 뎃칸与謝野鉄幹의 단카를 읽고 흥미를 느낌.

1899년(21세)

나니와浪華 청년문학회(현재「간사이関西청년문학회」) 발행의 사카
이지회 입회,『요시아시구사よしあし草』에 시와 단카 등 작품
을 발표.

1900년(22세)

8월 뎃칸의 오사카 문학 강연회에 참석.

11월 뎃칸, 야마카와 도미코山川登美子와 셋이서 교토 난젠지南禅
寺의 단풍을 감상.『묘조』제8호가 발매금지.

1901년(24세)

1월 뎃칸과 만나 구리타栗田산을 다시 방문한 것으로 여겨짐.

6월 사카이를 나와 도쿄로 상경, 뎃칸이 있는 곳에서 생활.

8월 호 아키코 이름으로 가집『흐트러진 머리칼みだれ髪』간행.

10월 뎃칸과 결혼.

1902년(24세)

11월 장남 히카루 출산.

1903년(25세)

9월 아버지 소시치 타계.

1904년(26세)

1월 가집 『작은 부채小扇』 간행.

5월 뎃칸 공저 가집 『독풀毒草』 간행.

7월 차남 시게루 출산.

9월 『묘조』에 시 「너 죽는 일 부디 없기를君死にたまふこと勿れ」 발표.

11월 오마치 게이게쓰大町桂月가 『태양太陽』에 아키코 시 「너 죽는 일 부디 없기를」 비판한 것에 대해 아키코가 『묘조』에 반론 제기.

1905년(27세)

야마카와 도미코, 마스다 마사코增田雅子와 시가집 『고이고로모恋衣』 간행.

1906년(28세)

1월 가집 『무희舞姫』 간행.

9월 가집 『꿈의 꽃夢之華』 간행.

1907년(29세)

2월 어머니 쓰네 타계.

3월 장녀 야쓰오와 차녀 나나세 쌍둥이 자매 출산.

1908년(30세)

1월 동화집 『그림책 옛날이야기絵本お伽噺』.

7월 가집 『패랭이꽃常夏』간행.

11월 『묘조』종간.

1909년(31세)

3월 삼남 린 출산.

4월 야마카와 도미코 타계.

5월 아카코를 편집 및 발행인으로 시가잡지 『도키하기トキハ
ギ』창간. 가집 『사호히메佐保姫』간행.

9월 『겐지모노가타리源氏物語 강의』집필 수락.

1910년(32세)

2월 삼녀 사호코 출산.

4월 서간 예문집 『여자의 편지女子のふみ』간행.

9월 동화집 『옛날이야기 소년소녀おとぎばなし少年少女』간행.

1911년(33세)

1월 가집 『춘니집春泥集』간행.

2월 쌍둥이 사녀 우치코 출산(한 명은 사산).

7월 평론집 『어떤 생각에서一隅より』간행.

1912년(34세)

1월 가집 『세이가이하青海波』간행.

2월 『신역 겐지모노가타리新訳源氏物語』간행 시작.

5월 남편 뒤를 쫓아 유럽으로 떠남. 소설집 『여러 구름雲のいろ
いろ』간행.

10월 아키코 귀국.

1913년(35세)

4월 사남 아우구스트(이후 이쿠로 개명) 출산.

1914년(36세)

시가집 『여름에서 가을로夏より秋へ』 간행. 뎃칸과 공저한 기행시문집 『파리에서巴里より』, 동화집 『여덟 밤八つの夜』 간행. 『신역 에이가모노가타리新訳栄華物語』 간행 시작.

1915년(37세)

3월 오녀 엘렌 출산.

뎃칸과 공저로 평석評釋 『이즈미 시키부 가집和泉式部歌集』 간행. 시가집 『앵초さくら草』, 평론감상집 『잡기장雑記帳』, 동화 『구불구불 강うねうね川』, 가론서 『단카 짓는 법歌の作りやう』 간행.

1916년(38세)

1월 소설 『환한 곳으로明るみへ』, 가집 『주엽집朱葉集』 간행.

2월 가론서 『단카 삼백강短歌三百講』 간행.

3월 오남 겐 출산.

평론집 『사람 및 여자로서人及び女として』, 시가집 『무도복舞ごろも』, 『신역 무라사키 시키부 일기新訳紫式部日記 · 신역 이즈미 시키부 일기新訳和泉式部日記』, 『신역 쓰레즈레구사新訳徒然草』 간행.

1917년(39세)

평론집『우리는 무엇을 추구하는가我等何を求むるか』, 가집『아키코 신집晶子新集』간행.

9월 육남 손 출산, 이틀 후 사망.

10월 평론집『사랑, 이성 및 용기愛, 理性及び勇気』간행.

1918년(40세)

평론집『젊은 벗에게若き友へ』간행.

6월부터 히라쓰카 라이초平塚らいてう와 모성보호논쟁 전개.

1919년(41세)

1월 평론집『심두잡초心頭雑草』간행.

3월 육녀 후지코 출산.

동화『다녀오겠습니다行って参ります』, 평론집『격동 속을 가다激動の中を行く』, 가집『불새火の鳥』, 가론서『아키코 노래이야기晶子歌話』간행.

10월『아키코 단카 전집晶子短歌全集』간행 개시.

1920년(42세)

5월 평론집『여인창조女人創造』간행.

1921년(43세)

가집『태양과 장미太陽と薔薇』, 평론집『인간예배人間礼拝』간행.

『묘조』복간.

1922년(44세)

9월 가집『풀의 꿈草の夢』간행.

1923년(45세)

평론집『사랑의 창작愛の創作』간행.

9월 1일 간토關東대지진이 일어나 자택은 화재를 피했으나 문
화학원에 보관하던『겐지모노가타리 강의』원고가 소실됨.

1924년(46세)

가문집『유성의 길流星の道』간행.

12월 부인참정권 획득조성 동맹회 창립위원으로 참가.

1925년(47세)

가집『유리광瑠璃光』, 평론집『모래에 적다砂に書く』간행.

1927년(49세)

4월, 제2차『묘조』종간.

1928년(50세)

5월, 뎃칸과 만주와 몽골 여행.

가집『마음의 원경心の遠景』, 평론집『빛나는 구름光る雲』간행.

1929년(51세)

시집『아키코 시편 전집晶子詩篇全集』,『여자의 작문에 대한 새
로운 강의女子作文新講』, 뎃칸과 공저 가집『기리시마의 노래
霧島の歌』간행.

1930년 (52세)

3월 신잡지『동백冬柏』창간.

5월 뎃칸 공저 단카문집『만몽 여행기滿蒙遊記』간행.

1931년 (53세)

9월 오빠 호 히데타로 타계.

1933년(55세)

　9월 『요사노 아키코 전집与謝野晶子全集』 간행 개시.

1934년(56세)

　2월 평론집 『우승자가 되어라優勝者となれ』 간행.

1933년(57세)

　3월 뎃칸 폐렴으로 타계.

1938년(60세)

　7월 『요사노 아키코 집与謝野晶子集』 간행.

　10월 『신신역 겐지모노가타리新新訳源氏物語』 간행 개시.

　1940년(62세)

　5월 뇌일혈로 쓰러져 오른쪽 반신불수가 됨.

1942년(64세)

　1월 협심증 발작. 『동백』에 낸 「산봉우리의 구름峰の雲」이 마
　　지막 노래가 됨.

　5월 요독증 합병증, 29일 타계.

　9월 가집 『백앵집白桜集』 간행.

김화영

현재 수원과학대학교 호텔관광서비스과 조교수

일본 오사카대학대학원 문학연구과(문학박사)

중앙대학교 일어일문학과 졸업

전공-문화표현론, 한일비교문학비교문화

저서로『무라카미 하루키를 읽다』(공저, 제이앤씨, 2014),『近代韓国の「新女性」羅蕙錫の作品世界—小説と絵画』(オークラ情報サービス株式会社, 2010),『일본근현대문학과 연애』(공저, 제이앤씨, 2008)등이 있으며, 역서로『유녀문화사』(어문학사, 2013),『노부코』(어문학사, 2008),『세이토』(어문학사, 2007)등과 그 밖에 논문「미야자키 하야오 애니메이션에 그려진 '마녀'—『마녀배달비 키키』를 중심으로」,「미야자키 하야오의『하울의 움직이는 성』론」등 다수 있다.

일본 근현대 여성문학 선집 2

요사노 아키코 与謝野晶子 1

초판 1쇄 발행일 2019년 3월 31일

지은이 요사노 아키코
옮긴이 김화영
펴낸이 박영희
편집 박은지
디자인 박희경
표지디자인 원채현
마케팅 김유미
인쇄·제본 태광인쇄
펴낸곳 도서출판 어문학사
　　　서울특별시 도봉구 해등로 357 나너울카운티 1층
　　　대표전화: 02-998-0094 / 편집부1: 02-998-2267, 편집부2: 02-998-2269
　　　홈페이지: www.amhbook.com
　　　트위터: @with_amhbook
　　　페이스북: https://www.facebook.com/amhbook
　　　블로그: 네이버 http://blog.naver.com/amhbook
　　　　　　　다음 http://blog.daum.net/amhbook
　　　e-mail: am@amhbook.com
　　　등록: 2004년 7월 26일 제2009-2호

ISBN 978-89-6184-905-0 04830
ISBN 978-89-6184-903-6(세트)
정가 16,000원

이 도서의 국립중앙도서관 출판예정도서목록(CIP)은 서지정보유통지원시스템 홈페이지(http://seoji.nl.go.kr)
와 국가자료공동목록시스템(http://www.nl.go.kr/kolisnet)에서 이용하실 수 있습니다.
(CIP제어번호: CIP2019014830)